武超◎著

一部民企高管亲笔写就的

职场生存实录

知识产权出版社

全国百佳图书出版单位

如有雷同，纯属巧合。

图书在版编目（CIP）数据

逆路：一部民企高管亲笔写就的职场生存实录/武超著.—北京：知识产权出版社，2015.1
ISBN 978-7-5130-3222-3

Ⅰ.①逆… Ⅱ.①武… Ⅲ.①长篇小说－中国－当代
Ⅳ.①I247.5

中国版本图书馆CIP数据核字(2014)第285926号

内容提要

本书描写了部分民企的发展历程以及民企老板的心态和境遇，反映了民企职业经理人的心路历程和人生起伏。作者更是以人性为准绳，通过对故事的描述、总结，提炼出民企工作的一些规律和法则，供更多在民企工作和有志于成为民企高管的读者学习和参照，同时供民企高管和企业家们借鉴和参考。

也许每个职场中人都能在书中找到自己的影子。

总之，这是一本贵在"真实"的职场小说。

如有雷同，纯属巧合。

责任编辑：唐学贵　　　　**执行编辑：**聂伟伟
装帧设计：刘丽霞

逆路
——一部民企高管亲笔写就的职场生存实录
NILU
—— YIBU MINQI GAOGUAN QINBI XIEJIU DE ZHICHANG SHENGCUN SHILU
武超　著

出版发行：	知识产权出版社 有限责任公司	网　址：	http://www.ipph.cn	
电　话：	010-82004826		http://www.laichushu.com	
社　址：	北京市海淀区马甸南村1号	邮　编：	100088	
责编电话：	010-82000860转8598	责编邮箱：	362730031@qq.com	
发行电话：	010-82000860转8101/8029	发行传真：	010-82000893/82003279	
印　刷：	北京中献拓方科技发展有限公司	经　销：	各大网上书店、新华书店及相关专业书店	
开　本：	880mm×1230mm 1/32	印　张：	9	
版　次：	2015年1月第1版	印　次：	2015年1月第1次印刷	
字　数：	226千字	定　价：	36.00元	

ISBN 978-7-5130-3222-3

前　言

如果说国企像酒，醇厚甘甜，但曲高和寡、应者无几；那么民企就像水，润物无声、善利万物而不争，俯首皆是却又不可或缺。

根据全国工商联的报道，民企500强的总利润还没有中石油、中石化这"两桶油"的利润多。但在中国目前存在的4000多万家企业中，民企已然占了90%以上的比例，也就是说，全国7亿多的就业人口，民企至少承担了6亿3000万人的就业需求。这些数字说明了一个基本的问题：民营企业对中国经济发展、社会稳定起着无可替代的作用。恰如人没有酒可以生活，但没有水却无法生存一样，民营企业已成为了提供就业机会的生力军。数以亿计的人们正通过投入到民营企业中去获得更好的生活、实现自己的人生理想。

每个人，无论来自中国的欠发达地区，还是江浙闽粤等沿海发达地区，无论自身受教育程度如何，曾经有过什么样的人生经历，无论是"打工仔"还是"老板"，无一例外都有着美好的人生理想和追求。如果说"人生如戏，全靠演技"，那么每个人都是自己人生的唯一主角，都希望把人生这部大戏演好。而民企老板们在自己的企业里，不仅是演员，同时又兼任着导演和舞台的所有者。他们一样需要演好自己的人生大戏，但他们在成为导演后，便会渴望召集优秀的演员来配合自己、烘托自己，甚至代替自己的某些角色，演绎出更精彩的剧情。同时，他们更希望自己所拥有的舞台能够更大、更漂亮、更坚固。

只不过在现实职场中，能做到把戏演好的演员本身就不多，而能做到把演员、导演、舞台拥有者三个角色协调好的人，就更是屈指可数。真实的情况是，很多民企的老板们并没有意识到自己正集三个角色于一身。他们普遍只追求更大、更漂亮的舞台，却忽略了舞台的坚固也很重要；他们过分强调自己对舞台的所有权，却忽视了那些配合、烘托自己的演员，导致整出戏演得不好。殊不知红花也需绿叶配，再漂亮的花木如果孤芳自赏，最终也只能落个独木难支的结果。

同时，也有很多职业经理人同样存在着思维上的误区。他们往往认为只要自己是对的，就可以无所顾忌、执意为之，却不知一旦没有了舞台，哪怕是再好的演员也无计可施。很多人常抱怨老板难伺候，其实那是因为他们没有从老板的立场上去看问题、思考问题；他们没有意识到：民企老板也是人，他们同样有喜怒哀乐，他们同样有酸甜苦辣。误会通常来源于不理解，而理解两个字，却从来都是说来容易做来难。

本书中，既描述了主人公厚德和他的老板黄总之间为了企业的发展所做的不懈奋斗，又记录了他们在合作过程中由于理念不同而造成的种种分歧。透过他们的故事，我们可以看到在纷繁复杂的商海竞争背后最真实的人性。

▼ 目录

风起篇

出路

一部民企高管亲笔写就的

职场生存实录

无心插柳

进民企做高管，对厚德而言绝对是想都没有想过的事情。

厚德在27岁那年考上的研究生，在此之前，他的最高学历不过是小中专毕业。厚德19岁中专毕业后进入国企，靠着边工作边读书考自学考试，才拿到了专科的文凭。凭着这张专科毕业证，厚德以同等学力的身份报考了研究生。以中专毕业的底子去考研究生，厚德在自学上费了多大工夫可想而知。好在皇天不负有心人，他终于拿到了那纸盼望已久的录取通知书。研究生期间，厚德用自己的实际行动成功演绎了"厚积薄发"这个成语的含义：不仅凭着优秀的成绩成了学院里唯一一个提前毕业的学生，而且还兼职培训、教书，用他同学的话说："你比我们的老师挣的钱还多。"

厚德之所以这么努力，是因为他心中的目的一直很明确，那就是通过学历的提升，让自己进入一个更大、更好的平台施展才华。

研究生毕业那年，厚德把目标瞄向了名头响亮的各大国企、世界500强，他坚信只有舞台够大，才谈得上为自己赢得一片天地。而老天对他也确实垂爱，厚德不仅顺利拿到了一家世界500强企业的offer，更是在200个入围者中脱颖而出，成为了被录取的4个"培训处长"中的一员。

"培训处长"，光是"处长"这两个闪亮的字眼就足够惹人羡慕嫉妒恨，更别说这个处长其实就是享受500强企业副处长的待遇，去完成公司量身定制的培训计划。说白了，用那个单位里基层员工的话来说，这都是一群啥也不懂，拿着高工资、享受高福利、不干活，未来还当我们领导的主。

9个月后凭着扎实的基础和优异的培训成绩，好运再次降临，厚德被正式提升为处长，在同期招聘入职的培训处长中唯此一个。

一时间，厚德真可谓风光无限，所有人都认定他前途无量，人们似乎看到了光辉的未来在向他招手。但厚德还没看清未来是个什么样，却先陷入了恐慌——他惊讶地发现，自己竟然开始讨厌这份来之不易的工作了。

处长的头衔听起来光鲜，实际上每天的工作无外乎就是管理团队、算数字、看报表、卖场促销、处理顾客投诉，再算数字、再看报表，每小时一次的业绩对比，千篇一律、枯燥无味。厚德时常觉得自己就像是拉磨的驴，一天天都在卖场、仓库这几千平米里打转。而根据他的观察，想要不跟这些东西打交道只有一个途径——挤进公司最高层。厚德掰着手指头算了一下，即便没有所谓的"天花板"（外企中最高层往往是外国人担任，中国人能挤进去的少之又少），没有他前面那一堆排队的元老们，在他熬到那一天之前，估计会先被无休止的数字和报表这些琐碎的事情给弄疯了。

光是枯燥、琐碎、压力也就罢了，由于这家企业主营的是零售业，所以厚德还要亲自管理、培训最基层的理货员和促销员，防止底下科长们吃拿卡要、营私舞弊。数不清的蝇营狗苟、鸡零狗碎，而且还时不时冒出点事挑战下自己的道德底线，一天下来常常是头昏脑涨。唯一让他感到欣慰的是，自己在基层员工中的口碑相当不错，大家都夸他是最体恤员工、最敢为员工说话的领导。

只不过，职场斗争从来都不是好人好报的童话故事，仗义直爽为厚德赢得了好人缘，但也成了他在办公室政治中的致命伤。古人不是说了吗？"慈不带兵，义不聚财。"没过多久，借着内部改革的由头，厚德就稀里糊涂地接到了调令——平调到成都去当处长。从总部到地方，厚德瞬间天上地下，成了这家公司的边缘人物。

幸运不再，光环褪去，厚德夜不能寐地琢磨了好多个晚上，最后终于下了狠心——反正这份工作自己也早就觉得无聊，不如就坡下驴，干脆换个新环境，重头开始。于是，厚德辞职了，挥一挥衣袖离开了这家挥洒了两年青春热血的世界500强。

而就在这个时候，厚德的人生中发生了另一件大事——女儿出生了。初为人父对于厚德来说自然是莫大的喜事，但也让他肩上的担子重了不少。厚德的老婆是刚来"魔都"不久的外地人，挣的工资根本不够养活一家老小，这也就意味着厚德必须尽快重返职场，担负起全家人的开销。恰巧此时，一家大型广告公司向厚德伸出了橄榄枝。

广告分线上广告和线下广告，线下广告主要做路演、派发、店销和深度分销。这家公司有外资身份，是国内顶尖的一家线下广告公司。按常理说，零售业和广告业听起来是八竿子打不着的两类企业，他们选中厚德似乎有些奇怪，可实际上线下广告常常和零售终端的企业打交道、执行项目，所以他们找到和选择厚德，也并非毫无渊源。况且，厚德刚刚30岁，硕士毕业，外加世界500强的工作经验，绝对算得上是可塑之才。就这样，虽然在广告方面是个门外汉，但厚德换了身西服就到这家广告公司走马上任了。当时的厚德，生活所迫，也只有硬着头皮上了。

厚德在这家广告公司的顶头上司是总监，也正是他极力要求公司引进的厚德。至于原因吗，那段时间他手下一个部门有两笔大单子，合作方就是厚德原来工作的那家企业。而总监手下的那帮员工，大多是一群一毕业就直接坐进了写字间，没有什么社会经验的小伙子、小丫头们。虽然能写出漂亮的策划案，但却根本不懂怎么和零售业那帮子人打交道，他们之间根本就不是一个重量级的较量。说的直白点，卖场那帮子人根本就不鸟他们，管你是什么广告公司、什么名校毕业的，在我的地盘就必须按照我的路数办事。碰上这么一群不讲英语、不讲道理的主，广告公司那帮讲着英语、只懂道理的青年才俊们一点办法都没有，于是广告的执行力度自然是大打折扣。总监心里很清楚这个状况，他要厚德的意图就很清楚了：利用厚德的关系和经验，肯定能把现有的单子做好，省下来的钱，付厚德的工资已然绰绰有余，自己还不用费心费力！

厚德确实不负总监厚望。虽然只在原公司干了两年，但那可是两年含金量极高的处长位置啊，而且是总部所在地"魔都"的处长，在全国的门店里都算得上大名鼎鼎。而且，在此之前厚德还当过国企干部，一路靠着自己的拼杀来到魔都，社会经验比同龄人只多不少，处理此类实际问题更是游刃有余，实在是小儿科。不夸张地说，但凡在这个体系内，出点什么事情，只要厚德一出面，都能迎刃而解。总监对厚德的办事能力相当满意，并且公开宣称要在接下来的三年内给厚德量身定制一套培训计划，帮助厚德成长。

然而此时的厚德，心里却很不舒服。为什么，太闲了！厚德每天在公司里除了偶尔处理下外边的事故，就是看公司之前做过的案例，要么就是待在公司里看一帮小伙子、小姑娘们做事，实在是无聊至极。总监说的培训计划听起来让人热血沸腾，其实在执行中很难落实下去：一来总监太忙，几乎没有时间顾上这事，顶多是多给厚德安排些开会啊、培训啊这样的机会；二来，其他和厚德平级的公司的元老级客户经理都是手里一摊子事，没工夫为厚德传道授业解惑。另外，大家心中还有个秘而不宣的共识：即使有时间，也不想教厚德。道理很简单，厚德潜质好，又有资历，缺的就是广告业的经验，如果徒弟很快上手了，他们岂不就成了被饿死的师傅，更别提升迁、发展了。所以，大家嘴上称兄道弟，心里其实都提防着厚德。而厚德不傻，当然能看懂这里面的奥秘了，可他除了自己主动尽量找机会多学点东西外，通常也是无计可施。闲下来的时候厚德常常会想：我才30岁啊，还没到混日子的时候，而且过去的经验也不够自己吃一辈子的，这样下去可怎么办啊？

就这样，厚德每天在经常性无聊和偶尔兴奋的交替中度过，没想到过了几个月，事情却悄悄出现了转机。

厚德在上海有个朋友王睿，他原来也曾在厚德供过职的那家500强企业里做处长，算是厚德的师兄，两人关系一直不错。后来王睿转行，做了电视购物行业里一家知名企业的高管，但是二人仍以兄弟相称。如今，王睿利用所掌握的零售行业的知识和在此行业内积攒的人脉关系，自己去创业，专门给别人做第三方零售服务。

当时东方卫视有个人气颇高的财经选秀节目邀请王睿去做嘉宾，王睿便专门打电话招呼厚德去录制现场给他捧捧场。录制时间是在周末，厚德心想闲着也是闲着，不如过去看看，也正好和王睿叙叙旧。

节目录制结束后，王睿召集了好几个被他叫来捧场的朋友一起吃饭。几位在上海工作的朋友厚德基本上都认识，唯独有一个人却是第一次看到。这个人个子矮矮的，貌不惊人，衣着也很朴素低调；并且也不爱主动说话，回答别人问题时也常是吞吞吐吐、慢半拍的样子，和身旁那些各大"世界500强"出来的口若悬河的人精相比，绝对就是个另类。落座后，王睿特意指着这位不起眼的男人说道："给大家介绍一下，这位是F集团的董事长黄总。"厚德有些吃惊，心想还真是人不可貌相，没想到这么个不起眼的男人，竟然是位董事长。

而更让厚德惊奇的事情在后头，席间黄总既不抽烟也不喝酒，基本上只专注地听着其他人天马行空地聊天，听到有价值的东西，他还会从怀里掏出个小本子，认认真真写下来。这个细节让厚德对黄总的第一印象很好：一来他身上没有很多老板普遍存在的骄横之气，为人很随和；二来他乐于学习，时刻都在汲取营养，证明他做事认真。饭局散了后，厚德和王睿单独聊了几句，提到黄总时，王睿也是赞不绝口："别看他不言不语的，但肯定是个做大事的人。"

自此之后，厚德去王睿那里的频率开始多起来，而且只要黄总一去，王睿就必然通知厚德过去作陪，当然一同出席的还有黄总的那本如影相随的小本子。去了也没什么事，就是瞎聊胡扯。接触一多，厚德渐渐发现黄总的确与众不同，既有着很多常人不具备的优点，但同时也有一些常人无法理解的特点，甚至是缺点，其中最明显的就是——抠门。比如，他们一起吃过几次饭，都是黄总点菜。这位黄总只点最普通的饭菜，而且从不多点，仿佛吃饭就是为了填饱肚子，根本谈不上享受美食。黄总点菜第二大特点就是主观。列位看官，先说这第一条，黄总每次都主动要求买单，别人既抢不过他也都争不过他。每到那时厚德心里就哭笑不得，说起来是你请大家吃饭，我们似乎欠了你的人情，可这吃的都是什么啊！我宁愿自己掏钱吃点顺口的。再说这第二条，黄总点菜只点自己爱吃的，能吃的，从不问别人喜欢吃什么；他自己吃饱了，就认为别人也吃饱了，所以他是按照自己的饭量乘以人数点菜。他也不思量思量别人的块头比他大，年纪比他轻，要消耗的能量比他多，当然吃的东西也要比他多。总之，吃的这几次饭，除了黄总自己表示很满意，大家都没有吃饱，更别说吃好了。连王睿都只能苦笑着对厚德说："兄弟，咱俩就当减肥吧。"

不过在所有人看来，黄总的抠门不过是件小事，毕竟大家都是有头有脸有"身份证"的人，谁还会为了一口饭去计较。随着接触次数多起来，大家聊的话题也渐渐多起来。从刚开始的古典名著、社会事件，慢慢转到了公司的管理和发展上面了。黄总掏本子的次数也更多了，越发地笔耕不辍，记在小本子上的东西越来越多。时不时地还会提出一些问题，而厚德对他问的东西无不畅所欲言，知无不言，言无不尽，但至于是对是错、有多大的借鉴意义就靠黄总自己去判断了。

一天，正当厚德百无聊赖之际又接到了王睿的电话。他正准备发发牢骚、一吐为快，可是嘴还没张圆，电话里就传来王睿异常严肃的声音："厚德，今天下班到我公司来一趟。"厚德正想问是什么事，王睿那头已经把电话挂了，厚德张着嘴看着手机屏自嘲地在心里骂了声娘。几乎同时手机屏上蹦出来王睿的一条短信："一两句话说不清楚，来了你就知道了。"下班后厚德直接去了王睿的办公室。

一进门，厚德就感觉气氛不同往常，平日里他和王睿是狗皮袜子——没反正，见面就要调侃两句。可那天，王睿在办公桌前正襟危坐，似乎就专为等着厚德来谈一件了不起的大事。

厚德从来都很懂得如何调节气氛，他笑着对王睿说："呦，我说老哥，这是要干嘛，搞得严肃兮兮的，让人挺怕的。说吧，你找我来有啥吩咐？"

王睿也忍不住笑了，表情舒缓了不少，他为自己和厚德各自点上了一根烟，猛抽了一口后说道："兄弟，现在有个千载难逢的工作机会，你考虑下。我个人是很希望你能把握好。"

"啥机会？去国务院还是中南海？"厚德故作认真地问。

王睿笑着瞪了他一眼说："有那机会我还能留给你？早自己偷偷去了。说正经的，是黄总想请你去他那里做董事会秘书。"

厚德差点把嘴里的茶水喷到王睿脸上！处理完自己口里"狼狈"的茶水，强忍着笑意，厚德歪着脑袋，用调戏的口气对王睿说："我说老哥，好赖咱两个都是500强处长出身，你不介绍个老总啥的工作，至少也要是个关键部门的负责人什么的吧。先不说黄总那个企业是个民企，咱就看他那平时请客吃饭的样子，似乎也不是什么大企业的老板；再说，我去他那里做什么秘书，老哥，你这玩笑开得大了点儿吧？"

王睿一听厚德有点埋怨自己的意思，赶忙解释："兄弟，这你就不懂了，知道什么叫董事会秘书吗？董事会秘书简称董秘，是那些拟上市公司和上市公司必备的一个关键职位，是写进公司章程的高管，不仅要全面负责公司的上市工作、信息披露工作以及未来公司的证券业务；还得负责和券商、律师、会计师等外部中介机构沟通，公司内部董事和独立董事的沟通协调工作和股东资料的管理也都归董秘管；就连协调股东之间关系很多时候都要靠董秘去协调。我刚才说的这还只是个大致，不少董秘还经常分管投资工作。兄弟，你听听，这些都是多大的权力。你以为只要跟秘书沾边就只是打打字、订订机票、写写文件吗？董秘可是要负责全部上市工作的，可以说，是一个拟上市公司除了老板外最重要的岗位了。"

厚德听了王睿的话，心中一动，他以前只听说过有董秘这么个职位，对于工作内容却完全不知道，没想到职责竟然如此关键。

王睿见他没吭声，接着说道："黄总你也见过几次，虽然在有些习惯和细节上和我们不太一样，但绝对是非常的敬业、吃苦能干，这不，下边的公司就要准备上市了。你想想，一个快要上市的公司，规模能小的了吗？黄总这段时间一直在物色董秘这个职位的合适人选。跟你接触的这几次，他认为你是最佳候选人，所以托我先给你吹下风，顺便听听你的想法。"

厚德一边听王睿讲着，一边脑子转得飞快，即使董秘真的那么重要，即使黄总的企业很有实力，即使自己真有些才学和经验，但是，黄总怎么就能认定自己就合适这个岗位呢？毕竟两个人认识的时间并不长。想到这，厚德把手里抽了一半的烟摁在烟灰缸里掐灭了，对王睿笑了笑："我说哥哥啊，你没搞错吧，既然这么重要，又负责上市工作，为什么偏就看上我了？我是零售业出身，你又不是不知道，这和上市是八竿子打不着的专业啊！就算找，他也该找个跟上市有相关经验的人啊，怎么就会想到我呢？这不是瞎搞嘛！"

王睿一听，明白厚德不再像一开始那么排斥，只不过仍然心存顾虑，于是忙起身招呼他坐下，之后又亲自倒了一杯茶递到厚德面前："起初我也不理解，但是黄总说了，董秘一定要可靠，要能信得过，他通过这几次的接触，觉得你就很值得信任；还有，董秘的资历要好，这点你就更没问题了。你看你，正规管理学硕士研究生毕业，又在500强干过，在哪都能拿得出手；另外你担心的专业问题我也和他探讨过，虽然你没有干过上市相关的工作，但黄总觉得你很聪明，知识面也广，领悟力很强，学起来应该很快。那些上市所需要的文字和法律，你用不了多少时间就能掌握了；不瞒你说，现在律师、会计师都已经进场了，他们都可以帮你，好多事根本不用你一个人操心，现在就差你点头答应做这个董秘了。"

王睿的话让厚德心里的疑惑解开了一些，不过无论对于自己还是对于黄总的企业毕竟都是事关重大，厚德不敢轻易点这个头，而王睿也看出了他的犹豫，拍了拍厚德的肩膀："这样，兄弟，我知道你需要好好考虑下，不过，先别急着下结论。我这边就跟黄总回个话，说你正在考虑，等回头让他亲自和你聊。"

果然，第二天，黄总的电话就来了，并且口气十分亲切："厚德啊，你先别轻易拒绝我，你最好抽个时间去我公司亲自考察一下，看看那里的情况后再定。这几天你告诉我个时间吧，提前告诉我，我好去安排。"

放下电话，厚德才感到这件事不是闹着玩的，是要动真格的了。对厚德而言，这一次的机会和上一次跳槽并不一样，毕竟现在他是骑驴找马，有资格也有时间做个筛选，所以他想征求一下家里人的意见。那天吃完晚饭，厚德就招呼全家人坐下，把事情前前后后说了一遍，而大家的意思十分一致：反正现在的工作你也老说太闲，不很满意。既然有这个机会，还是去看看比较好，反正光是看看又不会有什么损失。

家里人的话让厚德更坚定了去实地看看的想法，他马上就拨通了黄总的电话："黄总，本周末我就可以安排时间过去。"对方稍微迟疑了一下："太不巧了，正好那几天我要在北京出差。"厚德有些失望，刚准备另约时间，忽然听见黄总说："你去吧，我安排我太太接待你。"

周末的晚上，厚德买了火车票准备从上海过去。车次很不巧，只能是凌晨三点左右到。厚德把车次用短信告诉了黄总，过了一会儿手机响起，一条陌生号码发来的短信出现在屏幕上："您好，厚总，我是黄总的太太章莉，我已经给您定好了宾馆，您从火车站直接打车过去休息就行了，家里有小孩我没法去接站，实在抱歉，明天早上9点，我会去接您吃早餐。"短信的措辞很客气，而且一上来就直接称他为"厚总"了。这是厚德平生第一次被别人叫"总"！当时厚德的心里啊，那可真是热乎乎的，又有点暗自高兴。这条短信，让他一下子就对还没见过面的黄总太太连带着黄总本人都更添了一些好感。带着喜悦和期待，厚德有那么点儿沾沾自喜地上了火车。

一切果然如安排的那样，到了地方后他直接到宾馆前台拿着开好的房卡回房睡觉去了。厚德很谨慎，生怕自己睡得太沉，除了用手机定了8：45的闹钟，还交代前台在同一时间打电话把自己叫醒。

第二天一早，"叮叮叮"，电话响了起来，厚德以为是前台打来的叫醒电话，迷迷糊糊地拿起来后刚要随手挂上，却听到电话那头响起了一个女人的声音："厚总吗？我是黄总的太太章莉啊。昨天您辛苦了，休息的好吗？我现在从家里出发，15分钟后到宾馆楼下，我们去吃早餐。"厚德一骨碌从床上爬了起来忙说："谢谢章总，我不辛苦，您安排的很好，我休息的也很好。就按您说的，我们9点钟在宾馆门口见。"

厚德慌忙起床洗漱了一下，提前将近10分钟到了酒店大堂。两分钟没到，一辆奥迪车就缓缓驶入，停在了酒店大堂门口，从里面款款走出了一位打扮得体、举止大方的中年女性。这应该就是黄总的太太了！厚德快步迎上前，轻声问道："您是章总吗？"

对方笑得很热情："是，您是厚总吧？这么早就下楼等我了，刚刚打电话没有影响您休息吧？来，上车，我们去吃早饭。"她一边说，一边将厚德带上了车。

车上还坐着一男一女两位年轻人。"这位是小李，会计师事务所的。这位是小张，券商。他们今天不休息，是专门来陪您的。吃饭的地方就在附近，待会儿我们再详细聊。"章莉语气轻快地介绍着。

吃早餐的地方很近，几分钟就到了。下车后，章总找了靠窗的一个大桌子坐了下来。吃饭的时候，小李、小张又分别热情地作了自我介绍，从他们的话中厚德听得出来，章莉肯定对他们提前说起过自己，但可能没说此次来考察的目的，因为两个人的言谈话语透露出一个意思：厚总已经准备好，要来上班了。

整整一天，考察安排得充实又有序，甚至连午睡的时间都安排了。临走的时候，章莉让司机把返程票给了厚德，还送了两大袋土特产礼品。中间还有个细节，让厚德颇为感动，在集团总部考察的时候，章莉专门带厚德去了一间空着的办公室，对厚德说："厚总，这是我们为您准备的办公室。"整个过程，章总没有说一句邀请的话，但是这阵势，仿佛你已经要来了，或者说，你不来都不好意思。

晚上到家，厚德顾不上休息，赶紧把自己一路上冒出的各种想法和家里人沟通。而反复分析的结果是，去黄总那里工作有优势也有不足。

先说不足：

（1）黄总的公司目前还不够大，整个集团产值一亿多些，拟上市的子公司产值仅有5000万左右，而且产品比较偏，在国内属于一个较小的品类。

（2）公司不在上海，去那里，意味着要离开上海，全家都要离开已经熟悉、适应了多年的地方，这样的变动绝对不算小。

（3）这份工作对厚德来说比较陌生，甚至都没有接触过，风险也比较大。

再说优点：

（1）公司提供的平台足够好，如果干好了，前途还是不错的，至少比现在的广告公司要充实。如果一旦上市成功，分在手里的股票也能值好多钱，更不要说董秘这个岗位的价值了。自从王睿给他说了这事儿，厚德已经对董秘这个职位进行了多方位的了解，确信这是个好差事。

（2）在上海固然是好，可房价、生活成本太高，以现在的收入看，买房非常吃力。没有一个安稳的栖身之所，再好的城市都只能算是漂着，成不了自己的家。

（3）虽然没有干过董秘这个工作，但是厚德学东西一点就透，而且年轻，正是突破自己、干一番事业的黄金年龄！

厚德说到口干舌燥，这时他的太太开了口："我支持，正好黄总的公司在我老家那个省，去那里就等于回家了。"既然儿子儿媳都乐意，厚德的父母也不好再说什么，只有同意了。

几天后，厚德就拨通了黄总的电话，告诉他工作的事自己基本上同意了，但是有些细节还希望能和黄总再聊聊。黄总显得很高兴："好啊，我过几天就从北京回来转机到上海，我们到时候见面再谈。"

其实所谓"细节"，说白了就是薪水和待遇的问题，但这也是最关键的，没有这个做保证，厚德肯定不会离开上海贸然去他那里。他们约在上海南站的一个咖啡厅里见面，黄总还让厚德帮他买了一张回去的动车票，顺便带给他。

一见面，黄总就开门见山地谈了邀请厚德过去工作的想法，厚德一咬牙，也不迂回、客气了，实话实说，直接告诉黄总："我毕竟没做过董事会秘书，这方面经验上肯定有不足，您真的觉得我合适吗?"

黄总似乎并不在意:"没有经验也没关系,有中介机构帮你熟悉,你可以学起来。你过去后主要工作有三大块:协调处理股东关系、负责与中介机构的联络,处理拟上市公司的准备工作及公共关系、政府事务、兼并投资。我相信你能做得很好。"

厚德低头想了下:既然黄总自己都说没关系,那我就更没关系了。于是他在心中默默地将这个问题 pass 了。接下来的问题,才是厚德更加关心的:"薪水、待遇方面,您是怎么考虑的?"

黄总却没有正面回答,而是反问他:"说说你现在挣多少吧?"

厚德脑子里迅速地盘算着:在 500 强的时候,一年正常情况下有 10 多万,当然不包括非正常情况下供应商逢年过节送的"外水"。但是此情此景,外水是万万不能说的,为什么?你想想,哪个东家也不会希望自己的手下在拿好处方面有太多经验。再说,自己这个空降处长当初能活下来,靠的就是不贪心,清白正直、勤奋努力,如果你要在经济上不清白,你的竞争对手早就告发你了,毕竟他们在圈子里干了那么长时间,人头和游戏规则比你熟悉得多。

想到这,厚德干脆说:"正常情况下一年一般有十五六万吧。"

黄总几乎未作任何迟疑,就对厚德说:"我给你基本工资 20 万,另加生活补贴、电话费补贴等。公司会给你买辆车,如果你上市前要,买辆 15 万左右的;如果上市后要,给你买辆 30 万的。股票按 2.5 元的价格可以给你 10 万股,以后可以再增持。"

厚德没立刻表态,而是好好想了想,整体感觉还可以,觉得再拉扯下去也很难为情,就对黄总说:"黄总,我一旦答应您,就肯定要为您和公司卖命了。至于薪水、待遇的问题,我也不想和您斤斤计较,毕竟我还需要学习很多新的东西,也算公司提供给我的机会。但我话先放这,如果以后公司发展了,您觉得我还起了一些作用,做了一些工作的话,我希望您能再考虑一下我的待遇,毕竟我抛家舍业，离开上海去您那里，这个损失也是不小的。我更希望的是和公司共同成长，帮公司做出成绩，尽快上市，这样我将来拿的多些，心里也舒服。"

黄总点点头，用充满赞许的眼光看着厚德说："你能这么说，我也放心了。你放心吧，只要你好好干，我是不会亏待你的。"

就这样，最后的也是最关心的细节，就算是这样敲定了。在回去的路上，厚德感到自己的身份又将发生一次改变，他将告别外企的光环，成为民企的一员；脱下外企的西装，奋斗在民企的战壕里，用自己的青春和汗水去点燃生命的另一段故事，为自己和家人赢得更好的生活。

初露峥嵘

那天和黄总的会谈，有一件小事让厚德的心里有些疙瘩。当时，一见面，厚德就把帮黄总买的动车票给他了，但是直到最后分手，黄总都没有把车票钱给厚德，而且表现得相当理所当然，就跟没有这事一样。这让厚德多少有了些腹诽，不过他很快就自己劝自己：黄总可能是太忙，忘了吧。但是转念一想，这事也不应该忘啊，毕竟我还没有最终答应去他公司，还算是他的朋友和客人，怎么会就这么忘了呢？好在自己不是计较的人，不然黄总恐怕要因小失大了。

去民企工作的事情谈妥了，但厚德的心里还有很多疑虑，让他隐隐不安：

王睿为什么要这么帮我？从现在回过头去看，虽然我在和黄总的几次接触中，给他留下了相当不错的印象，但是想必王睿也肯定在里面没少说我的好话，否则黄总不会这么坚决地请我。

如果说到朋友关系，王睿帮黄总做些事情是合情合理的，但绝对不会在涉及这么重要的人事变动上如此费心。

况且，王睿虽然是我的朋友，但还没到那种有福同享有难同当的程度，他为什么要这么仗义地帮我呢？

还有黄总，既然董秘这个职位这么诱人、抢手，职责又是这么重要，他完全可以在自己熟知的圈子里选定一个人培养，而不是通过王睿这样一个半路认识的朋友来介绍。

难道是我太优秀了吗？

厚德想到这，忍不住使劲儿摇了摇头：就算优秀，也只是在零售业500强做过，并且也没有什么骄人的成绩；再说，要真有多"优秀"的话，当初也不至于被调离总部，导致自己离开零售业这个圈子。更别说在上市工作这方面，自己完全是个菜鸟！

黄总完全可以通过猎头找到一个"成品"，找一个有过上市经验的董秘来帮助他，何必这么大费周折把自己请过去。

厚德就这么想来想去，不知不觉就又想到了那张车票，他知道，黄总不是个很懂人情世故的人，在钱上也算不上慷慨，如此说来，或许他真的是故意的？火车票不值几个钱，可是在这样的老板手下做事，估计未来少不了磕碰。

一想到这些，厚德不禁头疼了起来，心里一阵发紧。

厚德漫无目的地走在上海的马路上，脑海中不断浮现出自己考研、读书、工作时的场景，那些屈辱、委屈、奋斗的画面，还有孩子嗷嗷待哺的眼神、父母期待的目光……

在熙熙攘攘的上海街头，厚德忽然流泪了，泪水湿润了他的眼眶：自己从小中专自考大专、学英语，又拼了命考研，是为什么？自己19岁当国企的团干部，21岁到上海，后来又放弃了工作去读书，又为的是什么？如果是贪图安稳，大可以在国企苟此一生，如果是胆小怕事，又何必自断后路去考研？

对艰辛往事的种种回忆，让厚德心中有了种久违的热情，他使劲儿攥了攥自己的拳头：

民企怎么了？民企就不能实现理想吗？自己不也是从普通百姓家的孩子一路成长，当上了外企的处长？难道因为这些小事就要放弃自己的选择吗？难道换个环境，换到民企，自己就玩不转了吗？

想到这里，一股豪气冲上了心头。厚德停止了在马路上的徘徊，驻足、凝神，眼神里透出一束坚毅的杀气直视前方——就算是刀山火海，我厚德也要走下去，走出个人样来！

厚德回到广告公司和总监说明了情况，表示自己要离开。总监很是惋惜！一再强调着他是多么努力地培养厚德，而厚德又是多么的有潜力。但此时的厚德已经不再关心这些了，他已经坚定了自己的信念，就是有十头牛也拉不回来了。这样的坚持，是没有办法挽留的。去意已决！

厚德丝毫不敢怠慢，以最快的速度办完了离职手续。在家人的劝说下，厚德找了个民间的风水师，专门挑了一个"上任吉日"才动身。

那天，厚德下午一点左右就到了。江南的三月，正是风和日丽、春光明媚的时节。一路上，厚德脑海中不断幻想着到站时的场景，就算没有张灯结彩、锣鼓喧天的热闹场面，起码也得有人热情地接待。厚德甚至还打好了自己就职演说的腹稿，连动作和表情都做了设计。厚德努力地在内心营造出令人积极的场景来开始自己的民企生涯。

然而刚一到站，厚德就感到了异样。他自己提着行李在站台四下张望，来回看了好几遍，也没找到写着他名字的牌子，更不要说什么张灯结彩的热情接待了，车站看起来显得比平时都要冷清！厚德的心"咯噔"一下，一种说不出的酸楚和孤单涌上心头。他强忍着快要弥漫出的落寞，拿出手机拨通了黄总的电话："黄总，您好，我是厚德，我已经到车站了，请问您在办公室吗？我现在过去报到。"厚德说得委婉而客气，他多希望黄总可以表现出一些喜悦和热忱。

然而，黄总只是平淡地回答："你稍等下，一会儿有人会去接你的。"说完就挂断了电话。十几分钟后，黄总的司机来接厚德，司机和黄总的语气一样淡漠，连车都没下，只是象征性地向厚德点了下头，便指挥他把行李放到后备箱。

一路上厚德都感到很尴尬，司机一句话都没有对他说，更别说之前自己期望的嘘寒问暖了。就这样，厚德被带到了公司，进入了那间被黄总太太所说的专门为厚德准备的办公室。

放下行李，厚德坐在椅子上心中不是个滋味，这刚开始，就已经和预想的不一样了，往后不知道还会有多少出其不意等着自己。这时候，一位中年女性走了进来，通知厚德去黄总办公室。

厚德一进到黄总的办公室，面前的场景差点儿没让他乐出声儿来：几乎一百平米的房间里放了一个硕大的板台，黄总矮小的身子坐在里面形成了强烈的反差，厚德脑海中响起了相声里说的那句话："潘长江开车——无人驾驶"，要多不协调，就有多不协调。黄总看到厚德，连站都没有站起来，只是伸出手握了下，说了句："欢迎，坐！"厚德在坐下的那一刻暗自苦笑了一下，这就彻底终结了自己一路上反复想象的火爆、热情的欢迎场景。就职演说嘛，就更没戏了。

经历了从车站到公司这一段非同寻常的路，此刻厚德心里反倒是平静了，也想开了：我是来工作的，又不是来摆排场的；黄总现在已经不是朋友，而是老板，我是他的雇员，他摆点架子也是人之常情。

连厚德自己都有些诧异，自己在走入民企的一刹那，仿佛是经历了很多年的沧桑一样，一下变得比以前成熟了。

黄总对厚德说："现在相关部门有规定，董秘必须还要做副总，你看你再兼个副总怎么样？"厚德平静地点点头回答："黄总，既然我来公司了，人都是您的了，您让干啥就干啥。如果您认为我能胜任副总，我个人没有意见。"

黄总对这个答案似乎并不意外，面部表情没有任何变化。他接着说："你先在这里熟悉几天，毕竟这里和上海不一样，小地方，总要适应下。"

厚德又点了下头算是同意。随后黄总说道："有什么事就找刚才那位叶主任，她是公司的老员工了，会帮你的。这两天抓紧把合同签了，我的意思是每月先发你5000，余下的年底一起发。另外，你买股票的钱准备好了吗？"

厚德不禁惊叹于黄总这几句发言的简略概括性以及话语里透露出的咄咄逼人的气势。他的眉头蹙了起来，低头考虑了一下后，告诉黄总："工资每月给我5000肯定不行。现在我家人还在上海，分居两地，两边的开销每个月5000肯定不够，至少要10000。买股票的钱我准备了一部分，另外一部分我的想法是您先借给我点儿，我出利息。一下子拿出几十万元对我来说是比较困难的。另外我在这里租房，我需要公司补贴，这个我们谈个标准也行，您给我租好也行。"黄总之前承诺的买车的事情厚德想了想，最后还是咽下去了，算了，反正自己现在也不会开车，要这个干嘛，就不给公司添麻烦了。

黄总也沉吟了一下，点了点头说："工资就按你说的算，租房呢，每月给你3000元，你自己去租吧，这几天可以在公司协议的宾馆里住。买股票的钱尽快到位，不足的部分我借给你，但要算利息。"车的事，黄总也同样只字未提。

就这样，双方赤裸裸地谈好了最关键的"利益"问题，这也正式宣告了厚德在民企的生涯正式开启。

之后的几天没有太多新鲜事，厚德所做的无非就是熟悉公司，而大家对他的态度，也重复着报到那天的基调，一切都是从期望中的热情、周到、圆满回到了淡漠、怠慢和失落。郁闷肯定是有的，但厚德随即一想，算了！既来之，则安之，就不要计较那么多了。每天，厚德都在不停地这样安慰着自己，安抚着自己脆弱的、纠结的心灵。

厚德很快发觉公司里气氛不够轻松，准确的说，是整天死气沉沉的，人际关系很冷漠，不像国有企业和外企那样，大家见了领导都很客气，彼此之间还有一些礼节性的寒暄、问候。现在这家公司的人像在菜市场一样，虽然熙熙攘攘，但是每个人除了对黄总、本部门同事或私交比较好的比较热情外，对其他人都形同陌路。算了，你不打招呼，我招呼你还不行吗？厚德于是见谁都笑着脸说"您好"，倒也能换来一些礼貌性的微笑和问候。这样的氛围厚德是真心不习惯，他一时竟然有些手足无措。而所有的委屈、别扭、无所适从，厚德也只能压在心底，时不时地自我开解一下。毕竟，这些事不能对家人说，说了他们不仅不能分担，还让他们为自己瞎担心。更不能跟王睿说，毕竟此一时、彼一时，万一让人误会自己是发牢骚，这朋友，也就做不下去了。

总而言之，这一切都是自己的选择，自己还能承担，更何况是好是坏，现在还不能下定论，且行且看吧！

终于，这种沉闷在一个下午被打破。

那天，黄总突然把厚德叫到了办公室，拿出了一份工商局的文件说："公司在南方某省的产品受到了工商处罚，目前公司要上市，决不能有任何法律上的污点，你去处理下。"

厚德一看，原来公司早在一个多月前就收到了处罚通知，但黄总可能一直没有放在心上，所有没有执行。但现在，当地工商局直接就开出了5万的罚单，而且宣布如果在规定期限内不交罚款的话就要在国内工商网上进行公示，并申请强制执行。

这可不是小事，厚德还是有点忧，毕竟这样的事情和处理卖场顾客投诉完全是两种性质，自己压根就没有接触过。厚德小心翼翼，带着试探性问黄总："这类产品我不懂，我去合适吗？"

黄总回答得斩钉截铁，说："大家都不去，我看只有你去了。你要牢记两点：一是撤销处罚，绝不能让公司在法规上留下任何污点；另外5万太多了，越少越好。"

厚德没有任何回旋的余地，只能硬着头皮应了下来，入职后的第一个挑战开始了。

自此，厚德的民企之路开始进入了正文。

动身之前，厚德梳理了一下整个事情的来龙去脉，并且研究了所有用得着的社会关系，他四处撒网，朋友托朋友打听那个省里有没有政府方面的熟人。很快，有个朋友说转了两层关系，找到了省里某局的一个局长的儿子。虽然关系有些绕，但是有总比没有强，厚德请朋友的朋友给当地工商局打了个电话，不管关系远近，就算挂个号吧。然后，厚德就直接去买车票了。

一路上，厚德都在思索着对策，他心里明白，这样的关系肯定是解决不了问题的，但现在聊胜于无，死马就当活马医吧。转了几趟车，厚德到了省会周边市下边的一个县。在宾馆放下行李，厚德就立刻赶往工商局。

局长不在，副局长接待了厚德。

副局长40岁左右，姓李，身材魁梧，举止干练，看起来像当兵出身，这让厚德踏实了一点，对方看起来不像是那种很扭捏、虚伪、难打交道的那类人。厚德的心中一松，开口就哥长、哥短地叫了起来，并且顺手就把两条高档烟放在了副局长办公桌里边被电脑挡住的位置。

寒暄一阵过后，厚德就把目前的情况给李副局长讲了下，并恳请他高抬贵手。李局果然不是那种很做作的人，直接就告诉厚德："兄弟，看你面相也不是个很狡猾的人，我也实话告诉你，省里也有人打电话来讲情了，我们肯定是会照顾，但要照顾多少，我定不了，这个要局里集体决定。"

厚德一听感觉有戏，但是他并没着急再往下细说，而是天南地北地和对方扯起来了。说是聊天，其实双方都在心里揣度着对方。而李副局长看着这会说话办事却又格外沉得住气的年轻人，心中暗暗赞叹：谦逊但出口不凡，偶尔还能说点和某些领导有关的事；对人敬重有加但不谄媚，有风度和气度，像是大公司里出来的；举止稳重没有江湖气，看起来也不像是那种功利心很强的人；客气但不俗套，不像是个暴发户和没有多大修养的人。

彼此在感觉上不反感，于是话就更投机，两个人越聊越起劲，不觉间已经到中午吃饭时间了，厚德顺势就邀请李副局去吃个饭。对方马上解释说中午真的没时间，而且每天还有午休的习惯，不如让厚德带下边的所长去吃。厚德一看对方的表情言辞都很诚恳，不像是客气或者找托辞，于是也没有再多说，就告辞出来了。

中午，厚德在县政府招待所的饭店订了个包间，然后按照李副局长给的电话通知了所长。所长象征性地推辞了几句，最后还是应了下来，并特意说可能会有七八个人一起过来。

进入下边的程序，那就是厚德的强项了。厚德之前做过国有企业办事处的二把手，在招待方面还是有一套的，说白了，他深谙怎么少花钱而让宾主都有面子；知道什么事该花钱，什么事不该花；知道请什么样的人点什么样的餐能取得最好的效果。事情到了这一步，厚德悬着的心也逐渐放了下来。

中午工商所所长准时到达，果真带了8个朋友，阵容可谓庞大。对于这一点厚德并不感到吃惊，他心里清楚：基层干部，尤其是经济欠发达地区的基层干部，他们在安全的情况下很喜欢在被人请客的时候多带些人：一来是可以照顾一下他他自己的关系；二来顺便摆下谱，因为在高档饭店的酒席坐"主位"这样的机会，对他们来说并不多。

加上厚德，席间总共10个人。厚德特意点的都是些大鱼大肉，而且全是那个饭店名头最响的招牌菜，看起来一桌子红红绿绿，相当丰盛奢华，但其实比起参鲍翅来，这些鱼啊肉啊也值不了几个钱。

点酒时，厚德煞有介事地看了看酒水单，抬头以征求意见的口吻说："各位领导下午还要工作，咱们喝啤酒怎么样？这样就算喝多点，也不会影响工作。"不出厚德所料，这个提议得到了大家的响应。而其实，此刻厚德心里盘算的是怎么为公司省钱。最贵的啤酒一瓶不过10块钱，敞开量喝也喝不了多少，但白酒就不一样了，你说给他喝什么？喝便宜的，他认为你不尊重他，喝贵的，一瓶轻轻松松就上千，这么多人又要喝掉多少瓶？这个尺度，厚德还是要好好把握的。

酒席上，厚德这个从沿海富裕地区来的大公司的领导对所长表现得敬重有加，频频举杯敬酒，言语恭敬谦虚，让所长在他那些朋友面前挣足了面子。而且厚德还说了，以后大家都是朋友，去他们那里的话联系他，一定要再聚聚！

就这样，午餐在热闹的氛围中圆满地结束了，但厚德很清楚，这次午饭，不过只个是铺垫。

下午，厚德约摸着李副局长午休应该结束了，就给他打了个电话，说晚上无论如何也要请对方赏脸见上一面。李副局长像是正在开会，只小声说了句："你等我电话。"就匆匆挂断了。

晚饭前，厚德接到了李副局长的电话，电话里对方告诉他了一个时间地点，便没再多说其他。厚德按约定时间提前10分钟赶到了李副局长说的那家饭店，厚德到时，他还没到。在大厅等了近半个小时，他才姗姗来迟。

厚德赶忙一脸笑容地迎上去说："老哥，今晚我来安排。"

对方马上摆了摆手："不用了兄弟，你是个实在人，我听下面的所长说了，中午你招待得很到位！今天晚上是乡镇的领导请我吃饭，你就一起参加吧，让他们请，下次哥去你们那里你再请我不迟。"

厚德只好就势点头道了谢。他清楚如果再做无谓的"抵抗"那就相当于看不起对方，会让其感到难堪。

晚餐是一个乡镇书记带着随从来请的，从言谈话语中厚德听出来，在此之前李副局长曾经帮了他一些忙。李副局长介绍厚德的时候故意模糊了他的身份，只说："这是我沿海来的哥们儿，喝完今天这场酒，以后大家都是朋友啊！"厚德闻言，马上向大家笑着点了点头。

而实际上，李副局长这样介绍也有着自己的打算，一来可以不让别人知道厚德是企业的人，这样可以让自己避嫌；二来，他还有着一个念头：想要试探一下这位新朋友的诚意。刚坐下不久，李副局长就将了厚德一军："兄弟，你远道而来，哥总要表示下。你看这样吧，按我们这里的规矩，初次到这里做客，必须要一口气喝掉主人给倒的第一杯酒，所以，你这杯酒得干了。"厚德一看那酒杯，一茶杯的高度剑南春，大约有3两多。妈呀，一口干，这可有难度！

要说一口气喝杯高度白酒，对厚德来说，也不算什么太大的难事。可厚德上午陪着九个人吃饭，已经喝了不少啤酒；再者，这第一杯酒就这么干了，下边的酒怎么办？搞不好场面要失控！

和"关键人物"李副局长的第一次喝酒如果失败了，那么，自己的大事也基本没戏了。

厚德脑子里闪过好几个念头，他本能地想要找个借口不干掉这杯酒，但是看着李副局长似有深意的眼神，他一下子明白了过来：这是对方用酒在考验他。既然这样，这酒就不是喝不喝的问题，关键是怎么喝好，这甚至能决定这件事的走势。厚德定了下神儿，站了起来，端着酒杯说："李哥既然说了，我恭敬不如从命，一定入乡随俗，就按李哥说的办！今天就借着书记的酒来敬大家了，改日到我们那里的时候，我一定亲自宴请各位。"说完，厚德一仰头，很是豪气地把这满茶杯的酒一口就干了。

看着厚德豪爽地干掉了那么一大杯酒，在座的很多人很吃惊！这小子还挺能喝的嘛。于是大家开始轮番向厚德开火，那天厚德至少喝了一斤白酒。好在，厚德hold住了全场，也hold住了全程。不仅没有因酒误事，还借着和每个人碰杯的机会，一再感谢李副局长，那种尊重和诚恳被在场每一个人看在眼中。

应该说，那天厚德对李副局长出的这道考题，给出了一个满分的答案，他说得到位，让每一个和他说话的人都觉得心中舒坦，并且很好地把握了自己的身份，时而插科打诨，时而谈古论今，让整个酒席因为他而锦上添花。而最重要的是，厚德靠着自己的交际能力，帮助自己朝完成使命又跨进了一大步。

厚德在酒席上也注意到一个细节，开始两瓶喝的是剑南春，后边喝的是当地酒。这就更加印证了他的推断：乡镇经费也有限，好酒太贵，大家吃饭有个面子就可以了。同时，由此看来，自己处理这件事的思路是没错的，低调真诚、殷勤周到，千万不能充阔摆谱。

回到住地后，厚德躺在床上，借着酒意回忆起了往事，而他的思绪不知不觉就飘向了自己在国企实习的那段时光。

当时厚德实习的部门是总部的财务科，这里可是不得了，是整个国企的核心部门，更是那个年代国企里人人既惧怕又向往的一个部门。

厚德能去实习是父亲千方百计托一个工友介绍的，这个人恰好是财务科科长的一个朋友。再说，就是去实习，又不是去工作，算是个事，但不算太大的事，科长抬抬手这事儿就成了。

既然搭上了父亲的颜面，厚德开始实习后比常人更珍惜这来之不易的机会。

说起来，在进入国企实习前，厚德在人生规划上和父母并不一样，当年厚德初中毕业考上重点高中没有去读，而是违心地遵从了父母的意愿去读了中专。现在在很多人眼中这或许有些匪夷所思，但是在90年代初，内地的中专比高中要难考得多，因为考上中专可以分配工作，而且是国家干部身份，所以厚德的父母希望自己的儿子能早就业，并避免苦熬三年和可能考不上大学的风险。

在中专的几年里，厚德过得并不开心：他从小一直把考大学作为自己的人生目标并激励自己，读了中专，仿佛人生理想就此湮灭一样，内心里没有了幻想、憧憬、远景，只有即将踏入社会的现实、残酷、无奈。所以，厚德的中专生涯完全是在放浪不羁的表象中走来的，没有追求学业的激情，不谈人生高远的理想，绝不循规蹈矩地服从，只有放荡、放肆，大错不犯，小错不断，难死老师，气死学院。

虽然厚德在中专里算不上什么好学生，但他的心里其实一直坚守着一份单纯的等候，他等待自己有朝一日正式踏入社会，在自食其力、完成父母的希冀后再去大学继续深造，实现自己未了的心愿。

因此，厚德很清楚这份工作对自己多么重要，只有在这里干好，他才有资格转去走自己想走的路。在实习期间，厚德迸发出了巨大的能量，也让他认识到了自己的潜力。

每天早上 6：30，厚德提前一个半小时就来到办公室，将四个办公室将近300平方米的地方打扫得一尘不染，并且将他口中那13位"前辈老师"的桌面全部擦得锃亮。而厚德更是暗暗记下了每一个人的癖好，那些爱喝茶的，每天只要一上班，就能喝到温度适口的热茶。要知道，在那个年代的国企，后勤服务比起今天要差很多，偌大的三层楼，全部办公室加起来只有两个保洁员，而且还只负责楼道及公共区域的打扫，根本不进办公室，因此每天科室人员都要花时间在上班后打扫卫生，大家都很不情愿。而厚德的到来，让所有人放了假，大家再也不需要自己动手，也正因此，每个人说起厚德来都会竖起大拇指赞一句："这个孩子勤快，厚道！"

而厚德除了勤快，还有着任劳任怨的优点，每天早上上班后，厚德都做出一副"时刻听候招呼"的姿态，他甚至会主动到给他安排的师傅们那里去找活干。一开始的时候，大家并不怎么爱理睬这位实习生，也不会给他安排什么活，厚德就主动出击，每天去为师傅们买早餐、拿报纸、送东西。无论公事、私事，只要是大家开口的，厚德都屁颠屁颠地去干，把自己活脱脱当成了一名免费快递员，可态度却比今天的快递们不知道要好上多少倍。

厚德的殷勤让他和大家很快熟悉了起来，这时，大家也开始愿意给厚德安排些具体的工作来干了，虽然有些工作仍旧很琐碎，但厚德还是来者不拒，仍然笑呵呵地去做。只不过，此时的厚德却学会了一样新技能：根据对方职位不同和在科室里影响力大小，对委派给自己的工作进行轻重缓急的分档。在一次次权衡中，厚德开始思考对待不同的人如何使用不同的表达方式和工作方法，不过虽然厚德在心中对他们有了区分，但唯一没有变的是厚德依然兼职做着义务"保洁员",并且继续赢得了每个人给予他的全五星好评。

厚德实习的那一年,在他人生中可谓是史无前例充实的一年。实习尾声时,厚德每天都要加班到半夜,而大家用惯了他,也开始把一些重要的工作交给厚德干,让自己乐得清闲。但也就是在厚德异常忙碌的时候,也是他收获最多的时候,而厚德更是在这家国企创造了好几个至今无人打破的"奇迹"。

第一个"奇迹"就是,从实习第二个月开始,科室破例给厚德发工资了。别人实习托关系送礼,厚德实习有钱挣,而且厚德每月拿到的钱,比一个正式上岗的中专生拿的都多。为什么呢?科长交代了,通知其他跟财务科有业务关联的科室,每个月给我们的奖金表里加一个人,名字叫厚德。其实是科长把大家应得的那部分钱拿出了一部分分给了厚德,变着名义给他发了份工资。

第二个奇迹是,在实习期间,厚德作为主力球员代表机关队拿到了单位篮球联赛的冠军。如果是其他实习生,这样的参赛资格是要受质疑的,但厚德凭着自己的勤快和谦虚,让所有人都把他当成了"自己人",甚至忘记了他的实习生身份。

而最后一点对于厚德而言更是个意外收获,厚德创造了一个实习生的喝酒记录。因为财务科里的人都很喜欢厚德,科长对他也照拂有加,所以一旦有出去吃请的机会,大家都愿意叫上厚德,一来显示对实习生的体恤照顾,二来呢,厚德勤快,鞍前马后用着正顺手。宴请高峰时,厚德最多一周喝过14场酒,频繁的出场让这家企业从大老总到基层干部,几乎人人都知道了厚德。而厚德不仅从酒桌上锻炼自己同形形色色领导和各色人群打交道的经验技巧,也开始了对中国酒文化的参悟。当然,这也就造就了厚德如今这身酒桌上左右逢源的"硬功夫"。

第二天一早,厚德来到了李副局长的办公室,对方看上去相当高兴，开口就对厚德说："兄弟，看你是个爽快人，哥也不能不仗义，放心，你的事我管办了。这样吧，按照规定，罚款至少要1万，那就从5万减到1万吧，这可是国家规定的最低标准。"

厚德忙不迭地上前握手："李哥，太谢谢你了，你真是帮了兄弟我的大忙！"但紧接着他故意脸色一沉，话锋一转："只不过……我这次来只带了8000块，公司现在资金很紧张，您看是不是能再通融一下，再减少一点？"

李副局长也有些面露难色："不好办啊，这已经是最低标准了。"

一切都在按着厚德的预想发展，厚德看着李副局长的表情，赶紧接过话："还好，差旅费我还带了些，罚款方面还要拜托哥哥想想办法，看能不能按8000罚款，我手里剩下的这2000原本是想昨天请哥哥吃饭的，但您安排了，我也就没请成。正好今天公司有事要我回去，不如这样，这2000块就放在哥哥这里吧，您替我请请局里的人，毕竟大家都帮了忙。"说着厚德就把一个装着2000元的信封放到了对方手里。

李副局长用手悄悄摁了摁手中的信封，心里对厚德的好感又增加了一分："这个年轻人，真是机灵。"之后他点了点头，表示同意厚德的建议，"这事就这么办了！"李副局长一脸满意，当场拍板。

但厚德的表情并没有因此多云转晴，而是继续保持着一脸愁容的样子接着说："还有一件事，公司现在要申报减税，绝对不能有污点。所以您看，能不能把处罚的主体换一下，这样公司就不会受负面消息的影响。"

"这个有点儿麻烦，但也不是不能办。"李副局长的口气明显更亲切了很多，毕竟拿人钱财就要替人消灾。

厚德马上提议让公司当地的经销商来接受处罚，撤销对公司的处罚，金额上保持不变。李副局长不假思索地答应了。

在李副局长的协调下，事情很快顺利办成了，厚德甚至都没有特意在那里等新下达的文件，还是李副局长帮着用快递寄过来的。

就此，厚德第一次替公司出面办事，算是大功告成了！回到公司之后，黄总难得面露笑意地夸奖了一句："干得不错!"券商和律师也很高兴，毕竟这样的结果是最圆满不过的了，既给他们的工作减少了麻烦，而且花的钱也很少。厚德发现，在这件事过后，券商、律师和其他中介机构对自己的态度也开始有了些转变，如果说之前的客气是客套，那么现在他们对厚德的态度，则是发自肺腑的尊重。

但也并非人人都把厚德当功臣相待，有些挑战来的比厚德想的还快。

厚德报到那天，通知他去黄总办公室的是一位叫作叶萍的办公室主任，而她也正是黄总在谈话中承诺可以帮助厚德的那个叶主任，这是位50岁上下的女士，看起来总是一副大权在握的样子，而实际上，她也确实是什么事都管。厚德私下里听别的员工说过，当年黄总创业之初资金困难，叶主任把自己家的房产证都让黄总拿去办抵押贷款了，以厚德的经验，对于这样的"开山鼻祖"还是少惹为妙！

平时见到叶主任时厚德总是很客气，即使有些让自己不痛快的小事，厚德也能说服自己不去计较。有一次，厚德甚至还找机会请她一起吃了个饭。可遗憾的是，这样的尊重大多数情况下是厚德单方面的，叶主任长年累月总是一副不冷不热的样子，时时刻刻板着张脸，通知事情时也是张口就直呼厚德的名字，厚德很清楚，叶萍从来没把自己放在眼里。

"小不忍则乱大谋。"每一次厚德感到不爽时，都在心中这样告诉自己，之后便默默忍了下来，直到那一次。

　　那次是市政府相关部门的领导来公司座谈，这可是非常重要的一次会面，厚德代表公司进行了接待。在谈话中，厚德发现有个材料需要叶萍提供一下，于是就来到她的办公室，很客气地诉说需求，而叶萍坐在桌前，连头都没有抬，只是微微一偏眼睛，看着墙说："我没空。"口气冷淡得几乎能让空气结冰。

　　厚德有些不悦，但还是耐着性子说："叶主任，市政府领导们现在可都等着这份文件呐，您看能不能尽快，这个材料黄总说只有您这里有。"

　　叶萍瞥了厚德一眼，然后"哼"一下，用不阴不阳的声音说："我啊，一个月工资才2000，天天要干这么多活，我哪里有时间找啊？实在是对不起您了，我能力有限，不像您能力那么强，我实在找不着，要不然您自己过来找找好了。"

　　厚德一听，心里简直火冒三丈，这个什么叶主任要是放到他以前工作的那家外企里，他早就指着她的鼻子开骂，直接让她滚蛋了。现在虽然厚德没有了这样的权力，但是仍然有办法收拾一下她，不然将来她会给厚德设置更大的障碍，让他的工作更加没法开展。

　　厚德强忍怒火，依旧面带微笑，决定对这位叶主任进行最后的试探："叶主任，叶大姐，我知道您一向以大局为重，您这一定是开玩笑呢。要不然我先回去陪政府来的领导，一会儿您要是找到了材料，劳您大驾给送一趟吧。"之后厚德没等对方回应，转身大步离开了。

　　叶萍看着厚德的背影有些发愣，对方说的听起来像是软话，但是为什么总觉得听起来有些刺耳呢？她想了半晌，从牙缝里挤出来一句："活该我是伺候人的命，连这样新来的都敢将我的军。"之后起身去文件柜里翻箱倒柜找了好半天。

　　送走了政府领导，厚德借口找黄总谈事来到了董事长办公室，汇报完工作后，厚德假装无意地问黄总："叶主任来公司很久了吧？"

"是啊，她从公司成立就在这里了。"黄总答道。

"怪不得，刚才市里的领导走的时候说了一句话，您听到了吗？"厚德故意设置悬念。

董事长果然马上抬头问："是吗？说什么了？"

厚德心中暗笑，但表面上还做出认真回忆的样子："领导告别的时候对我说：'你们那个叶主任，好厉害啊！'"

董事长眉头一皱："厉害？为什么这么说？"

厚德故意摆出紧张的神情："今天叶主任给我资料的时候，就那么把资料往桌子上一摊，看都不看我就说：厚德，这给你。我估计对方指的就是这件事吧，您也知道，政府机关是很讲究层级的，我一口一个主任叫她，她却直呼我的名字，还很不耐烦的样子，也不知道领导看了后，会不会觉得我们公司没有规矩，唉。"厚德故意长长地叹了一口气，而黄总的脸色也在厚德的讲述中越变越难看。

就这样，厚德添油加醋、不显山不露水地把这位叶主任告了一状，然后心中暗爽地出了董事长办公室。

第二天，公司中就各种疯传，都说昨天黄总把叶主任好一通臭骂，叶主任都被骂哭了，涕泪交加特别可怜。而这通骂效果也很立竿见影，叶萍从此以后见厚德再没有直呼大名，做事也比以前要配合，虽然厚德清楚，对方并没有真正接纳自己，但起码表面上有了一些客气和尊重也是好的。

但这还不算完，几天后，厚德又找机会请叶萍吃了一顿饭。叶萍这顿饭吃得很难受，因为她心里早猜出来是厚德告的状，但自己也拿厚德没有办法，毕竟自己没证据，而且确实也不占理。

而这就是厚德自己琢磨出来的重要职场规则：职场上，不需要交朋友，但也没有必要树敌人和仇人；同样，我不欺负你，但你也不能欺负我！

　　进入民企后，厚德给自己定了两个到死都不能碰的底线：公司的人不能碰，公司的钱也不能碰。人不能碰——是指厚德不会在公司里找情人，也不会在公司里有知心朋友，除非有一方已经离开公司；钱不能碰——则是说厚德决不会损公司的利益去肥自己，在法、理、情允许的范围内做事情，要有自己处理问题的艺术，或者说自己的风格和方法。

兼并门厂

经历了一系列的挑战后，厚德感到自己在公司慢慢地站稳了脚，同时他也逐渐了解到了一些真实的情况，为他解开了不少之前的疑惑。就比如，王睿当初为什么要极力推荐他来黄总的公司。

事实上，王睿那时已经开始自己创业，主要做第三方零售服务。而黄总集团的主营业务恰逢此时从外贸转到了内贸，转型后的当务之急就是开拓国内市场，尤其是要打通商超渠道，所以他来到了零售业极其发达、并且汇聚了很多大商超总部的上海，进而认识了曾经在零售业颇有一番成绩的王睿，请他来帮助自己开发国内市场。

黄总和王睿之间，并不是简单的雇佣关系，而是协同合作，王睿的团队帮助黄总和客户、商超等零售渠道谈判，进行销售维护、售后以及结款服务，然后从黄总的公司按销售额提取佣金。在这种情况下，从王睿的角度看，他实在很需要一个人能在黄总集团内部配合他的第三方零售业务，而这个人选非厚德莫属。首先两个人算是朋友，二来厚德是个仗义的人，他在厚德最困顿的时候施予了援手，于情于理，厚德将来都肯定会帮他一把。

除了弄明白了王睿的初衷，厚德还搞清了黄总选择自己这个上市方面的菜鸟担任董秘的理由。而这个理由总结起来只有四个字：物美价廉。厚德学历高，背景好，而且很有潜质，从能力上说完全可以胜任董秘一职，但也正是因为他没有相关经验，所以黄总可以把价码杀得很低，怎么盘算怎么划算！要知道，当时可正是国内民企IPO热闹的时候，想找个有过成功上市经历的董秘，50万年薪都拿不下！有的董秘甚至还会要求企业免费或者象征性地收些钱后配给自己一定的股份。

退一万步讲，即便厚德在上市工作上帮不了太多，500强处长的背景在他的招股说明书上肯定也不逊色，面子上也过得去。当然，黄总最看中的还是厚德零售业处长的经验，这对黄总开拓国内市场实在是太有帮助了，就算不上市，把厚德安排在销售总监或者同一级别的岗位上，那一年下来黄总付出的钱也不会比现在少到哪里去。况且就黄总集团目前的状况来看，相近资历的人肯不肯去都不一定，毕竟他的集团业务刚进入国内市场，开发起来难度还比较大。

而后来的事实也证明了黄总的眼光精准，短短两年时间内，在王睿和厚德共同的努力下，黄总集团在国内开发了1000家左右的超市，设立了200家左右的专卖店。而厚德也不禁对黄总出的这个"大招"感到由衷佩服：黄总以上市的噱头找来了，而且是以极低的代价找来了很多本不愿意来的高管、合作伙伴、股东。这足以说明黄总看上去的种种木讷，却果真是大智若愚的典型表现，其实他的脑袋实在是很灵光的！这些账无论怎么算，他都是稳赚不赔！

企业要上市，就必须赶上创业板的第一期，在这段时间吸收战略投资者的投资和兼并收购是必不可少的。黄总虽然是个不善言谈的人，可说起他的事业来，却能滔滔不绝，口若悬河，说句调侃点、流行点的话——黄总忽悠人的本事，也是杠杠的。

当时国内有一家著名的风投公司，说出名字来圈里众人皆知，他们做的风投在国内都成了系列，当时黄总不仅"忽悠"来了这家很有名气的风投公司，而且还让对方给钱的时候特别爽快。要知道，一般情况下，风投是看不上他们这样的劳动密集型企业的，谁能想到他们居然被黄总打动了。如此说来，谁还敢断言黄总木讷、不善言谈？人家这叫"好钢使到刀刃上"！

拿到这笔钱后，黄总马上就考虑去再买些厂房和土地，增加固定资产。当时正值金融危机，厚德是不赞成买过多厂房和土地的，他认为最好还是在产品研发、宣传和品牌打造上多做文章，把产品的销量和业绩做出来，说到底上市主要还是靠业绩。退一步讲，企业就算上不了市，利用风投的钱做这些工作也是不错的选择，毕竟拿公司的血汗钱去做广告，还是很肉疼的。但黄总却大手一挥，执意要添置土地、厂房，并且很快就联系到了卖家。

集团所在地区下有个贫困县，距离集团总部有200多公里，县里一个曾经最大的国有企业在进入2000年以后就一直亏损，县里领导早就想要把它转让掉了。黄总知道这个消息后，亲自去当地看了看，然后很快就决定要把这个厂盘过来。

68亩土地加设备、厂房一共700万，其中还有一些负债和一批工人需要安置。能有人愿意接手这块烫手的山芋，国企领导自然很快就同意了，而黄总也没有太多去讨价还价（后来厚德和那家国企的负责人喝酒的时候，对方告诉厚德，其实这东西还可以再便宜百儿八十万的，但"你们没说，我为什么说啊"）。一系列的手续办妥之后，负债还清，工人原厂安置，不想干的可以适当补偿后离职，总之这厂子很快改姓"黄"了。在这家企业的经营方向上，黄总召集大家进行了讨论，大家也都各抒己见，提出了各种建议，但热闹了一番后还是黄总一锤定音：继续做木门！

在门厂改姓黄后经营了一段时间，很多问题开始暴露出来：首当其冲的就是亏损，而且是不停地亏损，私营企业机动灵活、效率高、成本低、反应迅速等优势此时一点都没有发挥出来，以至于任由很多问题愈演愈烈，让亏损不断加大了。二来原来经销商的欠债要不回来，门厂发出的货回不了款，但是门厂欠外边的钱却是一分也少不了，只要到期不付，供应商和高管们（原来门厂的领导，现在是集团的分公司领导）就不干了，总要吵闹一番，而且理直气壮、声势浩大、手段强硬，那气势，分明在告诉黄总：往后拖一天都不行！这也让黄总很是一筹莫展。三是在组织架构、人员配备、管理机制上，存在着明显、重大的缺陷，导致工厂几乎一直是在半停产的状态下勉强运作。

门厂由黄总的集团接手后，原来的总经理李国庆继续担任总经理。李总是国企的老干部，从基层人员成长到国企的一把手，但是时运不济，企业到了濒临倒闭、转手姓私的境地。以前的时候，李总在厂里一言九鼎，啥都说了算，而且在县里和经销商那里也是很玩得转。政企不分的年代，李总在县里也算是个人物，很多在任的县里领导都和他共事过。经销商那里就不用说了，整个体系都是李总一手建立起来的，渊源自然相当深厚。

而门厂转给集团后，黄总也是考虑到李国庆在诸多方面存在的影响力，才决定继续由他来担任总经理，但同时也在整个管理体系、管理架构、管理方法上都进行了调整。比如说，调整后总经理在人、财、物上没有一点决定权，哪怕是花一分钱都要总部批准，而这个总部，说白了，就是黄总；此外，总经理不享有任何人事任免权，连个小小的仓库管理员都是黄总亲自从招聘会上招来的，并且直接向黄总汇报。后来有一次，这个仓管员和李总因为安排工作的事情大吵了一架，别人听了都觉得滑稽，一个仓库管理员居然可以对总经理的指示不予理睬，对总经理安排的工作不配合、不执行，如此下去，厂内员工和领导怎能没有矛盾？再说，这门厂距离总部有几百公里远，黄总又经常出差，而涉及哪怕是食堂的菜谱、购买办公室笤帚这样鸡毛蒜皮的小事，也都要黄总亲自发话才能定夺，这工作能有效率吗？就更不要提安排各项工作、解决各种问题了，正常生产又如何能顺利进行？

不及时、不彻底、不明情况的处理，加上从管理理念到管理架构再到管理方法的不适当，最终导致工厂的经营状况越来越差，经常是干一天，歇三天，日子还不如原来！

眼看着自己辛苦筹来的钱就要打水漂，黄总终于着急了！他不能由着自己的钱就这么不明不白消失掉！他特意把厚德叫到办公室，把门厂的情况说了，然后一脸凝重地问厚德："你有什么看法？最好能有些具体的办法。"一边说，还一边拿出了他"心爱"的、如影随形的笔记本。厚德一看这架势，心里知道黄总这回是要动真格的了。

厚德思考了一会儿，抬头对黄总说："要不然把门厂承包下去，公开竞聘门厂总经理。集团公司和门厂领导签订经营责任状，并签订协议，让他们拿在集团公司的股份或其他做抵押，明确责权利，除重大的人事、财务事宜外其余都由门厂自主经营；集团公司对门厂规定各项经济指标进行考核，如果完不成经营责任状上明确的各项经济指标，就按约定进行处罚，如果有违纪、违法现象，就追究经济或其他责任。第一年可以已不亏损或者稍盈利作为目标，等一切都走上正轨后，再把指标加重。如果门厂的班子不同意，集团再把门厂的管理权收回来，由集团公司再选派合适人员负责门厂的经营。"

　　黄总听后表情却有些不悦，他想了想，然后重重地说了一句话："这样的话，我还买门厂干什么?!"

　　就这样，黄总再次大手一挥，否定了厚德的意见，一如既往地按照他"一竿子插到底"的管理方式，事必躬亲地去做。

　　厚德有些失落，但也就此不再主动提门厂的事情了，虽然门厂的李总等经营班子一再给黄总提建议，要求改变经营策略，也曾经提出让厚德来分管门厂，代表集团公司对门厂进行监管（厚德全程参与了买门厂，李总他们和厚德打过交道），但黄总就是不同意，这让大伙儿包括厚德本人都有些摸不着头脑！

　　而厚德现在回头看过去，心中却骤然明白了几分。黄总作为一个即将上市公司的董事长，自然不会那么幼稚，他当时想买来这家门厂，其实是看中了中国房地产的向上走势，并且知道将来房地产业肯定会比现在还要好，尤其是工业用地，一定会越来越难拿到，地皮价格势必水涨船高。而且由于门厂的底子是老国企，用它向银行抵押贷款非常方便，可以说，黄总是空手套白狼。

　　而事实证明黄总的眼光没有错，时至今日，这块地的身价翻了三四倍都不止。只不过，从门厂经营情况看，亏损的钱也不会比房地产增值的部分少。在厚德看来，买这块地算不上失败，但是在做经营的角度上去考量，黄总绝对称不上成功！

矛盾初现

随着时间的推移以及厚德能力的逐渐显现，黄总对他业务水平的考验也少了很多。但是厚德这时发现，他的工作量却越来越多，一些原先明明不归他管的事情，现在也都来找他做，而黄总呢，却对此经常装糊涂，甚至有些"得寸进尺"。厚德当时举家从上海搬到了省会，而黄总的企业在另一个地级市，他们每周只休息一天，可每到周六的时候，黄总老是给他安排一堆工作，让厚德无法脱身。厚德脸皮薄，想着算了，企业现在要上市，需要每个人多努力，自己就别太计较了。

刚开始，厚德的太太还经常从省会来看厚德，可时间一长，太太也不愿意来这里了，厚德心里明白，他们的夫妻关系其实已经在恶化了！另外还有一点，黄总安排的出差任务经常选择在节假日出去，这样就等于直接剥夺了厚德休息的权利。就算是厚德周末难得不用工作和出差，黄总还会在夜里

10点多甚至11点给厚德打电话询问工作进度，而且每次问的都让厚德感到十分好笑："喂，厚总，你在干什么？"这样的话厚德听起来真是哭笑不得，有时候他真想直接说："黄总，我和老婆在亲热，这时候不能让我消停下吗？"厚德隐约觉得，黄总有时真把自己当周扒皮手下的"长工"了。

就这样，当厚德与黄总的工作"蜜月期"过去后，两个人之间恢复成了纯粹的老板和员工关系。工作上累点苦点，厚德倒还能说服自己不去计较，但是最让他难以接受的，就是在关键时刻黄总所表现出的人情味上的淡薄。

有一次，厚德至少有三四周没有休息了，为了门厂上的一个新项目，黄总和厚德正在上海出差。黄总当时决定自己先回公司，处理好相关事宜后赶去某个城市调研，同时让厚德带着门厂的销售老总第二天也赶到那个城市会合。而就在厚德启程的晚上接到了母亲的电话，电话中母亲告诉他孩子病了，发了好几天高烧，现在医生说必须要住院，而且正巧孩子的妈妈也在外地出差，一时赶不回来。厚德一听顿时心急如焚，自己都一个多月没有回家了，本来就很想孩子，现在孩子还得了病，甚至到了必须住院的地步，这让他的心一下子提到了嗓子眼。

厚德立即给黄总打了个电话，一口气说了孩子高烧要住院和自己爱人不在家的情况，并且表明自己必须马上回家，去医院看护孩子两天。电话那头的黄总一直没吭声，只在最后似有若无地"嗯"了一声，就挂了电话。

厚德听得出来，那一声"嗯"代表黄总不太高兴，但此时的厚德已然管不了那么多了，对于为人父母者来说，谁也没有自己的孩子重要，况且自己是这种经常不在身边、"不称职"的爸爸。

厚德当即买了回家的车票。路上，厚德的心情逐渐平静了下来，他回想了一下刚才的事，感觉自己请假的时候因为心里着急，口气确实有些生硬，或许黄总的不高兴就是因为自己的态度不好吧。厚德想了想，自己固然着急，但把个人情绪带给别人确实有些不妥。于是他掏出手机，给黄总发了个短信，把孩子得病的事情重新解释了一下。每打一句话，厚德都反复琢磨措辞，务必让每个字都看来恳切，之后厚德摁下了发送键。而一直到厚德下车，都没有收到黄总的回复。

回到家里，厚德几乎一直陪在孩子病床前，等孩子病情基本稳定，终于可以出院了，厚德又花了一天时间安顿好家中事宜，就急忙返回了公司。而这时，黄总他们刚好也调研回来了。

到了公司，厚德一见到黄总，就看见了对方一脸的阴云密布，对自己说话时也是爱搭不理，厚德想了想：听说调研挺顺利的啊，按说黄总不该是这种表情，难道说……黄总还在为自己请假的事不高兴？而这个猜测也让厚德心里有了些不快：如果真是这样的话，那黄总未免太不近人情了，平常你占用我那么多休息时间就算了，可是我孩子得了病，我回去看看难道你还不能理解吗？

厚德极力压制着自己的情绪，回到办公室坐了好一会儿，中间他猛抽了几支烟，喝了一大杯水，心态才终于平复了一些。厚德仔细想了想，自己最好还是找黄总问清楚，即使黄总真是因为自己请假的事不高兴，也好当面解释一下。

厚德敲响了黄总办公室的门，进门后他坐在黄总对面的椅子上，把自己请假的前因后果又解释了一遍，并且为自己请假时的态度而向黄总道了歉。而黄总呢，一直坐在老板台前面若冰霜。看到对方的表情，厚德心里就冷了一半，但还是硬着头皮说了下去，而黄总听到厚德说完最后一字，将手中的文件重重往办公桌上一放，直接就朝厚德发起了脾气："你回家看孩子不是不行，但你请假的理由是孩子在医院得有人看护，为什么孩子都出院了，你还多待了一天？"

厚德没想到黄总的理由会是自己多待的这一天，他低着头，心中各种情绪瞬间交杂在一起。厚德有些委屈，有些生气，也有些无奈，但他强忍着没出声，毕竟自己请假时确实说了需要陪护孩子"两天"，只是他没想到，在黄总的概念中两天就是两天，没有任何宽松的余地。厚德在心中暗暗告诉自己：算了，任他说吧，毕竟自己态度生硬在前，而且也确实多待了一天，估计他发泄一通也就没事了。

黄总果真又絮絮叨叨说了厚德好一会儿，顺便历数了厚德的诸多不是：什么厚德哪天迟到了，在什么场合说了什么话不合适了，什么谁谁来的时候，厚德不该请客了，诸如此类。说了一会儿，估计黄总也感觉说得差不多了，顿了一下告诉厚德："行了，就这样吧，你赶紧好好工作去吧，以后注意！"

厚德走出董事长办公室，长长地吁了一口气。

从那天后，门厂的事情黄总就没有让厚德再参与。而厚德也看得开，就当自己趁机图个清静，少干点难道还不好吗？直到经销商大会召开在即，黄总终于吐了金口，让人通知厚德好好准备一下，一起参加筹备会议。

在厚德被"赋闲"的这段时间里，黄总和门厂新招来的销售老总一起把新产品方案、经销商方案、促销方案等都敲定了，现在就等召开首届经销商大会，好放手招商了。而等黄总将各种方案真正落实到具体工作的时候，才发现底下的人用着都不太顺手，连个能清楚理解他思路的人都没有。黄总考虑再三，觉得这事还是让厚德来参与比较好，于是"赋闲"的厚德又被启用了。

新来的销售老总是个40多岁的女人，大家都叫她房老师。房老师是黄总太太读EMBA时的同班同学，黄总在门厂关键时刻，特意把她招来做销售老总。在筹备会上，房老师首先把她和黄总研究确定的新产品方案和相关的想法、思路讲了一下，然后黄总就问大家有什么意见和建议。

大家七嘴八舌说了一通，黄总把目光投向了厚德："你有什么想法？"原本一直沉默的厚德看着黄总的目光，觉得自己此刻必须要表个态，否则会让黄总和大家认为自己因为之前的事情和黄总赌气。于是，厚德故意假装思索了片刻，说出了其实已经在心里打过好几遍腹稿的想法。

"据我所知，门厂这次开发的新产品在市场上尚属空白，通过我的感觉和初步了解，应该说是很有市场前景的。但我们对新产品还缺乏更加详细的数据来支撑我们的产品投放，比如，我们的目标客户是谁？价格如何定位？如何开发经销商？如何制定经销、代理的政策，以最快的速度推向市场并力争一炮走红？这些问题我们都没有把握。我的看法是，最好找个专业性强、性价比高的咨询公司把新产品的方案梳理一下，然后做个整体的促销方案和策划，广告媒体部分我们可以自己决定，单单策划一下用不了几个钱，这样更稳妥。"

大家讨论了一番后，都觉得厚德的想法不错，纷纷表示同意。但随后，大家就开始一致恭维起厚德来，说厚德关系广、路子野，还是得委托厚德去找专业的策划公司来做这件事。厚德在心里苦笑了一下：要么就干脆让我赋闲，要么就让我干最不好干的活。

但毕竟一切要以大局为重，厚德通过以前的关系，找到了北京的一个哥们儿。这个哥们儿在30岁不到的时候就做到了国内知名品牌的市场部经理，后来更成为中国广告业中的一员，是有很高水平的专业广告人！哥们儿从北京来厚德所在公司的时候，黄总也很重视，亲自嘱咐厚德接待，而且让项目涉及的高管们都参加了策划案初稿的通报会。专业的人做专业的事，哥们儿也真给厚德长脸了，他写的策划案让在场所有人都感到了专业的力量，黄总和太太以及参会的高管们都感到相当满意！

哥们儿把策划案初稿介绍完之后，很快就离开了，这是他们这个行业的惯例，不会在客户那里多浪费一分钟。剩下的事情就是关于合作双方怎么谈的问题了，黄总把在场的高管都留了下来，说要开个会，好听听大家的意见。会上大家普遍认为策划案做得很精彩，也很有创意。黄总也认可了大家的意见，只是价格部分他认为有些偏高，大家见黄总发了话，于是忙不迭地纷纷附和，口风一致地说价格确实是高了些，而开会的最终结果就是——大家让厚德去还价。厚德听了，心里难免又是苦笑一番。

门厂的进度实在太快了，刚听完策划案，居然就要马上召开经销商招商大会了。而让厚德不能接受的是，在策划案自己还没来得及去还价的时候，黄总就硬要在新产品方案中把人家策划案初稿的内容写进去。这让厚德非常生气，他很想拍案而起："黄总，你还没有签合同、付钱呢！朋友是信任我，才在没有收费的情况下做的这个报告，你这么做，不是坑了我的朋友吗？"但厚德一想到之前两个人之间的芥蒂，还是强行忍住了，没有发飙，尽量心平气和地对黄总说："这个策划案我们在听之前是签过保密协议的，这样做可能不合适。"

可黄总却不以为然："我们总归是要和他们合作的，只是因为合作范围和价格的问题没签合同而已，现在先用起来也没多大关系的。"

厚德长叹一口气，他知道再争下去很可能又要不欢而散，厚德只能安慰自己：如果经销商都认可了，黄总也许会更重视这个策划案，这样哥们儿那边议价也会更顺利些。但厚德仍然想征求一下哥们儿的意见，看能否同意在经销商大会的材料上指明策划案是哥们儿公司做的，合同的事等开完大会再议。而让厚德感到吃惊的是，哥们儿突然就联系不上了，公司电话打不通，手机停机，而且问了一圈，谁也不知道他去了哪里。

时隔两年后，厚德才知道了事情的经过，原来哥们儿来厚德公司做报告的时候，自己已经单干了，但是公司经营不太好，当时正在着手关门大吉的事情。但职场失意情场得意，从厚德公司返回后，哥们儿的女友怀孕了，于是他干脆快刀斩乱麻，立刻关了公司，带着怀孕的女友离开了北京，消失在了大家的视线中。当然，这些都是后话。不管是否联系上哥们儿，经销商大会是必须要开的。厚德熬了两个通宵，凭着那天策划会上的印象，套以自己的语言和理解，再加上电脑制作高手的帮忙，一个制作得美轮美奂的PPT和一堂内容丰富的课程终于诞生了。在经销商大会上，制作精美的PPT加上厚德出色的讲解，让经销商们听得很过瘾，下课后，经销商纷纷带着敬意恭维厚德道："厚总，单凭你这堂课，至少也值20万。"

厚德的心里很是受用，毕竟自己也在这里面倾注了很多心血，这些赞誉也算是当之无愧！

当天下午的会上，黄总又把新产品的宏伟蓝图和远大前景，以及企业的雄厚实力和发展规划声情并茂地进行了讲述。台上台下，大家的热情都被点燃了，每个人都情绪高涨，跃跃欲试。

晚上的欢迎酒宴如期开始，刚一开场，黄总就低声嘱咐厚德："一会儿记得要好好敬酒。"

厚德点了点头："放心吧！我一定乘胜追击，把他们一举拿下！"

厚德可谓是有备而来，他特意事先安排了两个人在敬酒时时刻跟随左右。厚德很清楚，建材行业里的经销商、代理商老板们，大部分都是"江湖豪杰"，粗犷型的居多，而大会邀请的都是已经在各个地区做门业做得比较有影响力的老板们，他们其实大多是抱着试试看的态度来的。所以在这个时候，一定要让他们感到满意，甚至是折服，这样合作才能更顺畅。而对这一切，厚德已经做好了准备！

酒宴开始，黄总先是端起酒杯意思了一下，便宣布将由厚德来代表公司向与会嘉宾敬酒。而厚德安排好的那两个人，一个拿香烟，一个托酒盘子，紧跟着厚德，在客人所坐的八张酒桌间逐桌敬酒。厚德在敬酒前，特意了解了每个人的基本情况，摸清了每桌上的"带头大哥"，甚至连他们的个人喜好、生活细节都有所了解，还根据他们所在的地域和不同背景，准备好了投其所好的祝酒词。厚德深知，今晚喝的不是酒，而是经销商、代理商和门厂的一张张订单。

豁出去了！厚德用力一攥酒杯，大步迈了出去。

厚德先来到了第一桌。所谓的桌次，其实也是厚德和门厂的李总以及其他资深同事们深入研究的结果。桌次、座号都是根据对方的业绩和影响力来排定的。能坐第一桌的，那肯定是此次大会最重要的客人，他们的"带头大哥"周明自然是这个行业排行第一号的人物。

周明是上海人，同行们都爱管他叫"明哥"。明哥之所以能被业内公认，是因为他的确厉害。多年以前，国内某家门厂刚起步的时候，是明哥带着门厂的老总和销售人员寸土必争地开拓上海市场。而那家门厂正是靠着明哥在上海站稳了脚，并辐射到长三角，最终成为国内的前几强。因此，明哥的业务也越做越大，整个长三角地区凡是做门的都知道他，再加上明哥虽是上海人，性格却比北方人还要豪爽，并且乐于助人，因此在行业内口碑极佳。除了第一桌，其他桌都是按照地区来坐的，一个总经销大哥带一群分销商小弟，而唯独这第一桌，是明哥坐首席，下边坐的是几个和明哥一起打过天下、现在又在其他城市自己当总经销的业界翘楚。

可以说，这第一桌，聚集了国内门业名副其实的"大哥大"们。

厚德来到第一桌后，大跨步地走到了明哥旁边，双手紧紧握住明哥的手，做出一副相见恨晚的表情："明哥，我总是听大家说起您的大名，今天能把您请来，我们真是蓬荜生辉啊！"

明哥微微一笑，把另一只手也放到了厚德的手上，朗声道："厚总过奖了，这都是兄弟们承让，他们看得起我老周，不知不觉就把名头叫大了，让厚总见笑了。"

厚德松开了一只手，搭在了明哥的肩头："明哥，我们企业刚刚接手做门，在您老哥面前，我们算是后生晚辈了，以后还请明哥多关照！将来能用得着兄弟的地方，明哥尽管开口！"

明哥忙摆了摆手："兄弟，这可不敢。我们做门几十年，也算有些经验，可今天上午听了兄弟对整个行业的分析以及门业市场的研究，我算服了。我们这些人还是有些老套，思维老，也没怎么听过课，还不知道目前这个行业还有这么多新鲜的东西。兄弟啊，不是哥夸你，你这就叫后生可畏。"

厚德一听，立刻向着身后一招手，酒盘子马上就送到了跟前。厚德亲自斟满了一高脚杯的高度白酒，双手往明哥面前恭敬地一送："明哥，这杯酒兄弟我敬你！我先干为敬！"之后一仰脖子，"咚咚咚"，满满一杯高度白酒就进了厚德的肚子里。

"好！""够爽快！""纯爷们！"席间有人发出了欢呼。

明哥也不含糊，抓起酒杯招呼大家："既然厚总这么看得起我老周，我老周必须有所表示，来，来，兄弟们，咱们一起敬厚总一杯！"

明哥说完，一口气干了杯里剩的大半杯酒，而大家也纷纷端起了酒杯。厚德一看，知道距离订单又近了一步，于是拿起酒瓶又"咚咚咚"地为自己倒满了一杯，然后双手端起，环顾四周，提高了音量："感谢明哥的厚爱，也感谢各位大哥们抬举，我敬大家一杯,以后明哥和各位哥哥就是我厚德的朋友了!"说完,这满满一杯白酒就又灌进了口中。

第一桌发出的喝彩声更大了,原本刚才的喝彩就已经把周围几桌的目光都吸引了过来,甚至还有不少人拿着手机在拍厚德敬酒的视频。而厚德这第二杯酒一干,整个宴会大厅都轰动了。

厚德又向明哥和第一桌的朋友们挨个敬烟、表达谢意并一一握手后才离开。然后便是第二桌、第三桌,依次敬完了全部8桌酒。不同的是,每桌的祝酒词都有所不同,而且每桌只干了一满杯。但即使这样,敬完酒下来厚德已经干了整整9杯酒。

厚德在宴会开始前特意做了些准备工作,他灌了自己一肚子酸奶,希望能稍微解解酒。但是那些酸奶比起9大杯白酒来说实在是起不了什么作用,酒敬完了,厚德感到自己还是吃不消。

敬完酒刚坐下来,厚德就感到了不舒服,他头脑还清醒,但是说话已经有点打结。李总一看,赶紧过来拉着厚德装作谈事情的样子往外边走。一到外边,李总就招呼底下的员工先把厚德送回去。

厚德的确是撑不住了,刚刚连熬了两个通宵做PPT,再加上最近一直在紧张准备经销商会议的事情,添上今晚的酒,厚德出了门没走几步,就恶心得要吐。李总和几个员工忙把他挽到偏僻的地方,厚德"哇哇"吐了半天才算吐干净。

然而吐完之后,厚德彻底醉倒了,身子一歪,睡了过去。李总安排门厂员工把厚德扶到住处,厚德就这么昏天黑地睡了一夜。

第二天早上,厚德迷迷糊糊地醒了。一睁眼,只感到浑身都不舒服,胃里火烧火燎难受得要命,但是好在,他还能勉强爬起来。

厚德起来简单洗漱了一下,然后到楼下的小吃店吃了碗热汤面,特意嘱咐老板多放醋和辣椒。面一下肚,厚德才觉得舒服了很多。

厚德按照原定的方案，与李总等门厂员工把客人陆续送走后，便回到了办公室。李总把整个经销商会议开展的情况和客人的反馈给厚德进行了详细的汇报。听了李总的汇报，厚德的心放下来了——至少他昨晚的酒没有白喝。

说完正事，厚德忽然想起了什么，问李总："昨晚第二瓶咱不是说好用低度的嘛，怎么我感觉里面还掺了水呢？客人们没有察觉吧，发现了可不好。"

李总说："您这一段时间真是辛苦了，您做的大家都看在眼里。虽然您年轻，可也不能为了工作把命搭上吧。别的不说，昨天就您那气势，那态度，经销商们都服了，这不，老周他们已经同意签约了。厚总，虽然您是领导，可从年纪上也算是我老弟，哥在这里劝你一句，有些买卖不是自己的，干的时候还是要悠着点，身体垮了那可是一辈子的事。况且您和黄总打交道也有段时间了，相信他的为人您也是了解一些的，老弟你做人做事能力没得说，但就是傻实在！"

厚德听完笑了笑，他当然明白李总的意思，但是自己既然不惜举家迁徙地离开了上海，自然憋着劲儿要干出一番事业，而受些苦操些心，也是必须的过程。

中午，厚德在办公室睡了一会儿，下午刚上班，黄总从外边办完事一回来就马上让厚德过去。厚德喜气洋洋地进了董事长办公室，却居然看到黄总又是一副很不高兴的样子！怎么回事？这一回，厚德有些摸不着头脑。

黄总一开口就埋怨起了厚德："昨天你怎么搞的，怎么这么贪杯？一下子就喝醉了！"

厚德心中的火腾地一下就起来了：妈的，这也叫贪杯吗？你自己喝9杯酒试试！厚德还没来得及把周总他们签约的喜讯说出来，心情就已经一下子从峰顶跌入了谷底，肺都快气炸了！好半天，厚德都没吭声，黄总也没再说话。过了许久厚德极力控制着自己快要迸发的怒意，一字一句地说："黄总，我前两天熬夜做PPT没睡，昨天喝酒时大家高兴，我就喝得快了一些。但我觉得他们都是'草莽英雄'，喝酒的时候气氛热闹些会更有利于我们招商。而且，从今天上午反馈的情况看，他们的确都很满意，觉得我们做事大方爽快，老周他们已经确定要做我们的门了，其他几家也都表示了很大的兴趣。"

黄总一听有好几家要合作，脸上的不爽一下子消失了，马上堆满了笑意，他看着厚德的表情，也觉得自己刚才说得有点重，于是笑着对厚德说："那是好事啊，好事！只不过你以后也稍微注意些，不要贪杯！"

厚德看着黄总那多云转晴的脸，又想到女儿生病时对方的态度，心底泛起了一股深深的凉意。他淡淡地说了句"没什么事我先走了"之后就径直离开了黄总的办公室。而此时因为招商情况一片大好而得意的黄总，并没有注意到厚德的表现。

人世间最大的委屈就是你付出了一腔真情，可别人却不理解，反而还去责怪你。这几次和黄总打交道的经历让厚德明白了一个道理：有些人是永远只站在自己的立场上考虑问题，不会设身处地替别人考虑的。对于他们而言，永远严于待人，宽以待己！

招商大会后，一切都在有条不紊地进行着，但很多事情就是这样，直到最后矛盾爆发的一刻，才会发现其实早就埋有伏笔。

试点市场

　　门厂的经营在某种程度上开了一个好头：新产品研制成功，经销商大会圆满结束，会后一个月内就发展了几十家经销商。而工厂里此时也是热闹朝天，一方面老的订单还在做，另一方面新产品也需要铺货，忙得员工们不仅白天要干满8小时，甚至晚上都要加班。

　　而通过这一系列事情，厚德对董事长的用人思路也逐渐摸清楚了，有的人是"一俊遮百丑"，黄总则是"一丑遮百俊"，按照那天晚上他认定厚德贪杯的情况看，厚德不出意料地又被打入了冷宫。而这次门厂的新产品上市管理工作，除了厚德，就连门厂的总经理李总也被排除在外，一切都由黄总新来的销售老总房老师全权负责。

　　房老师可不是个简单的女人，初见大家的时候，黄总刚一介绍她，大家就都看出来这是个心高气傲，甚至可以说是盛气凌人的女人。除了黄总两口子，她谁都不搭理，叫人的时候也是直呼其名；此外会议当中的发言也很有"魄力"，言语干脆，从不多说一个字。门厂的李总曾经偷偷对厚德说："兄弟，你看着吧，这娘儿们八成要捅篓子！"

门厂上下在黄总和房老师的带领下，迅速制定了试点市场和相关方案。房老师拿着黄总亲手授予的"尚方宝剑"开始在试点市场一展拳脚了。试点市场选择了浙江的一个城市，当地由一个总代理带领五六个分销商组成了一个销售网络，总代理姓郑，大家都叫他"大侠"。这位大侠也确实是个老江湖，做事很大气又很有方法。说实在话，没有两把刷子，能把试点市场从房老师手里拿过来，同时还让黄总和门厂上下都认可吗？应该说，选择他所在的地区做试点是肯定没有问题的，无论是从大侠的实力和能力还是为人处世上来说，都是当之无愧的。

说起来前面提到过，明哥是这个行业中的老大，为什么不选择他那里做试点市场？说到这里，可就有讲究了。应该说，选择明哥是明面上的一张好牌，但却是一步险棋。为什么？这就不得不说黄总还是相当精明：第一，明哥势力太大，门厂刚起步，黄总选择明哥，怕被他牵着鼻子走；第二，明哥和老李关系不错，再加上那天在酒桌上和厚德一见如故，黄总选择了明哥，那就等于门厂内外自己都很容易失控；第三，明哥在上海，门厂目前还不适合进入上海市场，周边市场稳定住了再进军上海，才是更稳妥的选择。但这第三点并不是最主要的问题，明哥不仅在上海，在长江三角洲的很多地方说话都好使，所以厚德心里清楚，不选择明哥应该主要是前两条原因导致的。

无论如何，市场选择大侠所在的城市并没有什么问题，但问题出在，房老师太有"魄力"了！在选择试点市场的会议上，黄总曾经口头说过要在试点市场大张旗鼓搞一下，房老师马上就领会了精神，在试点市场巡查的时候，就明确对大侠及其团队表态："集团公司要在这里投入不低于500万的广告费和各种支持费用，来帮助大家把新产品投放市场的第一炮打响。"

这下可不得了了！房老师立马在大侠的团队里成了至高无上的"女皇"，走到哪里都是高水平、高规格的接待，一阵阿谀奉承后大家总会小心翼翼地问："房老师，我这里的门面改造，总公司能支持吗？"房老师小手一挥："这是小钱，没问题！""房老师，我这里的路牌广告总公司能支持吗？"房老师又小手一挥："没问题！"总之，房老师在视察的过程中，享受到了隆重的接待，也说了N次言简意赅而又令人热血沸腾的"没问题"。只是接下来的事情，却似乎有些出乎房老师的意料了。

当她回到总公司的时候，试点市场总经销和分销商的费用申请报告也如雪片般纷至沓来。房老师感到了一些异样，因为她拿到的费用申请除了少部分得到了落实，大部分都被黄总pass了。

大侠和分销商们刚开始还很耐心地等，甚至安慰她："没事的，房老师，我们相信你，您肯定能在董事长那里办成这事。""没有董事长的同意，您不可能答应我们这些。您说是不是，房老师？"可没多久，大侠和分销商们彻底失望了，甚至恼羞成怒！他们发现房老师原来答应的费用除了经销商原本就应该享受到的，真的再没有任何"试点市场"所应该享有的特殊待遇，而房老师，除了把责任扔给经销商就是扔给黄总，总之，试点市场，除了名头，什么都没有！

大侠和他的兄弟们感到自己被这个娘儿们骗了！他们纷纷发短信或者直接打电话对房老师破口大骂，什么难听骂什么，连黄总都捎带着遭了殃，据说有个分销商在一次喝完酒后直接打电话大骂了他。

黄总贵为董事长，这件事做得真的很不寻常，这个时候一般只要是个正常男人，肯定是要以牙还牙报复回去的。但大老板就是大老板，总是有些常人不能理解的地方，他选择了冷静以对，并没有做出任何过激的行为，甚至连句怨言都没有！因为在这个时候，黄总心里在考虑一个更重要的问题：如何把工作上的不利局面挽回。

最终黄总想起来一个人，他相信这个人一定能帮他解决这个难题。没错，如很多人所想，这个人就是厚德。

黄总把厚德叫到了办公室，把情况简单介绍了一下："应该说选择那个地方做试点市场是正确的，但小房在那里乱承诺，乱表态，让当地的经销商郑总和他们分销商很气愤。你处理下这个事情，注意两个原则：一要安抚郑总他们的情绪，不要再闹了，好好做生意；二要帮助他们把试点市场搞起来。"

厚德暗暗咽了下口水，心里明白这不是个简单的差事，他想了想后问黄总："经费方面呢？您有多少预算？"

"你看着办。"黄总轻描淡写说了一句。

厚德又想了想，接着问："我需要带人员去配合我，您看带谁比较好？"

黄总考虑了一下回答道："至少把小房带去吧，毕竟她对那里的情况比较了解，其他的人，你看着办。"

两个听起来简单的"你看着办"，却让厚德明白了董事长的心思——他根本就没想在那里多花钱。再加上从那些要钱的供应商的表现看，公司财务方面的情况肯定也不是很乐观。而带小房……真的不知道黄总怎么想的，如果换了别人，可能早就对这种惹了祸的人"杀无赦，斩立决"了，还敢带她？"不过还是不提了，你黄总既然执意要带她，那我正好让她当个炮灰吧。"厚德考虑再三后，默默做了决定。既然黄总把自己当成了救火队长，那么总要有人牺牲一下，这团火才能真正熄灭。

简单准备了一下后，厚德就带着门厂总经理老李和挑来的几个年轻骨干员工一起来到了试点市场。为什么特意带上老李？厚德心里有着自己的考量：真正做事的时候，用人还是要很讲究的。一来老李一直是门厂的总经理，和大侠及他的经销商们是多年的交情，听说关系还很不错。在研究试点市场的时候，李总不是也投了郑总的赞成票吗？带上老李就等于带上了他和大侠的关系。二来，老李自从被黄总兼并后一直受冷落，带上他，他肯定是很愿意来的，甚至还会心存感激而来。三来，既然这次黄总让自己来救火，肯定需要大家的帮助，单枪匹马是很难解决什么问题的，反正不带老李也要带别人，那还不如带个和自己关系相对好的。四来，不管是成功还是失败，总需要有人替我说句话，成功的时候替我歌功颂德，失败的时候替我打圆场，而老李在这方面无疑是最合适的人选。

到了大侠所在的城市，房老师也从外地赶了过来。厚德让她在宾馆里休息，派老李去大侠那里打个前站，说白了，就是先探探大侠的口风顺便稍加安抚一下，免得一下子见面，会有意想不到的尴尬场面出现。

厚德在宾馆里听房老师把事情做了个介绍，大致了解了一下她的想法，也顺便安慰了她几句，毕竟她是董事长"钦点"来的，表面上关系搞得太僵终归不好。而经过前面那些事后，房老师也不在厚德面前张狂了，反而有些低眉顺眼。很快，老李从大侠那里回来了，并且私下里把情况对厚德进行了汇报。厚德一边听一边考虑对策，又向老李打听了郑总的喜好，决定今天晚饭在小肥羊请郑总吃饭，自己亲自会一会这个敢对董事长发飙的"江湖豪杰"！

至于为什么要选择在小肥羊？那是因为郑大侠特别爱吃火锅，厚德便投其所好。

可以看出，老李下午的工作还是很有成效的，大侠不仅准时来了，而且看起来对厚德也没有太大的敌意，至少面子上还算客气，让彼此都过得去。而很快的，厚德选择小肥羊的意义就得到了验证，大侠真的太爱吃火锅了，一盘羊肉两筷子他就夹没了。当时在座的一共大约七八个人，最开始点了5盘羊肉，厚德一看大侠吃羊肉的架势，就对对方说："大侠老哥，没想到你也这么爱吃羊肉，碰巧我也爱吃，你今天开车不喝酒，不如这样，我也不喝酒，陪你一起好好吃顿羊肉，我们两个今天一见如故，以肉代酒了。"在热闹而和谐的气氛中，厚德和大侠最后一共吃了16盘羊肉才算过瘾。

李总打前站、双方吃火锅这些在厚德的计划中，都只能算是热身运动，和大侠一起回到宾馆后，厚德才正式开始了此次破冰之旅。首先是老李开始说好话，他言真意切地说："大侠，大家都是老朋友，前段时间听说你与我们门厂和集团公司发生了一些误会，我们集团公司特别重视，专门派了厚总来。你看，你的面子够大的。这次厚总来，主要是两个目的，一是实实在在地把试点市场的新产品上市工作搞起来，二是希望和你之间消除隔阂，重建你和集团公司、门厂之间的良好合作友谊。大侠，不如你也说两句吧。"

应该说老李下午的工作肯定是没白做，大侠听后缓缓点了根烟，吸了一口后也开了口，而这一开口，就让厚德听到了他的诚意："厚总能来，让我们蓬荜生辉，兄弟您的水平我在经销商大会上已经见了，是个人物，刚才吃羊肉的时候我也领教了，的确不一般。我呢，其实也就是个小老板、生意人，手下还有一帮跟着我混饭吃的兄弟，大家都不容易，我们最想的还是把生意做好，朋友嘛，当然越多越好，我们也不想得罪谁，毕竟你们也是家大公司，我也得罪不起。但是前边的事情你们肯定也听说了，我今天也不想多讲，扫了大家的兴。不过厚总今天既然能来，相信肯定也是有安排的，有打算的，我想还是听听厚总的高见，我们弟兄们心里也好有个数。"大侠这番话说得滴水不漏，听着诚恳，但实际圆滑得很，把球一下子又踢回到了厚德的面前。

厚德表面上笑着，但心里很明白："现在已经不能再迂回了，自己必须表态，没有退路了！"

厚德在大侠期待的目光中开了口："大侠老哥的大名我在经销商大会前已经听说了，李总和门厂的上上下下，包括圈内的同行都对老哥你很敬佩，可以说是鼎鼎大名。前段时间，我们门厂和集团公司的协调沟通出了些问题，导致一些事情让大侠不满意，应该说主要责任在我们。我们也认真地进行了反思和修正，这次黄总让我来处理，说明他还是很重视的。我想下一步咱们第一要把试点市场的新产品上市工作做好，这是最重要和最关键的，其他的事情我在我的能力范围内，能解决多少就解决多少，实在超出我能力和职权范围的，我一定把大侠的意见带回去，让黄总加以重视，并且尽快处理，给你个明确答复。哥哥你看，我这个想法怎么样？"

大侠没有立刻回答，而是连抽了几口烟后说："老弟，你太客气了，你能来我就放心了，就凭你那天在经销商大会上的讲解，我和兄弟们一百个放心，相信你肯定是能把这个工作做好。至于原来的事情，主要是你们公司答应的太多，结果都没兑现，你说我的兄弟们怎么想？其实我也知道有些东西是兑现不了的，但那也总不能忽悠人吧。"

厚德连连称是，两个人又聊了一会儿大侠才告别离开，而那晚的见面，就这么结束了。应该说，厚德和大侠的第一次接触还算是很有意义的，不管怎样，大家又回到了同一个主题，那就是新产品的上市推广工作。

接下来的几天，厚德带着人马把试点市场全部跑了一遍，把房老师之前答应的一些事情做了兑现，比如说门脸改造、样品门的折扣等，而涉及的路牌广告等投入比较大又与新产品上市关联度不太高的项目，厚德都采取了折中和变通的处理方法。对于厚德的处理，大侠和他的兄弟们总体还是接受的。首先，他们都是生意人，知道如果继续闹下去，集团大不了不在这里做试点，他们一点好处都捞不着；其次，他们闹的目的其实最终也是为了能够得到重视和一些好处，厚德带着人马来，已经说明集团给了足够的重视，而现在又兑现了一些好处，所以他们也能接受；最后，通过几天的合作，厚德带的这几个人也的确给他们留下了务实、踏实、努力的好印象，让他们又重新燃起了对未来的信心和期待。

不管怎么说，重建关系这一关厚德算是过去了，但接下来的产品推广工作同样难度不小。为此，厚德和李总、郑总进行了反复的调研和商谈，终于确定在房交会上打出试点市场的第一炮。在房交会召开之前，大家对产品的特点又进行了梳理，确定了宣传的重点和各项细节，并在不同的场合进行了预热。万事俱备，只欠东风，厚德心里明白：房交会就是炸药爆炸的导火索，也将是他最重要的杀手铜，成败在此一举！

房交会如期开幕，建材类的产品在展厅内也拥有一席之地。虽然是房交会的配角，但是房子和建材有着相同的顾客群，而房交会的规模和影响，对于产品的推广是很有裨益的。厚德站在展厅内看着人流如织，心想：这个房交会的确是热闹，每天成千上万的人群涌入，这样的机会对于新产品的上市实在是太好了！

开幕式后，按照惯例，当地的领导是要去现场参观一番的，今年也不例外。但是今年和往年不一样的地方在于，领导们从市委书记到城建局长，再到房地产协会主席，除了去了几家重点的房地产公司摊位前，还不约而同地分别来到了厚德他们公司的摊位前长久驻足了一番。这下可不得了了！他们的摊位一整天都被记者们的长枪短炮包围着，领导问候、祝福，接受采访、专访，厚德和郑总忙得不亦乐乎，包括厚德在内，在场的每一个工作人员嗓子都说哑了，一天下来就没有一刻闲着的时候！

厚德他们这第一炮，打得十分精彩！

晚上展出结束后，大侠带着他的几个兄弟把厚德带到当地最高档的饭店花了6000多元吃了一顿大餐。吃饭的时候，大侠和团队成员的电话都在不停地响，几乎全是他的亲朋好友和圈内朋友打来的，而一接通无非就是那几句话："你成名人了！刚才还在电视里看见你和市委书记谈话来着"；"刚看到电视台记者对你的专访"……

　　房交会的那三天，厚德一句多余的话都没有，所有的心思都放在了产品推广上面。而正是这三天里，厚德他们的摊位俨然成了明星，颇有些喧宾夺主的味道，凡是涉及房交会的报道，都提到了他们的产品和他们的参展信息，报纸上、电视上不断出现着与他们有关的新闻。而最重要的是，在房交会结束前一天，有个大型国企就打来电话，说他们集团总部要装修，指定要用厚德他们的门，这一下子就接下了500万的订单！

　　房交会结束前一天的晚上，大侠把厚德和老李单独约出来，一见面他就迫不及待地问厚德："兄弟，这两天只顾忙了，也没时间问你，你到底是用了什么魔法，让我们的活动这么热闹和成功。现在我都成名人了，在圈子里可长脸了，大家都说我靠了棵好大树。兄弟，今天给我透个底吧，你这魔法是怎么变的？"

　　厚德神秘地笑了笑，他先给大侠点了根烟，然后才不紧不慢地说："老哥，这不是魔法，这是工作，既然我带着诚意来，就必须要给你个交代。这问题既然你问了，我们兄弟之间也没有什么好隐瞒的。来这之前，我了解到了你们市委书记的背景，他曾经在某个城市工作过，恰巧我们黄总在那个城市有个项目，因此市委书记对我们集团还是有一些了解的。我就特意找了市委书记，告诉他我们要来这里发展，届时在房交会上也有个摊位，请他过来指导下。住建局长和房地产协会主席，我也都是在房交会之前拜访了，谈话中暗示他们：市委书记是要来我们摊位的。所以，他们也就都跟着来了。至于记者报道嘛，我通过关系找到了他们的一个同行，告诉他，凡是来我们摊位报道的都有红包，如果事后见报和上电视的，根据报道的程度再答谢。领导们都来了，还有好处拿，他们能不重视吗？"

　　厚德的这一番缜密计划，让大侠简直听愣了，他举着烟好久回不了神，半晌后一拍大腿赞叹道："兄弟你太厉害了！想不到这些事情你安排得这么好，哥哥代表手下兄弟们谢谢你了！以后我和兄弟们都跟着你混了，你说干什么，兄弟们就跟着你干！"之后几个人相谈甚欢，又说了不少掏心掏肺的话。

只不过，那晚厚德心里虽然也很高兴，但是却并没有如释重负的感觉。他感到像是有一块巨大的石头还没有落下来，这让他有种不详的预感，因此无论如何，都没法太过开怀。

第二天下午，厚德接到了黄总的电话，没说两句话厚德就觉得心中一凉，黄总在电话那头说："你在那里搞的活动不错，我听说了，但是现在集团公司有事情需你和李总抓紧回来。"

厚德马上解释说："这里活动是搞得还可以，昨天还接了个500万的大订单，但我觉得，如果在这里再巩固几天效果会更好。"

黄总停顿了一下，然后似乎是下了很大决心似的，口气沉重地说："你们还是回来吧。"厚德咬了咬牙，不甘心地问："能不能让李总继续在这里，他业务更熟些。"黄总这回直截了当地说："你和李总都回来吧，让小房在那里。"厚德还想再说什么，电话里已经是一片忙音。

不详的预感果然变成了现实。

老李、大侠还有大侠的一个小兄弟听到消息后来到了厚德在宾馆的房间，厚德把电话里的情况大致说了一下。大侠当即就跳了起来，嘴里骂骂咧咧地说："他妈的，这是怎么回事？为什么要让你和李总走？为什么要让那个娘儿们留下来？"

老李也很气愤："这是什么世道，民营企业倒比国有企业还复杂？一开始就防备我们，不让我们插手，我这个总经理就是个傀儡！搞出烂摊子了又让我们来擦屁股，好不容易有了成绩，又过河拆桥。他娘的搞的什么鬼！不就是怕我们势力太大把他架空吗？"

大侠带来的小兄弟更加气愤，说着就要去打那个"败家娘儿们"，好在马上被大家拉住了。

厚德自始至终一声都没吭，只是坐在那里一根接一根地抽烟。房间里陷入了短暂的沉默。大侠猛吐了一口烟，抬头问厚德："兄弟，你说几句吧。"

厚德感到心里一阵阵的苦楚涌了上来，甚至胸口真的有些酸痛的感觉，怎么可能不难受啊！这一段时间，自己带着兄弟们在这里没日没夜地干，总算有了一个不错的开端，怎么就这么快让自己回去呢？大家好不容易拧成了一股绳，而现在这样的安排，不知道还会出现什么意想不到的事？总之真的很担心！

厚德压抑着心里的五味杂陈，他抬起头尽量平静地说："大侠、李总两位老哥，小兄弟，我也很难接受这样的安排，我也很想在这里多待几天，好好地把我们的市场再搞一下，巩固一下。可是黄总有这个安排，我也不能说什么，我拿他的工资，给他打工，除了服从，我现在没有其他选择和办法。我只想说三句话：第一，我感谢各位兄弟对我的信任、帮助和厚爱，通过这几天的合作和共事，我交了你们这样的朋友，这是我最大的收获！第二，不管以后我管不管门厂的事，有没有业务和这边再往来，大侠老哥只要有用得着我的地方尽管开口，我一定尽全力！第三，不管怎样，这块市场总是大侠老哥你的，现在开了个好头，我真心希望能借着这个机会把这个市场做起来，也希望老哥的业务能从此越做越好，这就算是我真心的祝福吧！"厚德说着说着，觉得眼眶有些略微发潮。看到他这样，老李他们也没有再说什么，只是都摇了摇头，长长地叹了一口气。

在略带悲壮的气氛中，厚德和老李回到了集团公司。一路上，厚德和老李都没有说什么话，厚德的心里很清楚，试点市场的故事一如经销商大会那样结束了，但下一个故事也许只是刚刚开始，以后的路还很远，很长。

云涌篇

死亡事故

厚德和老李离开试点市场后，房老师又带一帮人在那里待了几天，而一切结果也都在意料之中，大侠和他的小兄弟们看在这是自己的买卖的份上，尽量去配合她，但效果却不佳。一方面，房老师有了上次的教训后，这一次再来试点市场颇有些无所适从，火候和分寸的把握肯定存在问题，毕竟这类工作不同于告黑状那样，只要自己吃准了，说得过分点也不会有太大问题；另一方面，大侠和他的兄弟们对她也是打心眼里很排斥，没给她难堪已经算是不错了，信任肯定是没有的，没有信任，做什么事情都不会顺利；而最重要的一点就是：在民营企业中，在市场的搏击中，在生存的挣扎中，你用尽全力都未必能做得多好，都未必能赢来好的结果，更何况把力气全用在了与人钩心斗角上，哪还有好好工作的精力。

厚德在回去的路上，也思考了很多，他脑海里不由自主地把自己服务过的外资企业和黄总的公司进行了对比。他想搞明白为什么在外企的时候，大家个个如狼似豹，干劲儿朝天，而在民企，在黄总这里，除了黄总和几个高管外，其他人都像是在混日子一样人浮于事；为什么在外企，从来就没有执行力的说法，而在民企，老板们天天都开会培训，要大家提高执行力。而即便如此，黄总公司所谓的"执行力"和外企比起来，仍然不可同日而语，说得难听点，根本就不在一个层次上！

在厚德看来，拨开种种表面形式，其实外企和民企最大的不同是氛围不同。什么是氛围？往大了说是企业文化，往小了说是人——也就是老板的问题。

外企是典型的企业所有者和管理者相分离的机制，经营者不管是中国人还是来到中国的外国人，都是职业经理人。外企职业经理人最重要的特征是遵守规则，那些世界500强的企业，员工们别说见到老板了，连股东可能都永远见不到，但是这个不妨碍他们在外企里行使职权。在外企，制度高于一切，所有的工作遵守制度，每个人在制度范围内根据工作岗位行使职权，说到底，就是"法"治高于"人"治。

而在绝大多数的民企里，老板就是公司的皇上，权力无限大，大到公司的最高战略的制定，小到购买几块钱的物品，只要是他们看到了就可以任意干涉。当然，老板们的动机可能是好的，但这种"一竿子插到底"的做法对组织架构的伤害却非常大。就像路口的红绿灯管理，有车行，有车停，单辆车看起来慢了，但整个交通是有序的，整体效率很高。老板们对工作的直接干预，看起来单件事情的解决非常高效，但整体上是最低效的，因为大家都想超车，都想插道，塞车就是必然的了。在外企，做事有清晰的规则去遵守，人人都遵守这个路径规则，系统很高效；在民企，名义上有规则，实际上老板随心所欲，导致了公司的管理路径像一张蛛网，反而降低了系统的效率。

因此，对于民营企业而言，文化其实更重要！首先，制度要约束公司里每一个人的权利和职责范围，可是作为老板，内心里是不愿意被约束的，他更喜欢在自己的企业里权力无限大！所以，就造成了民企的规范性是最弱的。其次，价值观的统一也很重要，没有文化，企业就是一盘散沙，就没有凝聚力、向心力，就成了一群乌合之众。经常有人会说："民营企业，讲什么文化，哪有什么文化可讲？钱多就行！"这些听着似乎有道理，但肯定是不正确的。民营企业在前期发展的时候，为了钱可能大家都会玩命干，因此走到了一起，但如果企业发展到了一定时期，不再为生存发愁的时候，有个大家都认可的目标、价值观，说的再文气点就叫文化，那真是太重要了！你看《水浒传》里，前边大家反贪官、斗污吏时都很抱团，但是随着梁山势力越来越大，尤其是当价值观出现严重分歧、是招安还是不招安的时候，内部就出现了分化，队伍就越来越难带了。这就是文化的力量！民营企业也是如此，如果价值观和财富成果分配的问题解决不好，企业发展一定是要受限和出现瓶颈的。民营企业，如果只讲钱不讲文化，没有将大家的思想统一起来，过早出现政治化，再好的事情也做不成！

一路上，厚德不断思考着民企和外企的差别，加上这一段时间的劳累，再添上心情不愉快，很快就在颠簸的路途中睡着了。

让我们把目光调转回正在试点市场里继续坚持的房老师，从最后的结果看，她不过是门厂历史上的一颗流星。高调出现，自认为华丽的表演，但很快一切都消失了。应该说，很多事情责任未必在她，但随着她的离去这些已经变得不再重要了。每个职业经理人最开始的时候都会经历一段蜜月期，这个时间老板鼓励你、支持你甚至恭维你，但房老师错误地理解了老板的意图，照厚德看来，这其实是黄总给她的一段考验，房老师更需要冷静以对。而实际呢，老板说要大力支持，她就说500万；老板说谁哪些方面做得不太好，她就以为老板要拿下谁，顺势狠劲地说谁不好。其实她错了，老板说大力支持，也要看你做的事情合适不合适，更要看公司的财力和状况是否允许；老板说谁某些事做得不好，也不见得这个人就一定要拿掉，那些你认为老板不待见的人，其实有些时候说的话比你都好使！总之，在试点市场回来后不久，房老师还在为老板信任她而感恩戴德的时候，她就被突然扫地出门了。虽然她觉得很难接受，但一切却也在情理之中，老板不傻，他需要的是能给他带来利润和价值的人。

房老师走后，门厂还是李总做总经理，只不过依然是挂名的，谁叫李总是原来国企的总经理，又是地头蛇，没有了他，工厂外围的麻烦事不知道要多多少。老李自己身体不好，又在国企干了多年，转制后也要个面子，现在好歹还当了个总经理，在当地和人说起来他脸上也还算有些光。但是他的权力实在是小得可怜，人事、财务、采购他都决定不了，这些都是董事长或者授权他人决定的。

很快，董事长又找了个新的老总——齐薇来做门厂的副总，同样是位女将。说来黄总和很多民企老板都爱用女的，这是因为他们认为女人野心不大，好满足，又听话好用。齐薇一如既往地继承了房老师的一些"优良传统"，那就是极其听老板的话，但她比房老师更圆滑，一方面，来了之后到厚德和李总那里拜山头，嘴上说着"我是你的人，以后有事就招呼"，另一方面，她严格按照黄总的意思行使自己的权力，管理着门厂大大小小的事务。但是，在前期的短暂和谐后，矛盾又开始显现了。

在平稳度过前期后，齐薇开始露出了她的峥嵘，大刀阔斧地改革起来了。所谓改革，说白了，就是培植自己的亲信，砍断她认为不是自己亲信的人。至于厚德，在齐薇刚来的时候他就明确跟她说了："我不分管门厂，对门厂的事情没有发言权，只不过在需要集团公司出面的时候，我曾经参与了一些事情的处理，但这不代表我对门厂有任何的影响力，你放心按董事长的要求和自己的思路去工作吧。"这让这位齐总更加放心大胆起来，而她对李总就更不用说了：来的时候对你客气那是利用你，现在我实力够大了，又有老板撑腰，我何必再装呢？

权力真的是件很诱人的东西，每个人都想得到它，可权力也是可怕的双刃剑，一旦玩不好，就会直接伤了你！

初夏的一天，凌晨5点钟，厚德的电话就响了，民营企业就是这样，高管是24小时不能关机的。迷糊中厚德听到了黄总的声音，与以往不同的是，这一次黄总的语气格外低沉、严肃，并且带着压抑不住的焦急："厚总，你在哪里？"

"我在宿舍，董事长。"厚德边说边翻身坐了起来。

"那你抓紧起床，我弟弟十分钟后到你楼下，有重要事情要处理！"

厚德连忙问什么事？黄总只撂下一句："来我家里再说。"

厚德从床上弹身而起，用最快的速度洗漱完毕后赶到楼下，这时候黄总的弟弟也正好开车赶到。路上，黄总的弟弟只说了一句话，而这句话让厚德浑身一震：

"门厂死人了！"

赶到黄总家里时，集团公司的另一位副总已经在那里了。当时集团公司有两位副总，一位是厚德，另一位就是这位，他曾经是地区外贸局的副局长，已经60多岁了，据说当时在黄总创业的时候他帮忙不少，所以退休后也没什么事，就到黄总集团公司发挥余热来了。说起来很多人都不信，这位副总工资一个月才4000元，此外就只有公司给配的一辆低端轿车。黄总心里很清楚，一来安排个职位算是还了个人情；二来你不是还有退休金吗？4000块是额外的收入；三来用他主要是为与市里的政府机构建立关系，毕竟他刚从局长的位置上退下来不久，市里大小的局里的头头脑脑还是认识不少的。

黄总开门见山说了眼下的情况："门厂今天凌晨发生重大安全事故，一个工人从5米操作台上摔下来，当场就没气了。但是由于咱们这边的后续措施不当，导致工人家属情绪很激动，很可能要到厂区里闹事。"说完他用眼睛盯着厚德，口气坚决地说："我考虑了一下，厚总全权负责去处理这个事情，现在马上赶往厂区！"

对于这样的安排，厚德已经没有太大的情绪起伏，这段时间，他似乎早就习惯了救火队长这个角色。

走出黄总家，厚德并没有着急走，而是吩咐黄总的弟弟说："你去买10条烟，要软中华，三字头的。"黄总的弟弟这个时候也很听厚德的话，马上就去熟悉的烟店按照厚德的要求拿来了烟。说起这位黄总的弟弟，虽然挂的是老板助理，其实集团公司的采购、大客户销售、生产都归他管，权力大得很！今天早上就是他最早接到了下边的电话，并把事情汇报给黄总的。照以往，10条软中华这样的"大手笔"他肯定是不太情愿的，因为花的都是他们黄家的钱，但现在这事闹得这么大，黄总又刚说完厚德全权负责，他心里就是一百个不情愿也必须去照办。

在路上，黄总的弟弟把详细情况告诉了厚德："门厂最近要赶活，就经常加班。齐薇上任后，就把原来都是白天干的装卸工作安排在了晚上，这样送货的车子可以一早就出发。这个出事的工人昨天晚上值班，一不小心从5米高的装卸台上失足摔下来了，当时下边的人给我打电话后，我一听也慌了，马上就汇报给黄总。黄总考虑对方就是工厂当地农村的人，一旦对方家属知道了很可能到工厂闹事，就交代我打120，然后塞给120司机一笔钱让他们伪装成抢救的样子，说人还有一口气要转到地区医院里救治，这样对方家属就算想闹，也不可能有很多人跑到100多公里外的地区医院或殡仪馆里闹。只不过纸包不住火，我们万万没有想到的是，对方的家属很快就知道了事情的经过，估计是有工人偷偷把情况告诉了家属，毕竟工厂里还有相当多的当地人。我听厂里有工人说，死者家属凌晨4点多就开始召集人，就等8点上班到公司来闹呢。"

厚德一听，不由得紧张起来，看来事态已然万分紧急，比自己之前想的还要严重！

而厚德考虑对策的时间，只有在路上这一个多小时！

低头思索了五分钟，厚德突然问黄总的弟弟："李总知道了吗?"

"知道了，李总正在家里待命呢。"

"马上通知李总，在高速路口等我们。对了，现在齐薇人在哪呢?"

"她被工人围在厂里出不来，家属对她意见很大，说是她安排夜班才导致了事故，要找她算账，估计齐薇正在宿舍。办公室主任已经安排保安在宿舍周围保护她，一时半会儿估计不会有太大的事，不过要快，现在对方就是亲属、街坊什么的在那里，死者的几个战友、村长和治保主任还没有赶到。"

厚德忽然想起了什么，问："听说工厂所在镇的镇长前几天刚上任，有没有这事?"

黄总的弟弟回答道："好像是有这么回事，但具体情况要问李总他们了。"

车子风驰电掣地下了高速，李总果然在那里等着他们，一见厚德，李总也顾不上寒暄："厚总你来太好了！下一步咱们怎么办?"

厚德招呼老李上了他的车，让黄总的弟弟当司机，安排司机开着李总的车先走。

等就剩他们三个人了，厚德问李总："老李，听说镇长刚换，你知道他的情况吗？快来讲讲。"

李总说："知道一些，吴镇长原来是县里交警大队的大队长，后来提拔到这个镇的，听说跟县长关系很好，退伍军人出身，为人很爽快、讲义气。"

"抽烟吗？"

李总答得很快："抽！而且是个大烟枪，听说一天要两包还不够。"听了李总的话，厚德心里稍微有了点谱，他看了一下表，已经快7点半了。

"李总，你马上打电话给新来的吴镇长，就说集团公司的老总在他8点钟上班的时候会过去拜访他，其他任何话都不要说。另外给工厂办公室主任打电话，让他维持好工厂秩序，任何人不准和家属有冲突，务必打不还手、骂不还口。"

厚德想了一下又问道："你和镇里派出所所长关系怎么样？"

李总回答："关系很不错，当时我在国有企业的时候大家走动还是很频繁的，现在也一直有交情。"

"那你再马上给派出所所长打电话，说我们马上赶到他家。"厚德很冷静地安排着，李总也依言拨通了所长的电话。

几分钟后，厚德赶到了派出所所长的家里，一下车，厚德就安排李总拿给对方两条中华烟。李总一边将烟塞到对方手里一边说："这是我们集团总公司的厚总，有急事专门来找您的。"

不愧是派出所所长，一听这个就马上问道："是不是厂里出什么事了？"

李总说："昨天晚上工厂出事故了，摔死了一个工人，是隔壁村的，村里有我们厂里的工人，说他们已经发动全村和所有亲戚朋友，马上就要到厂里来闹事了。"

"啊，这么严重！"派出所所长一听也急了。

厚德这时开了口："老哥，实在不好意思，厂里出事要给您添麻烦了。这件事集团公司很重视，派我专门来处理，我的想法是尽量大事化小，小事快结，避免大的纠纷和事件出现。"

说到这里厚德故意顿了顿，然后加重语气继续说："再说，新来的吴镇长刚上任没几天，处理不好对他不好，也对我们大家都不好。"

"是，是，一定要处理好！"派出所所长当然明白这里面的利害关系，赶忙口气肯定地回答道。

厚德接着说："我的计划是这样的：您先让派出所的兄弟们到厂里维持下秩序，避免死者家属和工厂里的人发生冲突，我现在马上去吴镇长那里，向他当面汇报。"

所长一听立即拍着胸脯答应了："好的，我马上通知所里的弟兄们赶到工厂！"

吴镇长刚上任，能看出来是很勤政的，当厚德他们赶到他的办公室的时候，他已经开始办公了。

老李毕竟是老国企出来的，看人眼光还是很准的，吴镇长身上的干练和多年军旅生涯烙下的痕迹还在，看样子应该是个很爽快的人。老李拿出事先准备好的4条中华烟，客气但又不谄媚地说："吴镇长，这位是我们集团总公司的厚总，今天专程来拜访您的。"吴镇长客气地招呼他们坐下，并且亲自泡了茶，一边递茶一边说着："政府和企业本来就是鱼水一家亲，你们还这么客气干嘛。我原本就想这几天去你们企业看一看，没想到你们先来了，失敬、失敬。"

厚德很是恭敬地说："吴镇长上任我们就听说了，当年您在交警队工作的时候在县里也是大名鼎鼎的，只可惜那个时候我们没有什么打交道的机会，也不敢冒昧打扰。"

吴镇长脸上露出满意的笑容："哪里，哪里，都是领导栽培，兄弟们照顾。"

厚德看效果不错，于是接着说："我前几天在北京出差，在一些部委跑些项目，昨天刚回来，本来想休整几天，好好准备一下再来看望老哥您，结果门厂出了点事，弄得我连准备的时间都没有就来给老哥添乱了。"

"门厂出什么事了，我怎么没听说"吴镇长一脸疑惑，显然他也还不知道消息。

厚德把事情简单说了下，最后又说："不好意思老哥，第一次见面就给您添这么大麻烦，这件事还请老哥能多指点。"

吴镇长听后，凝眉考虑了一番："这些事情我在当交警大队大队长的时候遇见过不少，借口交通事故趁机闹事什么的，其实闹到最后，无外乎都是为了多要些钱。牵扯到农民的事情，就怕人多、乱，搞不好就会出大事。现在我有几个建议：第一，你们马上报案，我让派出所所长多带警力过去，维持秩序，不能出乱子；第二，我马上通知死者的村长，让他告知家属，最多只能组成个5人谈判小组来和公司对接，人太多什么事都谈不成，这5个人当中要有村长、家属代表和在亲朋好友当中有威望的人，谈判地点就在镇政府，在你们企业的话你们生产都会受影响；第三，你们也成立个谈判小组与对方谈判，我建议以李总为首，老弟你就不要出面了，一来你是外地人，二来你这副样子一看就像是企业中的大领导，他们一见你肯定会漫天要价；第四，厂里要做好家属的安抚工作，最好马上就派人去家属家里慰问，这样一来可以让对方心里舒服点，二来可以分散对方的力量，避免大批的人围在厂区。"

厚德听完心里暗暗佩服，吴镇长不愧是有经验，这几条建议一下子就把事情的重点全给抓住了，由他这样一安排，出大事的可能就立马降低了很多。此时黄总的弟弟也在暗暗庆幸："这几条中华烟，买得太值了！"

离开镇政府，厚德他们就去了厂区，尽管有了些思想准备，但当他们赶到厂区的时候还是惊呆了。工厂大门口密密麻麻围了足有几百号人，人群前边还有几十号人披麻戴孝，不少人手里还拿着棍子和锄头，路边也有一些"武器"，估计是在派出所的人要求下放到那里的。果然，派出所的民警正在人群前边和几个人讲着话，民警后边跟着厂里的办公室主任和一些中层干部，他们正在把准备好的早餐发给前来的村民们。人群四周也有一些警察或站或坐，其中有的人也在吃着早点。厚德心想：这个办公室主任真不错，这个时候还能知道准备好早餐。

看得出来，家属们此刻的情绪还是比较稳定的，按照事先商量好的计划，老李先给派出所所长、办公室主任分别打电话，通知了吴镇长的意见，并且顺便又了解了一下现场的情况。之后，他们坐在车上，从人群间闪出的一条路间慢慢开到了厂门口。

李总一下车，人群里立即炸开了锅，披麻戴孝的这群人的哭声一下子就来了，其中一位中年妇女和一个十七八岁的女孩上去就抓住了老李的衣服，哭着喊着要他偿命。人群里也不断有声音传来，说："让姓齐的也偿命，就是她安排的夜班。"这时派出所所长赶忙上去，把他们的手拉开了："他是厂里的总经理，老板又不是他，他是来处理事情的。"

之后所长转过头大声地对人群喊："厂里总经理已经来了，就是专门来处理赔偿的，大家看，人家还是很积极的。大家要冷静，闹下去谁也没好处。"这时一个似乎是村长的老人也走出来，他对正低头哭泣的母女俩说："你们两个先克制一下，他是来解决赔偿问题的。"母女俩的哭声瞬间小了下来，但还是哽咽着说："村长啊，你可要替我们孤儿寡母主持公道啊！"

村长点了点头："我自然会的。你看这样行不行，让小孩大舅、小孩的两个叔叔还有我，加上治保主任代表你们和他们谈，你看行不行？"

妇女想了一下，点了点头。

村长抬头大声对人群说："大家都散了吧，小孩大舅、两个叔叔、治保主任和我留下来说事儿。"

厚德一看这架势，知道村长肯定接到了吴镇长的指示。人群开始慢慢散开了，很多人捡起锄头、木棒，陆陆续续往回走。后来厚德听村长说，这些人都是死者家属花钱找来壮声势的，男的一人一包烟，女人一人20块钱。

谈判很快在镇政府的培训室里开始了。

厚德和老李商量，选择了三个人组成了集团方面的谈判小组，包括老李、工厂办公室主任和李总点名的一个姓周的助手。

直到谈判快开始，厚德才从车里出来，他把衬衫从裤子里掏了出来，用手将头发弄乱，身上还故意抹了些灰，手里拿着车钥匙，俨然将自己装成了驾驶员。厚德提前进入了培训室，进了培训室旁边的一个放器材的小屋。不一会儿，厚德就听到对方的谈判代表也都到了。而双方刚一开口，死者小孩的舅舅和叔叔的情绪就很激动，关键是，他们所说的话处处戳到了痛处：

"为什么你们要安排夜班，有哪个门厂安排夜班来装车的？"

"为什么你们装车的操作台要安排在高处？"

"为什么你们要说谎，要把人往别的地区送？"

"如果人还没有死，你们在车上送人的时候，为什么没有采取抢救措施？你们就是想把尸体转移，你们不安好心！"

一个个问题听得厚德的心悬了起来，他忍不住为老李他们捏了把汗。

经历过类似情况的人都知道，这个时候态度、语气和表态实在太重要了，稍有不慎，可能就会点燃死者家属的怒火，而让事件激化和不可控制。而老李不愧是国企总经理出身，面对这样的质问他一点都没有慌乱，无论是态度还是口气都让人觉得无懈可击：声音沉重、严肃中带着一些伤感，听不出来有一丝的虚假，而他的表达很好地把厂方处理的过程变得富有严密的逻辑性，也让死者家属感觉到了一些安慰。

李总沉痛地说："今天早上我听到这个事情后，感到非常痛心！老张是个好同志，在厂里工作多年，大家又共同经历了企业的兴衰荣辱，我想不光是我，厂里的每一个人都是很难过的，大家都不愿意看到这样的一个好同志离开我们！所以，这个事情我主动向集团公司要求我来处理，就是想给老张和他的家人一个很好的交代。刚才你们提的问题，我下面一一回答。首先是夜班问题，我听说老张最近老是和同事们说，家里孩子要考大学了，经济上不宽裕，他想晚上多干会儿，毕竟晚上有加班费嘛；另外厂里之所以安排晚上装车，也是想着现在大家多干些，让厂里经济效益好些，这样能为大家多谋些福利，毕竟现在工厂已经变成民营企业了，你说厂里不挣钱，拿什么给大家搞福利，老板又不是慈善家；至于打120救护车来，打电话的人当时的确有些吓蒙了，再加上后来120来的那个司机和医生经验也不足，一看老张很严重就想着往大医院里送，毕竟那里医疗水平更好些。你们想想，我们转到大医院，肯定是费用更高，但我们在这件事上不会在乎，只要能让老张没事。"

说到这，老李假装喝水，偷偷观察了一下对方的表情，看到已经不像最开始时那么义愤，于是他叹了口气接着说："可现在事情到这种地步，虽然大家不想看到，但人已经不在了，我看还是尽快处理，也好让老张入土为安吧。再拖下去，老张也不得安息。"这场谈判，就在李总这番情真意切的开场白中开始了。

在谈判中，门厂办公室主任不断地为家属们点烟、倒茶，而且很细心地准备的都是20元一包的香烟。之所以要这么安排，是因为办公室主任怕发太好的烟会让对方觉得厂方有钱，对谈判不利；而发太差的烟，又会让他们觉得自己被瞧不起，所以谈判时全部用的20元一包的，虽然不算高档，但发的频率却很高，不一会儿每个人的面前都堆成了一座小烟山。

谈判刚开始家属们的情绪还很抵触，但听了老李等厂方代表的话，慢慢地也就不那么激动了，一天的谈判很快就此结束。而结果和厚德预想的差不多，谈这么一次肯定不可能谈好，家属对厂子还是很不满，但不管怎样，谈判绕回到了同一个议题上，那就是赔偿的金额。说到金额，厚德就有些头疼了，对方直接开价100万！至于开这个价的原因就是一个——你不给这个钱，我们就组织人闹事，你的损失肯定不低于100万。

厚德当晚在当地最好的国际大酒店开了房间，同时将自己的房间变成了临时指挥所。厚德有个个人偏好，就是喜欢住好酒店，除了北上广深这样的一线城市，他基本都是住顶级的酒店，即便是在北上广深这样的一线城市，基本也是要住五星的。没办法，每次出差都太累，厚德觉得好的酒店能休息得好些，而且在好酒店里人的心情也会稍微好些，再说，谁不要个面子呢？吃、穿上面厚德都不太讲究，但住一定要好的。而厚德这样的消费习惯一直被黄总所诟病，厚德在入职时曾经问过黄总住宿和出差的报销标准是多少？黄总说："公司对高管也没有硬性规定，你自己看着办。"但随即他又补充了一句："我出去一般都住如家或者汉庭什么的。"其中的意思厚德当然明白，黄总口中的"你看着办"通常就等于"要少花钱"。

但厚德的消费习惯是不会因为黄总的要求而轻易改变的，他宁愿把出差津贴补助都贴到房费里。在这间舒适的房间里，厚德和谈判小组的三个人把今天谈判的情况梳理了一下，同时也了解到，今天工厂派人到死者家里慰问的人险些被打，而对方这么做的目的确实正如吴镇长早上在办公室里说的那样，就是要制造声势，好开口要钱。可这100万，厚德他们肯定是接受不了的，毕竟当时按照国家的标准赔的话也只需要13万多些。

100万的价码，让厚德他们陷入了沉思。

厚德抽着烟，脑子里不停回想着今天的谈判过程和他们每个人谈话的内容。虽然厚德看不到外边人说话的表情，但脑子里却不停反复回放着他们谈判中的每一句话，那些重点的问题和有分量的话，他甚至都用笔记了下来。

厚德琢磨了好一阵，突然间脑子里灵光一闪——死者的两个弟弟是发言最激动、也是最多的，但同时有一个人的发言最少。对！就是那个治保主任！是因为有村长也在场，所以他发言少吗？有可能，村长是被镇长特意打过招呼的，相信村长保持中立应该是没多大问题的，治保主任除非和死者有特殊的交情，否则保持中立也是很可能的；而其他的人有没有办法来突破呢？厚德想到这，把自己的想法说了出来。

其他三个人听了后，办公室主任和老周都说不可能，李总却没有吭声，但脸上也是写满了疑惑。厚德对李总说："能不能找人把他们几个的背景了解下，包括他们几个的职业、爱好，以及和死者家的关系等，越仔细、越准确越好！"

老李一口答应了下来："这个是可以的，我们这有个工人，我和他父亲私交不错，而且就是死者他们村的，他们要围住工厂闹事也是他事先告诉我的。"

厚德一下子明白了，为什么老李一见自己就说"你能来太好了"；为什么老李因为被集团冷落，这几天一直在故意请假，结果却在大清早一叫就准时来了；为什么厚德问的很多问题他都能对答如流，原来老李的眼线到处都是！也难怪，这个厂子这么多年就是李总的嘛，厚德此时很是庆幸每次在处理门厂事情的时候，都想到了老李，并且得到了对方的配合。厚德真是要发自肺腑地说一句：千万不要忽视一个国企总经理的能量！

这个夜晚厚德几乎是无眠的，李总安排下去的摸底调查还没有得到反馈，厚德虽然一早被叫起来，加上一直忙碌、紧张到现在，身体早已经困倦得要命，但心情却久久难以平复。躺在床上，厚德头疼似裂，翻来覆去睡不着，脑子里不停地想着：要从什么地方打开突破口？怎么突破？明天厂里情况怎么样？还会被围吗？工厂已经在安监局的插手下停产整顿了，真不知道事情要处理到何时？

这个晚上厚德的电话也响个不停，来自父母和女儿的关切问候，让厚德感到了欣慰。人行千里，也只有自己的亲人，自己的父母和儿女这样的至亲才会惦记自己，关心自己。而厚德的太太，自从厚德来到这家民企后就开始闹矛盾，目前已经是冷战好久了。

黄总的电话也在晚上打来了，电话中他又絮絮叨叨地说了几个要注意的原则和问题，说实话，厚德真是懒得去听，心中很不悦地想："你没有经历那个阵势，能给什么建设性的意见？"等黄总说完后，厚德直接告诉他："董事长您放心，我来的时候就和门厂的领导班子和全体员工说过了，要注意三个原则：第一，要保证工厂尽量少停产，最大限度避免生产上的损失，维护工厂的正面形象，减少给当地领导和群众造成的负面影响；第二，安抚好死者家属，一定不发生过激的群体事件，不激化矛盾；第三，最大程度地从各个方面节约成本，少花钱，尽快处理事情。"

黄总听了后连说好、好、好。厚德心里闪过一丝冷笑，暗想："是啊，你不就想听这些话吗？可也别忘了'将在外君命有所不受'是什么意思？如果打仗的大将军所前进的每一个细节都要靠你的指挥的话，那他根本就是个草包！而你也是一个不会识人、用人的庸帅！"

而令厚德最为意外的是，自己的发小老乔也打来了电话。老乔是厚德的中学同学，官二代出身，但这么多年两人关系非常好。老乔没有官二代的傲气，相反为人还很义气。在厚德辞去国企科级干部去读自考、考研究生的时候他就很理解和支持。每逢过年，在厚德回到老家的时候两人都聚一下，大醉几场，关系绝对是非常铁的。电话里老乔说最近在单位里和领导闹矛盾，想出来散散心，已经到南京了，问厚德现在在哪里，想明天过来。厚德一听太高兴了，赶忙邀请老乔来。同时厚德立即查了车次，告诉他晚上有班火车从南京过来，让他抓紧来自己这里。

凌晨两点，老李安排下去的事情终于有了回信，那个眼线已经把情况了解得差不多了，连死者的几个战友的情况都了解了一下。厚德听后一下子从床上坐起来，告诉老李："马上派人把他接到宾馆，记得准备好一条中华烟。"

在焦急的等待中，老李的"眼线"来到了宾馆。把中华烟拿给他的时候，他还推辞了几下，一再说："李总对我一直不错，这都是应该的。"但在老李的强烈要求下，他倒还是接受了。这一晚，他对厚德详细介绍了死者家里的情况和谈判小组每个成员的个人情况：死者老张的两个弟弟都是农民，而且还都在邻村，和老张家里关系还可以，但算不上太好，也就逢年过节走动下；村长是个在村里很有威望的人，各方面关系尤其是和上级政府这块关系不错；老张和妻子关系不好，而且和大舅子、也就是谈判小组里那个成员的关系也很不好；治保主任和村长关系不错，家里还做点生意，居然还和门厂有关系。他是做纸箱的，原来门厂用量挺大，但齐薇来了之后用量少了，但是还有少量在做。今天上午来围观的村民其实是死者大舅哥和治保主任出的主意，除了亲朋好友拉不下面子外，其他的人都是图好处过去的。

厚德听后用力一拍手："太好了！就从治保主任和村长那里下手！"

送走了"眼线",厚德和李总他们三个开始了具体的工作安排。明天早上厚德亲自去吴镇长办公室进行汇报,继续争取镇长和派出所所长的支持;谈判小组三个人继续去谈判,把国家赔偿标准告诉他们,并说通过和集团老总的商议,集团同意在此标准上提高2万。如果对方不接受,就借口需要向集团老总再沟通,下午就不谈了,让他们先回去。

厚德让办公室主任和老周先走,留下了李总,之后低声向他交代了几句,李总一听,顿时眉目舒展开了,伸出了大拇指说:"兄弟,你真是个牛人!"

之后的时间里,厚德与其说是睡,不如说是迷糊熬到了第二天早上。一起床,厚德就联系了吴镇长,知道对方8点要在县政府开会,厚德就在8点前赶到了县政府会议室,向镇长汇报了事情的进展。吴镇长很是理解和支持厚德他们的想法,并且又马上给派出所所长打了电话,让对方加强戒备,避免村民围堵工厂和出现过激行为。

从镇长那里出来,厚德又跑了趟安监局,向安监局长说明了此事。这个人是老李的哥们儿,老李昨天已经向他介绍了厚德和事情的大致经过。安监局长也很爽快:"停产整顿是肯定的,罚款也是少不了的,不过既然兄弟你来了,李总又是我多年的好朋友,一切按最低标准算。"

从安监局出来,厚德觉得心里轻松了不少,但是厚德知道下午才是重头戏,他必须在下午去拜访一个人,这个人对整件事情的进展相当关键。

中午的时候厚德接到了老乔,他乡遇故知那感觉真是太好了。厚德陪老乔喝了两杯,安排他住进了"指挥部"的隔壁,之后又让老李买了一条"中华"和两箱啤酒,没办法,老乔就好这两口。

中午老李他们在外边吃好饭也回来了,汇报了上午谈判的情况。不出所料,对方的态度还是很坚决,对厂方提出的在国家标准上提高的这2万块不屑一顾，于是老李他们按照事先商量好的，下午以向集团公司争取支持为由停止谈判。另外还有一个情况就是，门厂继续停产整顿，围堵门厂的人却少了很多，少数的那几个在派出所所长的调停下，也很快就散了。厚德听后，马上安排老李下午去做几件事情，而他自己，倒是在屋里好好睡了一个午觉。

当闹钟把厚德叫醒时，老李也来到了他的房间，一见到厚德就说："都按您的指示安排好了。"厚德点点头："那咱们分头行事。"之后就直接叫驾驶员开车带自己去了县政府，而李总则去了一个茶馆。"谈判能否按预期完成，今天下午和晚上最至关重要。"厚德在心里暗暗对自己说。

厚德径直来到了县政府分管工业的常务副县长的办公室，这个人在当地多年，从乡镇干部熬了多年终于到了这个位置。不出意外的是，和老李也是旧识。而这也是正常的，一个当地最大国企的总经理和一个管工业的常务副县长，工作中的交集也是很多的。厚德的来意老李早向对方做了简要说明，一来拜访，汇报下集团公司的工作安排，二来感谢，感谢县长多年来对企业的支持和帮助。

厚德一见面，就热情地向副县长介绍了公司近几年的发展和上市工作的安排和部署，也说出了如果公司上市成功后将加大在本县投资力度的想法。县长听了十分高兴，厚德这个拟上市企业的董秘和集团公司副总裁能亲自来主动拜会，给足了他面子，毕竟厚德所在的企业在地级市里也算出名的；另外他对厚德讲的未来公司的发展规划很感兴趣。当然了，厚德从不打无准备之仗，来之前也是做了一些功课的，对县里发展的规划重点，以及副县长本人和喜好也了解了一下。

厚德一看副县长对谈话内容兴趣很浓，马上顺势提出："我们黄总有事不能过来，特意安排我来代表董事长和集团公司来这里，和县里主要领导做个沟通。今天晚上我们在国际大酒店里略备薄酒来加强下印象，邀请县长再次沟通交流，不知您能否赏脸参加?"

县长似乎不经意地问了一句："哦，都有谁参加?"

厚德赶紧说："今晚以您为主，加上公司所在镇的两个一把手，此外还有个别关系好的朋友。"

副县长一听自己要做主场，很爽快地答应了："一定准时赴约!"

厚德回到宾馆，老李也很快办事回来了，他向厚德汇报了下午办事的情况———一切正常、顺利!

太好了! 厚德攥了攥拳头，暗暗对自己说：晚上我们准备的不是鸿门宴，但却是我们在这场战争中，由被动变主动的一场关键战役!

晚宴如期进行，副县长坐主席，厚德坐了主陪的位置，镇里书记、镇长坐了副陪的位置，老李坐在他们下边，另外厚德让老张那个村的村长坐在了自己的下手，门厂办公室主任则坐在了地陪的位置来招呼酒菜、端茶递水。

看得出来，副县长很高兴，不断对企业的发展表示赞赏，也高度评价了企业的政治觉悟和超前发展的思路。镇里书记和镇长也不失时机地锦上添花，当然他们最主要的目的还是借厚德的酒来献真佛。至于村支书嘛，他进去的时候老李就介绍说："这是某某村的村长，是我们企业的好伙伴，也是我老李多年的好朋友。"村支书刚进来的时候显然是很惊诧的，他没想到那么多领导都在座，但很快，他就回归自如了，频频向县长和书记、镇长敬酒，以便加深感情。整个酒席从菜、烟、酒、茶到服务都是高规格的，但是大家却没有一个人说任何一句关于门厂事故的话，只是充满了对事业未来发展的美好憧憬和加深彼此深厚友谊的愿望。

酒席结束后，厚德也累了，老乔在他隔壁的房间里也已经睡了，老乔是自己喝酒，再加上一路舟车劳顿，早就鼾声如雷了。厚德在心里对自己暗暗说：洗洗睡吧，明天就要逆转了。

第二天早上，厚德依然提前装成了司机在谈判室隔壁的小屋里假睡，谈判开始了。死者的两个弟弟上来就气势汹汹地问："你们商量了没有？100万赔不赔？"

老李缓缓地答道："兄弟你别着急啊，先喝点水，抽个烟，我慢慢给你说。"之后老李声情并茂地把企业的困难在现有基础上提高了至少三个当量级说了出来，并且说："你们的要求，我们也向董事长和集团公司反映了，我们也充分理解你们的心情。这样吧，你们要么就交公家处理吧，对于责任人该抓就抓，该判刑就判刑。至于工厂方面，现在我虽然是总经理，但我也是打工的，我只能干活和反映问题，至于集团和老板认可不认可，那我就决定不了了，如果有我的责任在，我一定勇于承担，绝不推卸。"

对方弟弟一听这话马上就急了，吼道："你们不怕我们把工厂砸了吗？你们就认为我们不敢对你们怎么样了？你们工厂还想不想开？"

老李苦笑着说："工厂不是我的，我只是打工的，你们认为砸工厂能挽回老张的生命，我和你们一起砸！至于你认为谁有责任，谁没有责任，这不是我说了算的，要政府来认定，但我保证一定帮助你们讨回公道。"

对方的弟弟和小舅子这时不干了，一定要马上就组织人去工厂闹事，而就在这个时候，村长和治保主任开口了。

村长说："你们先冷静下，国有国法，家有家规，人在厂里出事了，咱们就处理事情，你去砸人家的工厂，心情能理解，但做法不对，本来我们有理，这样一来就没理了。老张这边尸骨未寒，你们再去砸工厂，到时你们再进号子里去喝两天稀饭，几个家不就都散了吗？"

治保主任也赶紧把他们拉到一边："是啊，咱不能干犯法的事情。另外处理这种事情国家是有规定的，赔偿多少也是要根据国家的依据来，考虑到具体情况不同，可以酌情增减，但说得太多，对方肯定也接受不了。如果交公家处理，这个账我算过了，各种费用加起来就13万，到那个时候也就是这个数。至于他们工厂里关谁不关谁，那对于我们其实不重要，而且这个事故老张是正常在工作岗位上出事的，工厂里除了规章制度有不严格的地方，但也没有太大的漏洞。至于想把尸体转移，事实上是没有转移，人当时已经没气了，对方也是害怕。我看还是不交公的好。"

死者家属一听，也不吭声了，他们嘀嘀咕咕地商量了一阵，就又回到了谈判桌前，但是这时他们的意见已经统一了，那就是："合理的价格可以私了，否则要这点小钱也没有意思。"就这样，上午谈判的结果依然是厂方谈判小组向集团沟通、汇报，争取更多的赔偿。

上午的谈判结束后，大家回到酒店，老李拍着手说："治保主任起作用了，今天上午就是他安抚了他们，让谈判重新开始的。"

厚德点了点头："我听得出来，他的纸箱厂的事我们一起努力，增加他的订单量应该没问题的。"

老李也点头认可："你厚总说的肯定没有问题，等我们处理好这边，再来处理齐薇吧。"

厚德看了他一眼，算是默许了他的话，紧接着他问老李："你说他们这件事赔多少合适？"

老李反问："董事长那里能答应多少？"

厚德看着老李，又问他："老哥，你说工厂停产一天要损失多少钱？"

老李算了一下说："按照现在的生产规模，一天要损失几十万的订单，还不包括延迟交货要支付的违约金、员工的工资和水电日常开支。"

厚德又问他："董事长最关心什么？"

老李想了想说："那肯定是早点开工生产了，否则损失更大！"

厚德点了点头说："这就是问题的关键，赔偿金额的多少对公司来说很关键，但绝对不是最关键的。你下午再去见下治保主任和村长，探一下他们的底，记住，要分开见，还不能让他们相互知道。"

老李点了点头就转身离开了，厚德马上拨通了黄总的电话，刚一振铃黄总马上就接听了，而且听得出他很着急，但语气中又有种厚德入职后从未受到过的礼貌和客气："老弟，你辛苦了！情况怎么样，有进展吗？"

厚德回答道："有进展！一来对方只围住了厂区，并没有闹事，而且很快就疏散了；二来政府这边也沟通了一下，也表示理解，行政处罚都按最低标准进行。"

黄总又急着问："家属那边情况怎么样？他们要多少赔偿？"

厚德说："这点倒很麻烦，他们抓住我们要转移尸体、说谎话的事情不放，而且在生产现场有很多安全防护措施不到位，他们借此狮子大开口，要100万，并且咬得很紧。并说如果给不了这个数，就要去政府上访，甚至去地区找集团公司领导。我们坚持要按国家标准13万的基础上酌情赔偿，但现在看来缺口比较大，我们会继续努力的，当然我也想听听董事长的指导意见。"

黄总沉默了一下，口气坚决："厚总，这事我就全权交给你了，你也知道，工厂现在停一天损失是多少钱。至于他们上访和来地区，那肯定是不行的，你是董秘，你也知道我们现在为上市做准备，一旦不良影响扩散出去，一切努力就都白费了。你全权处理吧！"说完，他就挂断了电话。

放下电话，厚德脸上浮现出了一丝笑容：看来，问题的解决已经要收尾了。

老李下午也带来了对方谈判小组的内部消息，他们中间也产生了分歧：死者的小舅子和家人要求尽快处理，赔偿适当就可以了，以免万一交公的话大家鸡飞蛋打；而死者的两个兄弟呢，虽然还是要求有个说法，但口气明显软了不少，只是具体要多少心里也没数；村支书和治保主任提出的建议是在国家赔偿的基础上再多些，但究竟多多少没有明说。老李还说，治保主任后来单独和他谈了下，说基本上根据现在的情况他判断20万左右就差不多了，让厚德他们不要着急。

"我们怎么办？"李总急切地问厚德。

"明天谈判的时候就抛出底牌，如果行就20万，如果不行，那就交公，他们该砸厂就砸厂，该怎么办就怎么办吧。"厚德望着窗外，缓缓地说着。

第二天的谈判如期开始，对方上来张口就问："你们同意给多少？"他们这么一急，老李心里反倒清楚了，对方此时，其实方寸已经乱了。

老李不卑不亢地说："这件事情，按照国家赔偿标准13万，这是个基础，公司的确也存在着管理不善的细节问题，但并没有多大的毛病，在这个基础上公司又考虑到老张在公司也服务了多年，公司愿意再多加7万，凑个整数20万。如果各位认为可以，我们马上就把手续办了，然后老张这边也抓紧办后事。如果各位说不行，我这边也无能无力了，该砸厂就砸厂，该报案就报案。"

两位弟弟一听马上炸开了锅："这怎么能行？100万降到20万，哪有这样的事情？"

老李则带着无奈的口气说："你要100万的心情我能理解，兄弟情分100万都不止。可实际情况是国家的确有标准。什么是标准？那就是依据和参考。你们可以打听下，上个月隔壁公司也出了个类似事故，他们赔了多少？我听说他们刚开始也是要的不少，可后来不也是没闹起来，同意调解了吗？"

村长接住了话茬："李总你说的是实话，隔壁公司那个赔了18

万，可这个情况的确不同啊，20万是不是有些太少了？"

两个弟弟和大舅子也不停说太少。

治保主任这时候开口了："李总，我们也知道你们是打工的不容易，可你看在孤儿寡母的份上，能不能跟老板再申请下，再多些，我们这边呢，也再商量商量，尽量双方达到满意。"说完，他就问村长："要不我们再出去聊聊？"村长点了点头，招呼着家属出去商量去了。李总马上偷偷来到了小屋，轻声问厚德："下一步怎么办？"厚德伸出了三个手指头："再加3万，下午成交！"

果然，不多久后对方谈判小组又回到了谈判室，他们一上来就问老李："你请示老板了吗？"

李总回答："我已经请示过了，老板不同意，说实在不行让他们看着办吧，反正这厂子自从买了后就一直赔钱，开着也没多大意思。但我把你们的情况也给老板说了，他要考虑下，我下午答复你们。"

临近中午，双方的谈判小组怀着忐忑的心情，都离开了谈判现场。

一回到宾馆老李马上就问厚德："这事我们能定吗？"

厚德说："不能定，我还要打电话请示董事长。中午大家休息下吧，下午我们再碰头。"

老李他们离开后，厚德稍微平静了一下，整理了一下思路，之后拨通了黄总的电话。黄总一开口就急忙问："情况怎么样？"

厚德说："对方说26万，如果行下午也许就能签手续，如果不行，我感觉就随他们去吧，企业也承担不了太多。"

黄总沉吟了一下："就按你说的办吧！"

厚德一会儿就把李总叫到了房间，说："下午你就告诉他们26万，不行就算了。"

"26万！你不是说23万吗？这个数董事长能同意吗？那我现在就通知他们。"李总一听说数字比预想的还要多，略微有些欣喜，急着要打电话通知。

而厚德一把拦住了他："先慢着老李，我有两句话想和你说。上午的谈判我已经听了，我认为23万他们肯定能答应。但是这3万块钱是我为他们要的，也是为你要的。"

"为我？"老李听得一头雾水。

厚德耐心地给他解释："是的！你想想，他们孤儿寡母不容易，老张又在厂里干了多年，多给3万也是应该的，但这钱也是为你要的。我们处理完事情就回去了，你还要在这里做总经理，更重要的你是当地人，你还要面对你的朋友和父老乡亲，你处理得厚道些，对你以后做人做事是不是更好？所以说这多要的3万也是为了老哥你的面子。"

老李一听，当时双手就握住了厚德的手，激动地说："兄弟，太感谢你了！你能这么公道地处理问题，还替我考虑，真的太感谢你了！"

下午的谈判果然如厚德预料的那样，对方上来就迫不及待地问老板同不同意加钱。

老李不紧不慢地说："同意了，最终的结果是23万，这是最终的底线！如果不行，我们现在就回去。"

老张的两个兄弟仍然吊着眼睛威胁道："你们真的就不想开工了吗？真的就认为我们会这么轻易善罢甘休？"

老李不动声色："开不开工现在不是我最关心的事情，我现在只关心能不能在我的职权范围内给老张多争取一些，也算对得起他和那些一起共事这么多年的兄弟们。这件事我在老板那里已经用尽了全力，我觉得问心无愧了。至于你们接受不接受，或者不接受要去做什么，我现在只是一个打工仔，我也定不了，天塌了让大个去顶吧，我扛不了。"

　　那五个人听了这话，都不吭声了，他们互相看着，之后皆陷入了一片寂静。

　　很快老张的小舅子开口了："村长、主任、两位兄弟，我看李总也尽力了，条件虽然没有达到我们的预期，但也差不多了，大家做事也不能做绝，以后我姐和外甥女还要在这里靠父老乡亲们照顾，我看是不是这个条件就可以了。"

　　村长、治保主任连连点头："可以了，这样也合情、合理、合法。"

　　两个弟弟一看大家的态度，也无奈地点了点头，其中一个年岁稍微大点的说："你们厂里能不能在我哥的丧事上再补助些？"

　　李总说："你们要答应和谈，我是当总经理的，又是本地人，肯定会向着咱们本地人，虽然我是个打工的，但一定尽最大努力来帮忙，多少肯定有；但如果你们不答应，谈这个恐怕没有太大意义。"

　　另一个弟弟终于吐口了："那就按这个办吧，我们也不是想闹事，还是想让哥哥早日安息，家里嫂子和侄女多些保障。"

　　老李接着说："我也是看在与老张多年同事感情的基础上，同情嫂子和侄女，才冒着风险答应的。这样吧，丧事补助我从厂里经费想办法，争取弄个两三万，但是这样一来我一年的奖金恐怕是没有了。你们看是不是我们马上就把调解协议签了？"

　　第二天上午，调解协议就签好了，应该说双方还是比较满意并且也都愿意接受，死者家属也对老李连连称谢。

　　而当一切归于平静后，厚德的心里却还是有些不舒服，并且是真真切切地很不舒服——他想起了他曾看到的一句话："几乎所有事故，到最后都会变成一条命值多少钱的谈判。"

门厂之殇

谈判结束的当天晚上，厚德和老李、老周以及办公室主任，当然，还有他的同学老乔一起喝了一顿大酒。席间，老李他们三个显得很高兴，频频向厚德敬酒，说他指挥得当，处事干脆却又时刻能替别人着想，诸如此类的奉承话着实说了很多。而老乔也很开心，他知道厚德这几天所承受的巨大压力终于可以释放一下了。可唯有厚德的心里，却一直有着份压力释放后的空虚，以及一种莫名的淡淡忧伤，这份忧伤来源于对生命的敬畏和对门厂经营的深深反思。

事故处理完毕后，厚德额外交代了李总几个需要注意的问题：一是抓紧向镇政府、安监局等相关政府部门通报事情的处理结果，并在合适的时间宴请一下所有相关部门的领导；二是一定要把内部管理，尤其是安全生产管理再巩固加强，把现在已经暴露出的问题逐一解决，并制订出详细的措施和方案，上报集团公司董事长及有关领导审批；三是要对客户及经销商的订单情况逐一摸底，争取最大限度地在承诺的生产周期内完成订单，确保不因事故给生产造成不良影响或客户及经销商的索赔。

而至于齐薇，厚德想着到时候自然有黄总去点评她的工作，并会亲自斟酌处理她的方案，自己没必要发表意见，所以故意对她只字未提。很快，厚德就在李总期待的目光和齐薇忐忑的眼神中返回了集团公司总部。

厚德处理门厂事故期间，黄总生病了，有些发烧，但好在并不严重，即便如此，他还带病亲自为厚德接风，据说这在以前是从来没有过的情况。在欢迎酒席中，黄总认真听了厚德对事故处理的汇报，并且以自己的方式表示了内心的赞赏。而他表示赞赏的方式通常就是不打断对方的讲话，一直从头到尾耐心听完，用句网络上俏皮的话说就是："我对你最大的尊重，就是默默地听你吹牛逼。"等到厚德汇报完毕，黄总对着他轻轻一笑："辛苦了！"厚德心里清楚，谈话肯定不会就此结束，果然黄总马上追问道："你认为事故的主要原因是什么？"

厚德也没客气，直言道："生产安排不科学，管理上有重大漏洞，管理层缺乏团结，各自为政。"

黄总一脸惊讶的表情："可是从齐薇汇报上来的情况看，一切都是相当良好的啊，真想不到会出这么大问题。"

厚德没有吭声，他并非不想趁机告上齐薇一状，但是他更觉得很多事还是要黄总自己想透了更有效。

晚上，厚德和老乔两个人在酒店的房间里喝酒、聊天，厚德问老乔："按说我在门厂的几次突发事故中处理得还算不错，无论是试点市场，还是这次赔偿协商，你说，为什么黄总还总要防着我？为什么一切顺利的时候黄总不用我，而出现矛盾和危机的时候又让我去处理？为什么黄总宁愿用房老师、齐薇这样平庸并且会惹祸的人，而不去用我和老李这样能力强的人？老乔你来说说，这到底是为什么？我倒真不想管什么烂门厂，我只是觉得黄总这样的民企老板做事实在让人看不懂。"不知道是不是面对老朋友的缘故，厚德不停倒着心中的苦水，这段日子以来，这些疑问始终在他脑中盘旋，让他百思不得其解，可是也只有在面对老友的时候他才敢吐露心声。

老乔端起酒杯抿了一口，看着厚德的眼睛说："这个问题其实很简单，但具体说来又挺复杂。之所以简单，是因为假设你来分管门厂，这些问题就不存在了。但现实是他不会把门厂交给你，为什么？因为两个字——信任！老黄没有充足的理由去相信你，而这与你有没有能力没有关系。从古到今，凡是这些当老大的，无论是皇帝还是一个组织的头把交椅，让他们去信任一个人或者充分授权一个人做件事情，都非常难。就拿你们黄总来说吧，这个企业就像是他的孩子，甚至比孩子还亲，是他辛辛苦苦一手把这个孩子养到今天这样的规模，因此他容不得有一丝丝的破坏、妄为或者失控的可能存在。"

老乔停下来又抿了一口酒，而厚德则回味着他的话，觉得每一句都很有道理。"你接着说。"厚德很希望可以和老朋友多聊聊心中的困惑。

老乔接着对厚德讲："当企业做到一定规模后，企业发展的不确定问题开始增多，当不确定增多的时候，老板就会开始产生各种怀疑和不信任，所以古代皇帝为什么都自称寡人，就是这个道理。你看你们黄总，他学历比你高吗？口才比你好吗？能力有你强吗？我看这次处理事故你所展现的能力，黄总很认可，换句话说，让他自己去处理都未必能处理得这么好。但是你想过没有，你越是能力强，他就越是会防备着你。我举个例子吧，按说之前你因为这个吃过一次大亏，只是直到现在你还没有明白。"

"啊，什么大亏？我怎么就想不起来呢？"厚德听了老乔的话很是吃惊，他飞速在记忆中搜罗相关的往事，却怎么也想不起来。

"哈哈，你想不起来，那先喝一个，我再给你上课。"老乔端起酒杯，嬉笑着故弄玄虚。

没办法，厚德只好喝了一杯酒，之后就用充满了期待的眼神望着老乔。

老乔一笑，徐徐道来："你知道你当年实习时，为什么进不了财务科吗？"

"这不是因为咱家没那个社会关系吗？都多少年的事了，还在扯这个。"厚德不假思索地答道。

老乔笑着摇了摇头："我说了，你到现在还不明白。大家都以为你是家里没有关系进不了，其实这只是表面上的原因，真实的原因我家老爷子跟我说过。有一次我和老爷子聊天，我说如果当时让你进财务科，也成就不了今天的你。但是老爷子马上又对我说，你当时根本就进不了，而这个原因不在于你有没有社会关系。"

说到这，老乔端起了茶杯，继续卖起了关子。

厚德这下可急了，赶紧抓着老乔的茶杯重新放回到桌上："哎呀，我说老哥啊，你就快别卖关子了，赶紧告诉我老爷子到底说了什么？"

老乔笑了，故作神秘地伸出两个手指头，并且压低声音吐出了两个字："人性。"

"什么人性，你到底说还是不说啊？"厚德以为老乔是在敷衍自己，有些不耐烦。

老乔脸上的表情慢慢开始严肃起来了，他换了个姿势，正襟危坐地对厚德说："人性这个词是我总结的，但当时说的就是这么个意思。老爷子说，当年财务科要了两个人，是不？为什么要了两个资质、能力都很平庸的人，也就是我的那两个同学却没有要你这个高材生？很多人传言说那两个人是单位一、二把手介绍的，所以没有轮到你。但老爷子没有这么看，他认为原因恰恰就是你锋芒太露！要知道，老爷子当时虽然不是主要领导，可也是主要部门的负责人，和财务科长算是平级，平日里交道也不少打呢。"

"锋芒太露，这个怎么解释？"老乔的话让厚德一头雾水。

"老爷子说，如果当时你去了财务科，别说我的那两个同学进不去，就是财务科那些老科员，哪个会不害怕？你年轻、能干、科班出身又不计较得失，还特别好学上进，你要真进去了，那些老科员们还能有出头之日吗？所以，大家表面上对你很照顾，甚至是很客气，其实心里别提有多怕了，甚至是恨，恨不得你进不去才好。你说说，大家为什么对你这么好，包括科长，又是给你发钱，又是带你去酒席，见各种世面。他们喜欢你或许是真的，但关系到他们自身利益的时候，一切就很难说了。木秀于林，风必摧之，人若出众，众必非之……"厚德听得有些发愣，他万万没想到，自己多年前的往事竟然还有一个自己不曾知道的版本，而这个版本的揭晓，让自己一时间竟然有些难以接受。

老乔接着说道："至于黄总的事情我就不用多说了，你现在明白为什么他不让你分管门厂了吧？记住，这就是人性！但是，这件事不能说你错了，相反，老爷子对你一直赞赏有加，他说只有靠你这样敢打敢闯的人，社会才会进步，否则大家都在一亩三分地里故步自封、因循守旧、钩心斗角，能力怎么提高，组织怎么发展？"

老乔的一席话，让厚德陷入了深思中，酒席散去后，他独自躺在床上辗转反侧。老乔的话给了他深深的震撼，他想想黄总，还有他来民企后见过的形形色色的各种民企老板，他们每一个人都是海水和火焰的化身，也是天使和魔鬼的结合。尤其是对那些文化薄弱、人格魅力一般、缺乏自信的企业家，以及那些企业实力不太大、管理体系尚且不成熟的企业家们来说，他们无一例外，全都希望自己找的职业经理人都像孙悟空，神通广大，在自己需要的时候能出面解决一切问题，同样他们也希望自己是唐僧，能在他想约束对方的时候念一遍紧箍咒就起效。可当今社会没有紧箍咒，也不会有孙悟空。他们需要的是在人性的理解、追逐、进化中不断地强化自己的判断、明晰自己的内心世界，在纷繁复杂的境遇中抽丝剥茧、举重若轻抑或举轻若重。而职业经理人需要的，是在职场的变换中不断调整自己的心态、认识、看法，服务的时候尽全力去配合，不为别人，只为了实现自己的价值。每个职业经理人都要有着宁肯做一颗流星的心态，即使燃烧自己也要在夜空中留下灿烂；而不需要自己服务的时候，你尽可以冷眼旁观、冷静思考，有则改之，无则加勉。其实，老板们身上演绎出的种种故事，又何尝不是当代社会的真实写照呢？厚德想着自己，不由得想到了门厂。自己来到这家企业后处理的几件大事，几乎都与门厂有关，虽说每家企业在经营中都难免遇到各种坎坷，但是对于门厂来说，遭受的挫折似乎也太多了点，厚德感觉，门厂之所以会到今天这个境地，是各种因素共同作用的结果：

首先，集团购买这个门厂的时机就不合适：企业的主业根本不在门业或相关产业上，当时黄总只不过贪图门厂这块地的价值和配套搭售来的厂房。买了之后如果不是继续做门，而是用来扩大主业、完善主业，甚至售出套现很可能都比现在这样不懂装懂地做着一个不熟悉的行业强。现在倒好，强弩着非要做一件自己压根不了解的事情，不走弯路才怪。用一句成语来形容购买门厂的动机非常合适，那就叫：买椟还珠。只不过如今是珠子碎了，盒子也慢慢在贬值。

其次，门厂管理上频繁出现失误，甚至是在完全一样的错误上一犯再犯：门厂的失败表面看是选人的失败，管理的失败，实际上是用人机制、标准和对管理认识上的失败。黄总在很多时候用人，不去看一个人的能力、动机、人品和素质，却首先要求对方忠诚、可靠，然后再根据表现去量身定做着安排职位。所以企业里才会出现很多"劣币驱逐良币"的现象：越是没能力、没本事的人越会拍马屁、投老板所好，越是能得到重任。虽然现在黄总已经有些反省了，但付出的代价也是很大的。

还有，企业大了，管理要依靠完善的制度、先进的企业文化和培养、管理体系。而今门厂既没能学来西方企业管理的精确和科学，也没有中国式管理所强调的"以人为本"和因地制宜，靠的完全就是老板的喜好和一时兴起，这样草率和个人化的管理方式终究会让企业在发展中出现偏差，甚至出事。而民营企业的老板们，大多性格色彩很分明，有明显的优点，同时也有着一眼就能看穿的劣势，而这样有着重大性格特征的人只靠自己的喜好和冲动，难免就会做出常人不能理解的事情。虽然他们可能会因此取得成功，但因此品尝到苦果的例子也不少见。

想到门厂，厚德的思绪又有些乱，他起身走到窗前，看着窗外的夜景，调整着自己的心情。而眼前开阔的视野、闪烁的灯光也让厚德的心情舒朗了不少。厚德忽然回想起自己当初决定来到这里的初衷：1. 作为集团公司副总裁和拟上市公司的董事会秘书，去完成一家企业的国内上市，单是这份工作经历，对一个职业经理人来说就是一笔财富。用深交所某位领导酒桌上曾经说的话来讲："厚总，企业上市了，你的身价就至少是1000万了。"通常经历了IPO整个过程后，董秘将成为稀缺资源，这也就等于捧得了金饭碗。2. 自己手里还有了公司的一些股份，如果上市成功，那将会飞速增值，让家人的生活进一步改善。

想到这里，厚德觉得胸口没有那么憋闷了，他自言自语地安慰自己："算了，求大同存小异吧，门厂的事情就当作在海中行船难免遇到的一些小浪花，翻篇不提了。"

　　心中分外释然的厚德，此时不仅不再压抑，反而思路格外活跃，他不由得想到了黄总，厚德感觉，黄总的性格不仅决定了他在企业管理上存在的优势和弊端，更决定了他和下属们的关系。

　　客观地说，黄总优点还是很多的，他是沿海地区为数不多的受过高等教育的企业家，沟通起来还算顺畅。而且人很勤奋，每天工作16个小时，每年只休息一天，据说只有大年三十中午到初一午饭前的那段时间，他处于彻底休闲状态，不考虑工作上的事情；再者，黄总确实很坚韧，自己认准的事是轻易不肯改变的，即使是遭受屈辱也不会轻易改变；另外大概是由于苦出身的关系，黄总确实节约，他自己一个人每月的花销不会超过1000元，不抽烟，不喝酒，不唱歌也不娱乐，身上没有一件衣服超过千元，而且一年四季上身的衣服简直可以数得过来，从来不瞎讲究，有时自己出去办事就在路边小摊解决午饭。

　　但同时，黄总确实也不懂人情世故，在他眼里这些都不过是毫无意义的繁文缛节，这也就导致了黄总不爱表扬人，不会夸奖人。除了不太场面外，黄总也确实小气，而且喜欢计较，目光也说不上长远。

　　厚德这时又不由想起了刚认识黄总的时候，对方让自己帮忙买车票却没有给钱的事情。当时厚德心里还嘀咕了一下，这人是不是太小气？但很快厚德就觉得是自己多虑了，一个大老板，肯定不至于。后来厚德看到了电台播出的一期采访黄总的节目，其中有个细节让厚德啼笑皆非，当时嘉宾中有个名人听了黄总对企业产品的描述，笑着说："东西这么好，你送我一件。"而黄总则一脸严肃地答道："我的产品是有价值的，你要用，我可以便宜点卖给你，不能白给你。"当时给那个嘉宾弄得好不尴尬，直接就在后边的投票环节投了黄总的否定票，主持人问名人是不是"报复"，对方用调侃的口气说："我觉得他没眼光，我用他的产品可以给他做宣传，等于免费做代言了，平常别人还求我用他们的产品呢？他连送我都不送，我觉得他不懂得商业。"厚德的母亲也看了那期节目，还特意为此给厚德打了个电话："孩子啊，你们黄总是不是一个很小气的人啊？"事实证明，细节真的反映了一个人真实的性格，而类似的难忘小事厚德还经历了两次。

有一次他和黄总出差，在一家住过的宾馆进行登记。来到前台后，服务员要求告知证件号码。黄总突然就问厚德："我的身份证号码你记得吗？"厚德一看黄总的眼光，就知道话外有话，黄总肯定是在借机考验自己。而当厚德一口气报出黄总的身份证号码时，他看到了黄总脸上满意，甚至称得上是得意的神情，那样子，就好像是菜市场买菜的大妈、大爷们，终于用一个合理的价格买到了自己喜欢的菜。

还有一次，公司高管和黄总在一起吃饭，黄总突然问大家："我们某分公司的门牌号是95号，你们觉得这个号码好吗？"大家立刻附和："好啊，好啊，这个号码非常好！"黄总目光一凛，紧接着问："你们说说为什么好？"这下大家都不吭声了，他把目光慢慢挪向厚德，并且盯着厚德的双眼，厚德知道，考验的时候又到了。于是清了清嗓子，语气平缓地说："易经乾卦九五爻是飞龙在天，利见大人。说的是在这个阶段，主方要展现全部的威力，成语'九五至尊'说的就是这个意思，所以门牌号95，就意味着登峰造极，功成名就。"黄总笑了笑："你说得有道理，但我不懂这些，也不知道对不对。"马上身边就有人用手机百度了一下，说厚德说得没错，书上写的也就是这个意思。黄总又故作姿态地说："你说的虽然对，但太麻烦，也太文气。按我的理解，九是数字里最大的，五是最中央的，所以95号是最好的！"说完，脸上露出了满满的得意，只剩下一群人目瞪口呆，暗自无奈。

厚德想着想着，不知不觉睡着了，一夜安眠。

门厂的死亡事故，就这么在厚德一众人的努力下安然结束了，不出意外的是，齐薇很快就被罢免了，老李又重新走到了台前。但不久之后，门厂又来了新的老总，老李索性就被彻底排除在管理层之外了。而这位后来走马上任的老总，再次闹出了很大的乱子——数百万的货款收不回来。不得已，厚德又被临危受命，想方设法终于要回了这批货款的90%。但是至此，门厂的元气已经大伤，两年多的时间经历了好几任老总，无数次的改革，又加上这几次重大事故的打击，门厂终于在摇摇欲坠中，落了个轰然倒塌的结局。

攀龙附凤

老乔又继续待了几天，离开时，厚德亲自去车站送别。分别时，厚德有些依依不舍，甚至心里还有些伤感，就好像那句话说的那样："初恋之所以可贵，是因为在追逐成熟的过程中，彼此都付出了成长的代价。"老乔自然不会是厚德的初恋，但在厚德看来却胜似初恋，自己这么多年风风雨雨走来，除了父母的关心和帮助，正是好朋友的关注和牵挂让厚德感到了温暖，获得了巨大的前进动力。在人生最无助的时候，厚德就是靠着亲情和友情一路支撑着自己走过来的。

送走了老乔，在返回公司的路上，厚德忍不住回首自己走过的路，和同龄人比起来，那无疑是一条布满荆棘的逆路。别人都在读书的时候，自己去了国企工作，还当了干部；别人读完大学工作了，自己又重新拿起书本为大学文凭自学考试；别人都在职场崭露头角了，自己还在读研究生；别人为了进外企、世界500强绞尽脑汁的时候，自己却跳出令人梦寐以求的圈子，来到了民企；同龄人还在职场为当个中层拼得你死我活的时候，自己却不经意之间成了高管。这一条逆路走来，厚德承受了常人不曾尝试的压力和苦楚，品尝了同龄人没有体会的酸甜苦辣，获得了别人没有的人生体验，也让自己达到了之前未曾想过的高度。情感交融，百味杂陈，让厚德的眼眶有些湿润。

厚德外表是个很坚强、理智的人，工作上也很有能力，但他的内心其实很柔软、细腻。私下里，厚德经常会在一些常人不能理解的事情上感动流泪，比如听到国歌、交响乐，以及像 Conquest of Paradise 这样振奋的旋律或梁祝这样婉约而悠远的乐曲时，厚德都会流泪。厚德在工作中的理性远超同龄人，但他在生活中的伤感也时常令人看不懂。连厚德自己都说不清，这些眼泪是排遣压力的方式，还是自我感性、真实的体现。厚德只是直觉地感到，自己能在音乐中找到共鸣。虽然自己过往的经历算不上成功，算不上伟大的篇章，但在人生长河中，在逆路的探索中，厚德在不同的音乐中找到了属于自己心灵的回响。

门厂的事情告一段落，其他的业务依然在进行。当时公司研发出了一个农业方面的新产品，产品品质相当不错，价格也合理。但是由于农业产品的渠道很特殊，企业在这方面没有基础和优势，所以黄总就和厚德商量，看能否找什么渠道来推广这个产品，说白了，就是"傍个大款"，把产品往人家身上靠。黄总对厚德说："你不是在南京读的研究生吗？能不能找到江苏的××企业看我们能否和他们合作，如果能把我的产品放到他们的产品序列中，用他们的渠道，或者成为他们的供应商，那我们就成功了。"看着黄总如此坚定，况且新产品也确实不错，厚德也没有推辞："那我就想想办法，姑且一试吧。"

厚德把黄总所说的那家企业的情况仔细研究了几天，他还专门研究了一下对方董事长的个人经历，希望从中找到突破口：中专毕业，后来辞职创业，是个很念旧、情感很丰富的"性情中人"。对于这些特点厚德仔细斟酌了一下，却觉得实在没有什么机会能供自己去突破。

不过也不是全无收获，通过对一些资料的挖掘，厚德居然发现了那位董事长就读的中专是在南京旁边的一个小城市，而厚德有个同学就在那里教书。厚德想了想，决定就从这里下手。

厚德找到了同学，确认了那位董事长的确是在他们学校读的书，但并非考上的，而是带有委培性质。厚德顺势就把来意说了出来，希望对方看看能否找到什么跟董事长搭上边的人。这个要求却让老同学很为难，因为他刚来学校工作不久，在学校里没有太多话语权，而且他仅仅是在这家学校里工作，没教过那位董事长，对于厚德的合作，恐怕帮不上什么忙。厚德想了想，也不再勉强对方，只是拜托同学帮忙多了解下这个人在学校的一些事情，哪怕再细枝末节的也好，看能不能择机突破。

同学很快就反馈回了一些董事长在这所中专读书时的细节和故事：比如爱打抱不平、志向远大、为人仗义等。其中有一点引起了厚德的关注，那就是他的某科成绩很强，而且和教授那个专业的老师邱老师关系很好。厚德眼前一亮：唯一的机会，也许就在这里！

厚德通过同学了解到了那位邱老师的基本情况，并且特意请同学安排自己和邱老师吃了一顿饭。邱老师确实是一名很让人尊敬的教师，一生好学，从中专毕业后留校任教，年逾五十还在读博士，而且为人和善可亲，一生无意官场，对读书做学问却很是专注。邱老师有个儿子，他对儿子要求甚高，儿子却很喜欢打篮球和追星。在酒席中，厚德和邱老师相谈甚欢，而这种投机倒不是因为厚德有求于他而故意装出来的，他确实也是发自内心地敬佩这位一生孜孜以求、刻苦好学的老教师，再加上厚德自己也是中专毕业，一步步考上了研究生，和邱老师也颇有惺惺相惜的好感。酒席中间，大家谈古论今很是投机，马上要告别的时候，邱老师突然一脸无奈重重地叹了一声，这一叹，让厚德感到十分诧异！

"您老是哪里不舒服了？"厚德赶紧问道。

邱老师颇为怅然地说："我一天天老了，可儿子还在上大学，如果我这儿子能有你这么好学、上进，我也放心了。"

厚德赶紧就问："您公子现在做什么呢？"

邱老师说："我儿子今年大四，马上就要实习了。他成绩还好，就是太贪玩，而且对社会上的人情世故太不了解。工作呢，我倒不担心，基本敲定毕业后去银行工作了，我就怕他工作后太不懂事，会吃亏啊。"

厚德想了想，用询问的口气说："邱老师，您看这样行不行？您公子实习的时候去我公司，做我的助理，交通费、食宿我安排，按照公司标准发放工资。这一个月我会尽可能多带着他一起了解下企业和职场的情况，我虽然教不了他什么，但他一定能了解到职场和企业最真实的第一手素材，我相信对他走向工作岗位肯定有帮助！"

邱老师大喜过望，连连说好，就这样，厚德出了趟差，回来时身边多了个助理。

邱教授的儿子带了几件替换衣服，就和厚德回到了公司。黄总对厚德这样安排有些惊讶，但厚德一再申请，并且愿意自己负担其中一些费用，黄总也就同意了邱老师的儿子来公司实习。但也一再叮嘱厚德，不要把公司的商业秘密透漏出去，厚德嘴上答应，心里感到暗自好笑："人家一个和你企业毫不相干的大学生，对你所谓的机密根本也不关心，他关心的只是小说里那类神秘、刺激的商海之旅。"

接下来的一段日子里，厚德天天带着邱老师的儿子走基层，到车间，虽然这些和厚德的工作并不直接相关，但厚德还是希望对方可以尽可能多地了解一些企业经营的情况。而出去谈判、接待客人，甚至跑政府部门和集团内开级别不高的会议时，厚德也都会带着这位新助理，下班后还会带着他一起打篮球，顺便告诉他体育运动中涉及的他所不知道的商业运作手段。

在经历了初期的枯燥、不适应后，邱老师的儿子逐渐对这一切开始有了兴趣，问的问题也越来越多，厚德也总是不厌其烦地给他讲解、分析，逐渐使他在平淡无奇或纷繁复杂的表面下，捕捉到事物最真实的一些本质。厚德也曾想过，这样做会不会扼杀对方的创造力，破坏他的单纯和质朴呢？可一转念，他既然将来要去银行那种并不单纯的地方工作，就必须先要了解这个社会的现实，而甚至于社会中残缺、不美好的一面，知道一些对他终归也是没有坏处的。

不出一个月，邱老师打来电话，银行那边已经谈好了，儿子需要马上回去工作了。说实话，在接到通知的时候，厚德和小邱都有些难过。在这将近一个月的时间里，他们已经建立起了深厚的感情，厚德像兄长一样照顾他、教他，帮他改正、克服一些弱点，小邱也把厚德看成了值得自己信任的大哥哥，正是在厚德的循序善诱下，他发现社会远非他想象的那么简单，人也并非看到的那么千篇一律。厚德虽然没有带他走入电视当中那种惊心动魄的股市大战、商场大战，可他对社会和人性开始有了自己的认识和看法，对他来说，这也是个崭新的世界。同时厚德还能结合他的兴趣点，教他如何用观察细节的方式了解、判断一个人，如何用现有的信息，在不曾谋面的时候去分析一个人，这些都让小邱格外兴奋，甚至于每天见到一陌生人都要让厚德去评论一番。

但终归还是要别离的，厚德亲自把小邱送回了家，邱老师很高兴，准备了丰盛的酒席欢迎他们回来。在酒席上，小邱把这些天所见、所闻、所感说了出来，同时又在厚德的鼓励下说出了自己的一些想法和认识，虽然还难免有些幼稚，可对他本人来说已经是一个巨大的突破。邱老师高兴地连连说："太谢谢你了，厚德！真的，我就是一辈子吃了太清高、太单纯、太不懂世故的亏，我真的怕孩子也像我这样，以后走向社会太老实，不是说老实不好，而是人不能老吃暗亏！我一直在说，以道驭术，可光有道没有术也不行啊，那不成书呆子了吗？好好好！这一段跟着你，我看他进步很大！"

临别的时候，邱老师支走儿子，拉着厚德的手突然一脸严肃地说："你留一下，我单独要和你聊聊！"厚德的心顿时"咯噔"了一下，难道出了什么问题吗？

房间里只剩下厚德和邱老师，看着邱教授一脸严肃的样子，厚德突然之间有些紧张，忍不住暗自琢磨：事情出了什么差错吗？我是不是太着急了？有哪些方面让他们不高兴了吗？厚德甚至有些后悔自己当初的这一套曲线救国策略。而就在这时，邱老师开口了："厚总，你来我们这里，是有什么别的目的吧？"

厚德的心一下子提到了嗓子眼，不禁收起了脸上的笑容，思索了一下后，一脸肃穆地说："邱老师，不瞒您说，我来这里确实是因为公司遇到了一个问题，而这个问题的解决方案也许就是您。坦白说，我见您的确是带着求助的目的来的，可请您相信，我带您的儿子实习，和他称兄道弟，并不是为了和您交换。我在刚见到您的时候，我就非常敬佩您在读书、做学问和追求理想方面孜孜以求的态度，和为人处世上的高风亮节。我自己也是小中专毕业，靠着自己的刻苦和勤奋考上了研究生，我知道我自己走过弯路，所以我一直在努力弥补，我也格外敬重像您这样能够一生奋斗、德高望重的老师。也许我某些方面做得不够好，但我的确没有太多想法，更没有恶意，如果我哪些方面做得不好的话，您可以告诉我，我可以、也愿意去改正。"

邱老师静静地看了厚德一会儿，忽然哈哈笑了起来："看来是我太严肃了，破坏了我们谈话的气氛，让你多想了。是这样的，我听儿子说，你现在正通过星座、血型甚至于生日来认识、判断人，我觉得这方面挺有意思。我知道外资企业和西方国家的一些企业用星座、血型来判别一个人，我们国家的香港、台湾和新加坡的企业有时了解一个人会看八字，但是你用两者结合来看一个人，我觉得还是很有新意的。你怎么会想到这些呢？"

虽然邱老师转移了话题，但是厚德明白，对方已经被自己刚才那一番真情告白感动了，厚德赶紧回答："我在企业里主要分管对外的工作：公共关系、政府事务、新闻媒体、兼并投资、企业上市，在工作的过程中会遇到很多陌生的人和事，有些时候需要对人和事作快速的判断，尤其是在对人的判断上，我觉得必须要考虑个体的因素。有时候一个好项目到最后成败与否，除了项目本身是否优质之外，还要考虑和项目相关的人的背景、经历、个性、喜好，最重要是弱点和不足，这样才能更好地扬长避短。往往在实际工作中，我们收集不到这个人很多的信息和资料，那就更需要在他现有的资料中去挖掘更多有价值的东西，比如观察他的言行举止，甚至在酒桌、牌桌等一些特殊场合的细节，除此之外，星座、血型、生日这些现有的东西既然东西方、国内国外都在研究，我想一定有它的道理。但我们不是算命的，不能由此就看出事情的结果，却可以通过对一个人的个性的研究，来看出他的性格特征和偏好，找出那些对结果有可能产生影响的因素来重点考虑、研究，从而规避风险、扬长避短。"

邱老师听了后，突然有点戏谑地对厚德说："那我今天就班门弄斧，给你这个年轻的老总看一下，判断一下吧？"

啊……厚德有些张口结舌，真不知道对方的葫芦里卖的什么药！

邱老师认真地看着厚德："你这个人个性温柔慈悲，应该说是很善良的，喜欢帮助别人，尤其是那些状况不如你的。"厚德点点头表示认同。

邱老师接着说："你还是一个很直爽的人，也很大气，这点我从一开始见到你就有这个印象。你目标感很强，应该说是一个很自律的人，不达目的不罢休，很坚韧。说真的，我以前不太喜欢商人，更不喜欢那种唯利是图的人，但你让我改变了这个想法，商人不见得都是唯利是图，也不见得都是没有文化的，更不见得是没有感情的，按照你的做法，我也了解了你来这里的目的，你别怪我，我不怪你是带着目的来的。"

厚德感到心中一暖，那块大石头终于缓缓落地了，邱老师继续说："从你的同学那里，我已经大概了解到是怎么回事了，你现在为别人做事，肯定是要作出贡献的，你的人品我也了解了，不会有问题。那个企业的董事长是我的学生，也是我的学弟，我和他关系很好，多年以来一直还保持着联系。我已经向他说明了你的情况，说你是我的一个小朋友，公司里有个项目想和他合作，他也答应和你见面商议了。"

厚德听了，心里感动不已，眼泪差一点就掉了下来，心中甚至还有了些羞愧："我真是小人之心度君子之腹啊！"邱教授一看厚德的神情，反而安慰他说："你不要太介意，也别不好意思，你们做企业的也不容易，尤其是民营企业，完全靠自己的力量发展到今天，让人敬佩。企业发展也需要资源，我能为你们企业，尤其为你的工作提供些建议和便利条件，我也很高兴。当然了，如果你们能和他们企业联系上，你们还要珍惜，毕竟他们现在是国内同行业的老大，他虽然是我的学生、校友，可现在也是国内鼎鼎大名的企业家，在商言商嘛。好了，礼物和车子、司机我都已经帮你安排好了，明天就让我们学校的办公室主任和我们专业的副主任陪你走一趟！"

厚德一下子有些哽咽，只是仅仅握着邱老师的手，一个劲儿地说着："谢谢，谢谢……"

弄巧成拙

第二天，两位主任陪着厚德，驱车来到了R集团公司的总部。

一进总部，厚德感觉这里好像与想象中的"国内行业第一，产值数百亿企业"的样子有些不符，企业的办公区域风格还是很朴实、低调的。集团总部办公室的主任早已经在大门口迎接了，待他们一到，便热情地迎了上来，拉开车门，将他们一路迎入了集团公司的接待室。

趁着办公室主任倒茶的间歇，厚德环视了一下接待室，不禁暗自感叹：大集团公司真是有自己的气派。这种气派并非是多么豪华、奢侈，而是光从四周墙壁上挂的照片就能感受到它的气势：接待室墙上全是集团公司老板和国家领导人、各国政要、名流的合影，以及出席国内外各个顶尖会议的照片。

等厚德他们逐一落座、茶也泡好了的时候，学校办公室主任正式介绍了厚德："这是我们邱老师的朋友厚德，是F集团公司的老总，今天专程来到贵公司谈下合作的事，我们也趁着这个机会来看看我们的校友，顺便再来参观学习一下。"

R集团办公室主任忙说："不敢当，不敢当，我们董事长一直把在母校学习的这段经历放在心中很重要的位置，经常在会议上和各种场合提起，董事长和邱老师也是多年的老交情了。只是今天不巧，董事长临时有个重要的活动要参加，临行前专门交代我要招待好母校的领导，更要服务好邱老师的朋友厚总。"说完，他面带微笑转向了厚德。

厚德也迅速调整了脸上的表情，略微带着些笑容回应道："非常感谢主任的热情接待，同时也感谢学校两位领导的鼎力支持和一路陪同。临来之前，我就有一种期待，一种对于震撼和力量的期待，今天就在这间会议室，我的确感到了这种震撼和力量，但不是来自于豪华或气派，而是来源于企业的发展。这满墙的照片见证的是R集团的历史和辉煌，据我所知，20年的时间贵集团从一个人白手起家发展到今天国内同行业第一，全球同行业领先的知名大集团，靠的是董事长带领全体员工艰苦奋斗和不断拼搏。中国人有句古话，叫'桃李不言，下自成蹊'，我此行的目的就是想做一个追随者，能学习一下R集团的成功经验，当然，如果我们F集团能有幸在贵公司的发展大潮中做一朵追随的小浪花的话，那我们将非常荣幸。"

对方听出了厚德的来意，客气地问："厚总过奖了，董事长也交代了一定要好好照顾，我们一定不遗余力。不知道我们公司能在哪些方面为贵集团的发展添砖加瓦，共谋事业呢？"

厚德简单地把自己的集团做了个介绍，然后着重介绍了一下想要合作的产品情况。办公室主任眼神一亮："这方面产品归我们农业事业部负责，而他们恰巧和香港某财团刚谈好合作，对方已经同意投资2亿美金和我们共同合作，厚总来得可真巧啊，我们这方面正需要优质产品来充实。这样，你们稍等片刻，我马上联系农业事业部的总经理杨总。"

不久，办公室主任回到了会客厅，脸上带着笑意说："杨总在邻省事业部办公室，接到电话后马上就赶来，晚上陪你们几位吃饭，我们董事长还亲自交代晚上要陪好各位，今晚咱们好好喝几杯。"厚德他们也赶紧感谢客气了一番。

下午的时间，办公室主任亲自陪厚德参观了集团公司总部，并全程讲解，时间安排得恰到好处。待厚德他们在宾馆里安顿好，来接他们赴宴的车子也到了，厚德心中不禁暗自赞叹：一切看来都是精心安排好的！

晚餐选在了R集团总部的内部餐厅里进行，说是内部餐厅，其实比一般的酒店还要气派，尤其是走进包厢后，里面更是宽敞大方、设计独特，虽没有金碧辉煌的过分装饰，但光是里面的字画和布局就显示出品质不凡。对方接待的阵容也可谓豪华，集团公司财务老总主陪，还有集团管投资的副总裁，事业部的杨总和集团办公室主任，以及杨总带来的副总裁和办公室副主任、集团接待干事一干人等，让厚德不免有些受宠若惊。

酒席开始了，按照当地的规矩，主陪的财务老总先代表集团董事长致辞："今天我们的朋友厚总以及两位校领导光临我们公司，我们倍感荣幸，蓬荜生辉。今天董事长临行前专门交代我一定要代表他服务好、接待好。今天一见厚总年轻有为，我们也是一见成缘，来，我们大家先干一杯。"在热情的氛围中，酒席开始了。

轮到厚德敬酒时，厚德起身恭敬地端起酒杯："各位，今天我有三句话想讲：一是感谢董事长和各位领导、前辈的盛情款待，按道理说，我是小兄弟，我们的企业和贵集团比起来同样也是小兄弟，所以在这里我要说四个字：感谢大哥！二是邀请各位在闲暇的时间到我们企业指导工作，到我们那里的山山水水之间去走一走、看一看，放松下心情；三是祝福我们在座各位前辈、领导身体健康、万事如意！"说完，厚德一仰脖子，满满一高脚杯白酒就干了，酒席气氛一下子热闹了，大家的话也开始多了起来。起初，大家追溯董事长在学校的求学经历，以及董事长在事业成功后依然保持学习的习惯，不知怎的，话题就又扯到了国学上。进而又谈到了《大学》和《道德经》。于是，当除了敬酒，话一直不多的厚德毫不拖泥带水地背出："古之欲明明德于天下者，先治其国；欲治其国者，先齐其家；欲齐其家者，先修其身；欲修其身者，先正其心；欲正其心者，先诚其意；欲诚其意者，先致其知……"时，酒席的气氛一下子到了高潮。一场商家业务的洽谈会变成了国学研讨会。而厚德，一下子成了焦点，大家纷纷赞叹！

说实话，在民营企业里混，会喝酒和好酒量虽然谈不上是什么竞争力，但绝对是个加分的因素。当然前提是你一不能酒醉闹事、误事、乱事，二来社交礼仪和酒桌上的口才要到位、得体。厚德都记不清自己多少次是在酒桌上靠着口才和酒量去赢得了支持，或者挽回了败局，但同时，厚德也不知有多少次深夜喝到胃疼、头疼却仍然遭到挫折的经历……以厚德的经验看，并不是能喝、会说就一定能赢得好感，重要的是在喝酒中要言语得体，因为酒桌不同于会议桌，在这里你可以稍微夸张，你可以激情表达，然后你还可以通过酒桌去显示你的实在、好客、豪爽、博学、多才、幽默。总之，万丈红尘三杯酒，千秋大业一壶茶。一个人对于酒、茶的关系如果研究好了，在交际中就不会处于下风，财、色的道理本质了解了，对人性的观察就能入微。"饮酒不醉最为高，好色不乱乃英豪，不义之财君莫取，忍气饶人祸自消"，职场和人生哪里少得了"酒、色、财、气"这四个字呢？这一次，厚德同样又在酒桌上完成了预期的目标：结识了很多有分量的朋友，这些人对自己企业的发展是有帮助的。而更让厚德高兴的是，杨总在酒桌上明确表态："一定全力支持这次合作！"

酒席结束后，厚德回到酒店，虽然喝了很多，但厚德仍然很清醒，甚至于他还能记起酒桌上细小的情节。厚德仔细回忆了一下，确认自己在酒桌上没有失态和失言的地方，才把自己的思想放松下来，缓缓地睡去。

第二天，厚德一大早就回到学校，向邱教授和自己的同学告别，之后马不停蹄回到公司，把情况向董事长做了汇报，黄总一开始似乎有些难以置信，用略带怀疑的眼光打量厚德，但当厚德把名片一张张摆在他面前时，他彻底相信了。黄总和厚德商量了一会，决定以最快的时间趁热打铁，去和对方再次见面，详细洽谈双方合作的事情。

技术人员们为此精心准备了两天，等资料到位后，厚德就再次约对方来到了R集团农村事业部的所在地——邻省的一个县城。R集团在这里圈了几百亩地，正是为了与香港某财团共同开发的那个农业项目。

厚德他们到地方时，杨总以及领导班子已经在那里恭候了。见面后，杨总亲自带着他们到了刚刚建成的现代化的农业产品生产车间和部门参观，随后，双方就在事业部那间宽敞明亮的会议室里开始了会谈。

一开场，杨总就明确向黄总说明："厚总前几天来，我们董事长很重视，他当时在外边开会，还专门打来电话问是否招待好了厚总和母校的客人。对于我们的合作，董事长也特别关照，要我们务必拿出诚意来。"

黄总一听，微笑着颔首道谢，同时心中也更加坚信了一点：看来厚德所说的，是真的了。在整个会议期间，黄总说话都带着一种少有的谦卑和诚恳。不出意料，直到中午散会时，谈判都非常顺利。大家约好等过几天杨总带着事业部的高管到黄总的集团公司回访，并就产品和渠道合作的事情再次详谈。

中午吃饭的时候，杨总专门驱车几十公里带着厚德他们到了一个山庄。这个地方令厚德非常吃惊，他没想到这里虽然只是一个欠发达地区的小县城，但是这个山庄的豪华程度令人感到不可思议。别说在这里了，就是比起杭州、苏州、南京这些城市的高端场所，这个山庄都丝毫不逊色，里面曲径通幽、小溪流水，亭台轩榭，浑然天成，真是个世外桃源！吃饭的时候，厚德一看上的酒菜，就知道这肯定是一场高消费，对方结账的时候，厚德故意偷偷瞄了一眼账单：好家伙，将近2万元！在2008年来说，这样的消费就是在全国任何地方都不算寒酸！

黄总也很满意，在回去的路上他似乎难得好心情，一路上与厚德谈天论地，品古论今，对他这个视闲聊为浪费生命的人来说绝对是件稀罕事，厚德心中偷笑：看起来他的心情真不是一般的好。

很快，到了杨总一行回访的时候了。厚德能看得出，公司也很重视这次见面，会议室里早就摆满了样品和资料。杨总他们如约而来，谈判地点就放在了厚德公司省会办事处的办公室里，这里离杨总他们总部也相对较近。

当天杨总他们到达时已经是11点多了，在简单的接待、寒暄之后，双方刚在会议室谈了两句，杨总就面露愧色地说："我们要不先吃饭吧，我这些弟兄们今天一早就起床赶路了，连早饭都没吃。这样，我们简单吃点东西，中午不休息接着谈，黄总您看怎么样？"黄总听后赶忙点头说："也好，那我们中午就简单吃些，然后再谈吧。"

厚德听了这话，心里却不太舒服。按照厚德给黄总的建议，应该先给杨总他们开好宾馆，等他们到达了之后看时间再定谈判的时间。如果到得早，就让他们先休息下，午餐后或者休息下再开始谈判，毕竟开车到这里有400多公里，杨总他们肯定是一大早就开始赶路了。在厚德看来，把谈判的节奏控制一下，争取到晚饭前有个大致结论就行，不用那么直接。况且留他们在这里吃晚餐，晚上再招待他们娱乐一下，加深下感情，这样对双方后期的合作更有好处。

厚德还想着，像杨总这样级别和层次的人，原本是不需要客套的，但这次他的副总和助手们都来了，而双方项目合作以后更多的是和助手和副总们打交道的，借着这个机会表示下，有利于项目谈好后的执行。毕竟很多事情就算杨总不在乎，可他的手下们能都不在乎吗？可对于厚德的建议，黄总却断然拒绝了："像杨总这样级别的人，还需要你这样俗套吗？虽说上次他招待我们那么好，但我们是小集团，花不起这个钱！我看，还是争取下午早点谈好，这样他们可以早点回家，我们也不用安排他们住宿了。他们来了四个人，开房间的话，星级宾馆至少要三个房间，要花不少钱的！"

厚德简直无语了，他知道黄总不是个大方的人，但没想到他连住宿招待这种事情都如此计较，甚至在合作尚且还未敲定的关键时期。他甚至差点就对着黄总脱口而出："我自己掏腰包来做回东吧。"可这又肯定是不可能的，了解到了黄总的意思后，厚德的心里一直在七上八下，只能祈祷杨总和他的团队都是不拘小节、把工作和事业及项目合作放在了最重要的位置的人。也唯有这样，也许他们才可能不会计较黄总在接待安排上的失礼。

黄总把中午吃饭的地方安排在了一家大众化的连锁餐饮，这里的档次嘛……恐怕稍微讲究点的白领都不会把那种地方作为招待朋友的地方，最多是个吃便饭的地方。那家餐厅厚德去过一次，他只记得那里的麻辣豆腐是4元钱一份。

厚德连叹气的力气都没有了。

到了吃饭的地方，黄总主动让服务员找了个包间。包间的装修可以用寒酸来形容，而且满屋子弥漫着一股难闻的潮味。坐下后，服务员漫不经心地摆完了餐具，随口问："需要什么酒水饮料吗？"

还没等别人开口，黄总就马上说："不用了，我们就喝茶。"

"你们哪位点菜"？服务员问道。

"我来点，"黄总又赶忙说："麻辣豆腐一份，干煸豆角一份，干锅花菜一份，鱼香肉丝一份……"

厚德坐立不安，天啊，对比前几天在杨总那里人家招待的那一顿，姑且不说吃饭的环境有天壤之别，单单看看人家点的菜：清蒸澳洲大龙虾，广式蒸东星斑，葱姜面包蟹，佛跳墙……厚德恨不得找个地洞钻进去。而且一桌子10个人，黄总只点了8个小毛菜，还没有任何酒水，连服务员都觉得少，再三问："先生您还要加点什么吗？这个鱼是我们店的特色。"得到的回答统统是黄总不耐烦的："不需要！"末了，黄总还不忘补充一句："年纪大了，吃点清淡的好。这个青菜营养很丰富的。"厚德偷偷看了看杨总的表情，他脸上还是保持着微笑，而且也跟着一起打圆场，连声说："是啊，多吃青菜好，多吃素食好……"厚德再把目光移向杨总的副总和助手们，不出所料，他们虽然也在极力隐藏，但脸上已经露出了一些鄙夷的神色。

这顿饭是厚德吃过的所有饭局中，印象最深刻也是最沉闷的一次。整个酒席当中除了黄总积极地问这问那，并且还夹杂着劝菜、劝饭之类的话，没有一个人主动说话，而且对黄总的问题也是极可能的简短回答。饭后一结账，125元，黄总竟然还对服务员说："我不要发票，你们能不能优惠点？"服务员的回答也斩钉截铁："先生，我们这里明码消费，一分钱都不优惠！"

厚德只觉得眼前的一切这么可笑！你去别人那里吃饭，别人招待你一顿饭花了快2万，别人来你这，你几个小菜就打发掉了，花了125元还想要优惠。你可要知道，这是你求别人来办事的！

厚德的心里真的感到无比愤怒，他感觉自己被欺骗了，而且是严重地被欺骗了！厚德甚至想用手指着黄总的鼻子大声说："我用了多少心思，花了多少工夫，才好不容易争取到了这个机会，而且我是为你黄总，为你的企业，不是为我自己！你自己吃青菜喝白粥没人管你，你不吃饭都没有人关心，可你别拿自己的脸，自己企业的脸去丢人，更不要拿我的脸去丢人！"厚德的心里一片死灰，他对于合作已经不报任何希望了，他甚至想到：如果这样还能合作成功，我厚德的脑袋揪下来给黄总当球踢！

在回办公室的路上，黄总和公司的秘书走在前面，杨总装作闲逛的样子和黄总拉开了距离，厚德知道，杨总是在故意避着黄总，厚德忙赶到杨总身旁，轻声说："老大哥，对不起您了，这样，晚上我单独安排。"杨总没有回答，只看着厚德笑了下，而那眼光却能代表一切，没有恼怒，没有抱怨，充满了深深的理解，甚至是安慰，这让厚德真的很感动！

下午的谈判出奇的"有效率"，当然这种"效率"是厚德预料到的，而却肯定出乎黄总的预料。黄总当时怎么都想不通：为什么第一次去见杨总，是那么和谐的场面，可今天，一下子好像换了另外一个气氛。

在黄总的邀请下，杨总首先发言："这个项目应该说我们董事长是特别交代过的，很重视。董事长是一个知恩图报的人，多年以来对母校有着深深的情结，对于母校老师的好朋友厚总来说，他是我们董事长的朋友，更是我们集团公司的好朋友。否则我们也不可能和你们这样规模的企业来谈合作。哦，黄总，不好意思，我说话直接了，黄总你也知道，我们的合作方有香港知名财团，对于我们来说还是情愿和规模较大、较成熟的企业合作。但既然今天来了，我们也是带着诚意的，我想先听听我们团队里各位老总的意见，你们几个谈谈吧，大家畅所欲言。"

杨总说完就看着他带来的两位老总：王总和刘总。王总会意地对杨总点了下头，开始了自己的发言："这个项目吧，看起来不错，但是我想我们需要的是更有实力的合作伙伴，因为这个项目周期长、投入大、风险不确定，我想我们双方还是要务实，好好就以后的合作进行论证、调研，千万不能盲目上马。"

还没等黄总开口，刘总就也紧跟着说："黄总这里的产品应该说有一定的创新性，但是并没有太大的突破，价格又偏高，我想还是要再看看产品的稳定性和价格再说。虽然我们事业部现有的渠道可以做，但是对于新产品的质量稳定性我们还是很关注的，还是需要再了解一下，如果盲目上马，万一出了什么差错，我们怎么对消费者负责任？我们渠道的声誉受影响怎么办？"

一系列尖锐的质疑和问题接踵而来，黄总在惊讶之余，多少也意识到了什么，这次肯定是哪方面出问题了，而厚德冷冷地看着他，心中暗想："也不知道他现在有没有想到，就是那让他心疼不已的125块钱，让事情办成了这样。"

原定要开一下午的会议，结果一个多小时就结束了。看得出，杨总他们是真的很不耐烦，而且也确实没有什么可说了。黄总也在吐沫星子吐了一地，极力想挽回败局后不得不沮丧地说："我看各位今天就住在这里吧，我马上去安排房间，今天大家都累了，先休息，明天我们上午再谈谈，顺便晚上我们好好聚聚。"

厚德心中愤怒的小火苗又一下子腾地烧了起来：现在知道安排房间了，那你为什么不同意我的提议？甚至于连礼节都不顾了，难道就你兜里的是钱，别人为你花的都是纸吗？

杨总听了后，马上摇手说："黄总，不用了，我们晚上已经约好了和某大学农科所的一个专家谈事情，房间我们一会儿自己定。对了厚总，"他说着把目光转向厚德："晚上就再麻烦你在附近帮我们找个最高档的酒楼订个包间，档次一定要高，我晚上要请专家吃饭，不如就劳烦你晚上作陪吧。"说完，他不等黄总再做反应，就马上站起来对黄总一伸手："黄总，谢谢招待，我们先告辞了。"之后带着一群人浩浩荡荡地离开了办公室。

厚德见状，赶忙追着到了楼下，杨总握着厚德的手说："兄弟，别送了。"

厚德也双手握住他的手说："杨总，老哥，对不起，兄弟没有安排好，晚上我单独再安排吧，您可别往心里去。"

杨总打断了他的话："兄弟，你别多想，也别说了，不然让人听见对你不好。你记住，我们是兄弟，至于其他人，和你不一样。你在这里多保重啊！你先上去吧，时间长了也不好，你下班给我电话，我们晚上的活动你一定也要来参加。"

厚德还想说什么，杨总拍拍他的后背说："回去吧兄弟，下午联系。"

厚德无奈，只好和其他人一一握手后，拖着沉重的步伐回到了办公室。

看得出，黄总似乎对谈判的结果很苦恼，他问："厚总，他们的态度好像有些不对嘛，上次还很客气的，这次怎么突然变了呢？"

厚德没吭声。

黄总又不甘心地问："是不是中午招待得简单了些，他们有些不高兴？"

厚德半天没吭声，过了好久，才一字一句地对他说："黄总，中国人有句话叫：来而不往非礼也。上次他们怎么招待您的，您不也在场吗？"

对于厚德的回答，黄总显然很不满意，他带着些怒气对厚德说:"我们是商人,又不是政府官员,搞那么多花里胡哨的东西做什么?这个项目做成了大家都有钱赚那多好啊,干嘛现在还没有合作,就花那么多没用的钱呢?"

厚德简直觉得自己快忍无可忍了,他没等黄总抱怨完就接过话:"黄总,这个事您也清楚,我们是在求对方合作,可以说,对方可以找100个像我们这样的产品,而我们,只有找到这样实力的企业才能够快速实现我们的目的。孰轻孰重,您应该分得清的,况且前面我们花了那么多心思和工夫,可以说费尽脑筋才找到了他们,您说如果泡汤了,这工夫、心思不是白花了吗?再说黄总,照您的意思,别人的钱都是应该花的,我们花的就都是乱花钱,您说这样的道理,能说的通吗?"

之后厚德干净利落地起身,扭头就走出了黄总的办公室,说实在话,此时此刻,他已经不在乎黄总怎么看他了!就算黄总觉得自己不尊重他,小看他,笑话他都没关系,随便他怎么理解,大不了炒掉自己,冷落自己,总而言之随便吧!

下班后,厚德一分钟没多待就走了,并且立马来到了附近最豪华的海鲜大酒楼,晚上杨总一行要在这里招待客人,而厚德看得出,杨总是诚心邀请自己的。而这时厚德安排的一些礼物也已经送到了杨总一行每人的手里———一套明前龙井的礼盒,甚至包括杨总邀请的客人都有。至于钱嘛,当然是厚德自己出的。

厚德坐在酒楼大堂的沙发上想:人挣钱是为自己服务的,是为了让自己获得质量更高、更体面的生活,我才不认为钱是省出来的,大钱一定是靠自己挣的!有句话说得很好,30岁之前靠血汗挣钱,30~40岁靠能力挣钱,40~50岁靠钱挣钱,50岁以后靠关系挣钱。碰上这么好的关系,你不花钱那才是傻子!

酒席刚开始的时候,厚德就接到了黄总打来的一个电话,厚德特意借口上厕所溜了出来。电话里黄总直接问他："你是不是在和杨总他们一起？"

厚德也没想瞒他："是啊，就在公司附近的海鲜大酒楼吃饭呢。"

黄总琢磨了一下说道："我下午想了想，可能是我们中午的安排接待的确有问题，你和杨总说说，看能不能让我过去，当面向他解释下？"

厚德停顿了一下，想着就算自己说不行，也难保他不会自己摸过来，只怕到时候大家更尴尬，于是说："好的。"

回到席间，厚德找借口拉出了副总裁王总，等到了稍微僻静的地方，厚德马上说："老哥，中午抱歉了！"

王总说："兄弟你别说了，我们大家心里都清楚，这不，晚上让你来，也是把你当朋友了。至于你们黄总，我们也知道他是个什么样的人了。老弟，这事成不成你尽力了，他也怪不了你。我们赶紧进去喝酒吧，没事的，我们是朋友。"

厚德赶紧拉住他："老哥，我这还有点事想麻烦你一下。"

"什么事？要不酒席后说，大家都等着我们两个呢。"

"是这样的老哥，黄总刚才给我打电话了，说上午招待不周，他也很抱歉，想过来给杨总道个歉。我想呢，如果我打电话给黄总说可不可以来之类的不合适，我觉得老哥你替我打这个电话是不是好些，毕竟黄总也是我的老板。另外他来道歉，杨总和你们各位是不是也觉得有面子些？"

"好吧，我替你打！"王总很痛快地接过了厚德手中的电话。

"喂，黄总吗？我是 R 集团的老王啊，我们正好在某某海鲜大酒楼，你来喝杯酒啊。"王总放下电话，拉着厚德就回到屋子里了。

没过一会儿，黄总真的来了，但让厚德想不到的是，他居然是空着手来的！而杨总似乎也放下了之前的客气，只是头抬了下，连站都没站起来，对着黄总努努嘴说："坐吧。"

黄总却没坐下，而是讪讪地对大家说："上午不好意思，我们招待不周，请各位海涵！我这个人是个实在人，不懂得那么多人情世故，不周的地方你们见谅啊。我不会喝酒，厚总在这里，我让他替我敬各位一杯酒啊。"

还没等厚德反应，杨总就开口了："黄总，不客气，也用不着客套。大家认识都是缘分，我的兄弟们不会介意吃什么，喝什么，我更不会介意。项目嘛，你是老板，我只是打工的，我也要对我的老板负责任。你有优势，我们就和你合作，你没优势，那我们还是朋友。现在开始，我们不谈工作，喝酒吧，别那么累。至于厚总的酒就不用敬了，我们大家随便喝点就可以了。"

就这样，整个酒席过程中，黄总像个小丑一样坐在那里，没有人敬他酒，因为他从来不喝酒，他中间以茶代酒，除了杨总端起茶杯意思了一下，其他的老总们则直接就告诉他："黄总，你又不喝酒，喝茶就免了，不用敬了。"黄总尴尬地点点头坐下，脸上的表情真是难堪到了极点。

酒席结束后，黄总一个人又被放在了酒楼等司机来接他回家，而厚德和杨总他们则出去足疗了。

合作的结果，可想而知。

事后，黄总极力想邀请对方再来，或自己再去谈，而杨总刚开始还含蓄下，拿"最近忙没时间"之类的搪塞一下，第二次直接就跟厚德说："你别让他问了，现在不合适。"而黄总再给杨总打电话，对方便客气两句就直接挂断了，从此黄总也不敢再打给他了。

黄总又打给王总、刘总，得到的回答差不多，只有刘总趁着出差的机会来集团公司总部看了一下，黄总两口子亲自作陪，并且在厚德看来确实是下了血本的，又是高档宾馆，又是送礼物。可这样有用吗？失去了最好的机会后，这样的努力才叫白花钱！失去了

R集团的合作恐怕是这个产品失去的最好的机会！有个企业家说过："财聚人散，财散人聚。"厚德想，说的是不是就是这个意思呢？小胜靠智，大胜靠德，一个人如果连基本的社交礼仪都做不到，还能得到机会吗？性格决定命运，企业家的性格，同样决定企业的命运！

农业项目是当时黄总公司最初创业时的一个产业，应该说前期做的东西是有一定基础的，规模也算可以，效益尚且还行。但自从这件事后，公司有关农业的项目一直都停滞不前。农业是很特殊的行业，服务对象是广大农民和农业产品，相对于商业和服务业来说，是个特殊的渠道和市场，如果不利用现有的渠道和市场而自己去开发的话，恐怕是件很难、很累且很耗时、费钱的事情。

过后一年不到的时间，公司的农业项目便彻底停下来了！厚德不敢说是这125元钱的一餐饭决定了这个项目的命运，但他敢肯定的是：正是黄总这样的心态，决定了这个项目注定要流产！

商海险恶

　　合作的事就这么黯然收场了，厚德为此着实不痛快了一阵子，但集团剩下的项目还要继续正常运转，更何况厚德知道，如今上市才是整个集团的第一要事！

　　对于上市这件事黄总显得很有信心，他的口号是："一定要上市！"如此热情高涨的论调，让集团上下都无比期待。不管上市是否能解决管理中的问题，但几乎所有人都认定只要企业上市了，大家分红了，股票套现有钱了，就能解决很多实际中的问题。至于那些小的方面，门厂、农业项目尽管随他去吧，毕竟这不是拟上市公司的核心产业，影响并不算太大。所以，尽管厚德对黄总的许多做法都有些腹诽，但是在上市的主旋律下，他都尽量说服自己不去在意，所有的一切都要为成功上市做准备！

　　企业要想上市，势必就要把业绩做得好一些，正常情况下兼并投资是少不了的，而且要上市的话就要向相关部门报送一些文件，或者故意在舆论上散布出去这方面的信息。到了这个时候，就会有一些个人和企业主动找上门来谈合作。

很快，就有人叩响了黄总办公室的大门。

一天，厚德正在办公室里打电话，一抬头正巧看到两个人从自己办公室门口走过，并且径直往里面走去，而里面只有黄总的办公室。厚德看那两个人的架势，八成是黄总的朋友，于是没多想，挂上电话便继续做事。过了一会儿，桌上的电话又铃响了，黄总的声音传来："厚德啊，你来一趟我办公室。"

厚德马上过去，一推门发现刚才看到的那两个人正在里面坐着。黄总赶忙介绍道："这是我们公司的厚总，这两位是Y总和Z总。"厚德虽然不知对方来头，但也赶紧问好，之后掏出名片恭恭敬敬地送了上去。

Y总是个大腹便便的胖子，看起来很有些派头，他略微抬了下头就算和厚德打过招呼了，而那位Z总呢，也只说了句"你好"就不吭声了，厚德心想：这两个人，谱可够大的！

黄总对厚德说："这两位是营销界的高手，今天到了我们企业是要和我们谈合作的，你也来听听。"然后很客气地对那两位老总说："下面就请两位老总把情况介绍一下吧。"

Y总率先开口了，他操着一口纯正的东北腔，说话的口气和神态很像是从政府机关里出来的："我们呢，是专业的日用品营销机构，专门负责为企业打开市场、扩大销路服务的，可以说，只要你把市场交给我，我就一定能把销量做起来。我刚才听说了，你们的主打产品是针对广大消费者的，很有群众基础，正符合我这套营销手法的定位。我和你们以前接触过的其他机构可不太一样，首先我的运作手法和体系是经过官方论证、承认的，另外，我从来都不是先收费，而是根据你的营业额收费，按比例提点。"说着，他就把手头握着的一本杂志拿出来，翻到某一页上便往桌子上潇洒地一扔，用手使劲儿一戳："看，这是当年媒体对我的专访，在我这篇报道的前面，就是温家宝总理的讲话。"

厚德装作惶恐地拿起了这本杂志翻了一下，这时候一旁的Z总也赶快紧接着说："这可是国内知名的杂志对Y总的专访，你们看，政府还是很重视的，要不也不会放在温总理的讲话后边。"Z总这一张口厚德听出来了，对方应该是福建人。

黄总转过头看向假装翻阅杂志的厚德，问："厚总，你有什么问题吗？"

厚德把头从杂志中抬起来说："我确实有几个问题，第一个就是，和你们合作需要什么条件和基础？"

Y总手一挥："没有什么特别的条件，你们也是正规企业，就给我们一个授权书就行了，对了，最好当地政府也能出个文件，同意在你们企业试行'劳动股份合作制'。这个'劳动股份合作制'就是我当年提出的独创理论。"

厚德接着问："那么，Y总和Z总两位是怎么知道我们企业的？另外您有原来服务过的企业的成功案例吗？"

Y总说："没什么特殊渠道，我们就是刚巧路过这里顺便上门拜访一下，我服务过××上市公司，他们很有名的××产品就是我一手做出来的。"

厚德点了点头，继续问道："还有一点，请问两位老总，假如我们愿意合作的话，您二位认为成功的概率有多少？我们的合作方式又是什么呢？"

"这个肯定是100%成功！这么说吧，用不了一年，我至少给你创造一个亿的收入。至于合作方式嘛，就按我刚才说的，你给我提一定比例的费用就可以了，具体的比例我们可以随后再详谈。"Y总的语气格外豪迈，似乎成功对他来说从来不是问题。

厚德看了下黄总，示意自己问完了。黄总起身说道："待会儿市政府还要来人谈事情，我们今天就先聊到这里，晚上我请两位老总吃饭，到时我们再详细谈谈。"而Y总和Z总也都一边应和着称"好"，一边向着门外走去。

厚德见状，急忙抢上一步问："两位老总，方便把名片赐一张吗？下班后我好和你们联系。"

Y总说："哎呀，名片刚好忘了带，我直接给你个电话吧。"之后他便在厚德的笔记本上写了一个号码，然后告辞了。

客人一走，黄总就一脸喜气地告诉厚德："晚上你订个包间，我们和他们再聊聊。真要能合作成，往后产品销路就不愁了。"

厚德踌躇了一下，但随即一口答应了下来，之后转身回到了自己的办公室。坐在座位上，厚德并没有着急去订包间，而是上网查询了一番，之后拿起电话，拨通了一个号码。

过了约半个小时，厚德就重新跑到了黄总办公室，说有重要的事情要商量。

黄总说："你来得正好，市政府的人刚打电话改时间了，我们现在就谈谈晚上和他们合作的事情。"

厚德调整了一下呼吸，说道："我正好找您也是想说这个事情，我觉得这个事情不靠谱，对方很可能是骗子！"厚德故意把"骗子"两个字加重了语气。

"啊，怎么可能？"黄总一脸讶异。

"您看，对方刚才说过的那些合作过的企业和成功案例，我刚才查了下，的确是有这个公司，但我按照电话打过去询问Y总这个人的时候，对方明确告诉我，Y总已经不在他们公司服务了，并且还告诉我，Y总之前所做的事情已经被当地人民法院认定为非法集资，一切违法行为与他们公司毫无关系。接电话的人还说，如果遇到他再招摇撞骗的话建议咱们可以直接报警。"

黄总听到这些，一下子有些发蒙，他问厚德："可是Y总不是有杂志证明他的做法是官方认可吗？"

厚德说："这个问题我也问了那家企业，对方是这么回答的：一本杂志的报道怎么就能代表官方的声音呢？怎么就能证明某些人和某些事是得到权威认可的呢？我觉得确实也是这个理。"

黄总脸上有些发灰，赶忙问厚德还有别的发现吗。

厚德皱了皱眉："其实在一些细节上，对方也是有很多破绽的。一般说来，像他们这样身份的人在基本的商务礼仪方面应该是做得很到位的。但今天他们的很多举止让我觉得似乎不对劲，比如我问他怎么知道我们公司的，他说是自己找来的。正常情况下，对方会说自己是通过朋友介绍、官方介绍或者其他公司介绍等相对正规的渠道来，况且他把自己在营销界的地位说得这么知名，那么按说应该是我们慕名前往，而并非他随便就找到我们。"

黄总听了后慢慢点了点头："你接着说。"

"再比如，一个在营销方面这么厉害的人，来谈合作居然没有名片，这个也让人觉得匪夷所思。另外如果真按他们自己说的，是自己无意中经过这里的，那么就证明他们对我们公司一无所知，可既然如此，仅凭下午的介绍他就直接拍胸脯说赚钱没问题，我觉得实在是不靠谱。"

有那么一分钟，黄总没有说话，而是定定地盯着窗外思索着什么，之后他缓缓地说："嗯，你说得有道理，那么我们晚饭就取消吧，不谈了。"话虽如此，但看得出，他的神情还是有些失望落寞。

出了黄总办公室的门，厚德不禁为下午这件事的荒谬而摇头："哎，真的侮辱我们的智商，随便两个人忽忽悠悠就跑到这里来谈合作了。黄总也是，估计是太想盈利了，再加上对方一忽悠，差点就信了。"

但令厚德意想不到的是，事情到了这一步竟然还没有完，对方还有下一步棋等着他去博弈。

两位假冒老总登门拜访的事情过去了大概半个月，一天下午，黄总把厚德叫到了自己的办公室。厚德一进去，发现里面还坐着一位中年女性。

黄总热情地介绍说："这是我中学的校友，也是我的师姐，她这边有个项目想跟咱们合作下。我呢，马上要乘飞机出国，厚德你来谈一下，有什么情况我在国外打电话也很方便，我们随时联系。"

彼此简单寒暄了一下，厚德就把黄总的这位师姐请到了自己的办公室，请她来谈谈项目合作的打算和想法。她坐下后，对厚德的态度特别客气友好，还专门送了个礼物给厚德，虽然不是很贵重，但看得出她是精心准备过的。

只不过让厚德没想到的是，黄总的师姐一开口就开始诉苦，说这么多年她多么不容易，经过了多少努力才做到今天的这点成就，拥有了自己的事业。厚德听她东拉西扯说了半天，也没往项目上扯，眼看都快下班了，竟然还没有说到正题。厚德不免有些着急了，趁着一个说话的间隙，他主动发问："大姐，我听黄总说您有项目要和我们合作，您是什么项目，不如现在咱们谈谈看。"

大姐笑了笑："我知道你们企业要上市了，现在也做得很好，你们的产品我也了解了一下，看能否让我们来做下。"

"怎么做？"

"让我们来销售。"

"可以啊，我们有专卖店，您可以加盟一个，如果有其他的渠道，您可以试着做个代理，既然您是黄总的校友，我想黄总是会给予照顾的。"

"我知道，不过我也听说了，你在公司里声望很高，黄总凡事都很喜欢和你商量，所以我想先和你谈谈。"

厚德微微一笑，知道对方这是在向自己抛糖衣炮弹。厚德故意做出很受宠若惊的样子："大姐您这话可不合适，我是黄总请来的，说好听点是职业经理人，其实呢也就是给黄总打工的。至于声望什么的，那全是承蒙黄总高抬和同事们信任。况且黄总才是在公司里一言九鼎，是有最终拍板权的，我只是负责把把关，所以您就直说吧，想怎么合作？"

"我想代理销售，除了你们现有的渠道外，以后所有的销售都归我这块，然后我们按比例分成，或者你给我一个最低价，我独家代理。"

厚德眉头一蹙："这恐怕不行。您看，公司经过几年努力，销售渠道已经逐渐完善了，商超、专卖店、外贸已经都有一定规模了，这个时候是不适合把销售外包给别人的；而且公司马上要上市了，也不可能在这个时候把销售都外包出去；另外说句得罪的话，您销售具体做的是什么方式和渠道，我们还没有了解，所以也不能贸然答应你。"

那位师姐一听厚德话里有了拒意，显然有些着急了，忙着介绍道："我们的优势在于人海战术，就是通过口碑传颂，短时间内让商品最大限度地在市场上铺开，做到妇孺皆知。"

厚德听她这么一说，心里隐隐有了些预感，但还是做出很感兴趣的样子："这个听起来很好，但是你通过什么方式实现呢，这个可是需要相当的实力的。"

"我们有专门的圈子和会员，在短时间培训和经过一定方式的整合后，就可以在市场上运作。"

"具体是什么方式？"厚德追问道。

对方一看他似乎有了兴趣，不禁话也多了起来："我们的会员可以先交一部分钱买我们的商品，然后经过我们对产品的提炼和总结后，让他们再发展下线，他们对自己发展的下线所购买的产品有提成，这样就可以调动他们的积极性，让他们死心塌地去销售产品……"

厚德忍不住打断了对方的讲述："我说大姐，您说的我听起来怎么像是传销啊？"

黄总的师姐似乎有些不高兴："这叫直销，不是传销，你们企业的总部和专门店就是我们的大本营，有你们企业支撑，算不上是传销的。"

厚德一听，算是彻底明白了，这样的方式肯定是不能采用的。

现今公司的各项营销体系都建立成型了，虽然目前销售还没有太大的飞跃，但相信很快就能见到成效，如果让黄总师姐他们去搞，价格体系和总部的控制力一定会被搞乱甚至崩溃。而且从法律风险上说，他们这样做，前期看起来似乎是会有一点效果，但要承担的风险是很大的，一旦出点儿事情，公司将难以承担严重的后果。况且对方看起来也没有太大的实力，公司如果真的将销售代理给他们，一旦签订合作合同，后果难以想象。

这些念头在厚德心里飞速闪过，每一条，都等于给这次合作打了一个巨大的"叉"。但厚德仍然做出思考良久的样子，之后对对方说："大姐，您的意思我懂了，不如您先回去，我考虑一下，向黄总汇报后再和您联系，毕竟这事我也定不了。"

黄总的师姐满眼期待地回去了。

第二天上午，厚德就打电话向黄总汇报了此事，说基本上可以认定这位师姐不靠谱，但不妨往后再看看，看对方到底还有什么招数。

当天下午，黄总的师姐就按捺不住，又跑来了厚德的办公室，一进门就直接问厚德："你有没有时间啊？"厚德问她："您有什么事吗？"

"我们董事长想见你，看你什么时候方便。"

"抱歉大姐，今天下午不行，改天吧。"厚德一副很抱歉的样子。

对方见状，便起身告辞了，然而走的时候，她意味深长地笑着对厚德说了一句话："兄弟你多帮忙，我知道你说话分量很重的。"

厚德觉得那笑容无比诡异，心想：她总强调这一点，是为什么？但脸上还是笑着说："大姐，您高抬了。"

第二天下午，黄总的师姐再次盛情相邀，厚德想了想，去看看也好，这样就能彻底摸清对方的路数，自己也好做防备。下班后，厚德便如约来到了对方所说的地址，那是栋刚建好的写字楼，按照之前留的地址，厚德走进了董事长的办公室，而那位"董事长"已经在恭候他了。

"董事长"很客气地给厚德递了根烟："兄弟，早就听说你的大名了，今天才见到你，相见恨晚啊！"

"哪里，董事长客气了。"厚德接过烟，马上答道，心中暗想：这个扔糖衣炮弹的路数，真是如出一辙啊。

对方接着说："今天约老弟来呢，就想跟老弟聊聊。我早就听说老弟是个人才，那我今天也就实话实说了。你们企业要上市，肯定需要在销售方面更上一层楼，我们呢，原来就做相关产品的销售，应该说取得了一定的成绩。但后来运气不好，出了点儿事，导致现在需要东山再起。我们研究过，觉得你们企业是最好的平台，但是我知道这事要想办成，现在要先过你这一关，我听说黄总还是很愿意跟你商量事情的。索性我直说了吧，兄弟，只要你能让我们来做你们的产品，我们一定能做好，另外我也不会亏待你，利润里面有你一份。你看怎么样？"

厚德一直保持着微笑的表情，他口气平缓地说："我想恐怕是董事长错爱了，我在公司里就是个打工做事的，谈不上有多大话语权，您说的事情我一定认真考虑，然后向黄总汇报，行与不行，要由黄总定夺。"

"董事长"似乎还是不甘心，又喋喋不休地说了好一通，一再暗示厚德如果肯帮忙的话一定有好处。而厚德敷衍了几句，便找个借口出来了。一出门，厚德就给黄总打了电话："合作不合适。"

当然，对于利诱的事情，他按下没提，毕竟黄总是个疑心很重的人。

过了很久以后，厚德才在偶然间得知，原来Y总、Z总、黄总的师姐和她的"董事长"都是一伙的，他们一直想找个名气大点的企业来合作，Y总所说的那家服务过的上市公司就上过他们的当，而这次，他们又把目标瞄准了黄总的集团。而这伙人的手法通常是：先自我包装和吹嘘一番，然后骗取合作机会，之后的事情，那可就不好说了。而之所以他们会希望从厚德身上打开突破口，是因为之前Y总和Z总来拜访时，除了黄总就只有厚德参与了谈话，所以他们认定厚德是个关键人物。

还好，这一次他们没能再次得逞，但是这接二连三的招数还是让厚德觉得有些不胜其烦。不过在他看来，要想不上当倒也不难，只要记得时常在心里提醒自己：不要贪图便宜，别信歪门邪道，毕竟人间正道是沧桑！

上市受挫

第一次股东大会还没召开，骗子就接二连三地找上了门，厚德一方面忙于招架，另一方面，却还要为了上市运作而奔波，毕竟成为一名经历过IPO的董秘才是他来到黄总集团的最初目的。

只不过厚德虽然知道这个董秘不好当，但实际工作中遇到的各种麻烦还是出乎他的意料，再加上和黄总之间的分歧，外带着有猎头经常主动找上自己，这一切让厚德几次都萌生了放弃的念头：女儿生病请假回家却遭到黄总训斥的那一次，门厂试点市场初获成功却被强行调离的那一次，和R公司谈合作却被一顿125块钱的饭搞泡汤那一次。每当厚德觉得自己受到了不公平待遇时，对黄总、对公司的不仁不义感到了失望时，都会忍不住想要离开这里。但每一次，他还会同时想到自己当初给自己定下的目标，想到老乔告诉他的那些话，于是厚德又都忍住了，30岁正是有血性的年纪，但为了实现自己的理想，为了成就一番大事，就必须要坚持，必须会忍耐，否则难免一时冲动而前功尽弃。

"少年戒色，中年戒气，老年戒得"，厚德一次次地排除艰难险阻，努力说服自己克服心中的委屈和不快，最终目的就是为了企业能够顺利上市。而对厚德来说，能成为一名经历了IPO的董秘，就像是一个学生为了高考而埋头苦读十余载一样，"十年寒窗无人问，一举成名天下知"，一切辛苦都是为了最后的那一搏，一家企业一旦上市，就像是学子终于考上了大学，职业生涯得以登上一个新的阶梯。况且，加上分配给他的股票所产生的增值，也算得上是厚德掘得的人生第一桶金了。

所以，虽然厚德发现这个董秘不好做，但他还是一次次坚持了下去，只要最后能有个好的结果，一切都算是值得的！

对于企业上市，厚德这段时间里从完全不懂到逐渐了解，也经历了一个不断学习的过程。在厚德看来，企业准备上市的过程，其实就是一个不断烧钱的过程，但同时，也不失为一个自我完善的过程。在企业IPO里面有几个机构是必需的，第一个必须要有的就是保荐机构和券商；第二个则是会计师，因为企业需要提供一些可以公告的财务报告，而这必须要由有证券从业资格的会计师来从事的；第三个必须要有的就是律师，企业在向证监会申报材料的时候，必须要有法律意见书和律师工作报告。

除了以上那几个不能少的机构，企业要想上市有三个"大佬"也是必不可少的：分别指行业、法律、财经方面要有三个独立董事。黄总为了上市，在中介机构和独立董事的配备上花了很多的精力，他亲手组建了一支为他上市保驾护航的团队：券商是当时国内非常知名的一家企业，尤其是对中小企业上市有独到经验和能量，对方不仅派出了实力强大的保荐人及团队，而且他们作为风险投资商，还注入了3000万元人民币；黄总找的律师也出自国内一家非常著名的律师事务所，这家事务所派出了最得力的干将专门服务黄总的企业；而会计师呢，这个说起来就比较麻烦了，据说在厚德入职之前会计师已经换了一批，而厚德刚来的时候是外省的一家著名会计师事务所担任这一职务，但是没过多久，就又换成了本省的一家会计师事务所。至于这么换来换去的原因嘛，其实很简单，因为企业上市牵扯到的账务问题实在是太复杂了，有些会计师事务所怕这会是块烫手的山芋，自己不好出报告，于是在工作中就不会很配合，选择了退出。

说来黄总也算是个有些能量的人，他找来的独立董事团队阵容可谓豪华：行业专家是国家部委一位刚退下来的司长，并且退休后仍担任国家某行业协会会长；财务方面的专家找的是国家某重要部委一位退休的专家型官员，据说此部委的官员晋升司长时，全都要经过他的专业培训。黄总之所以找到他们，一方面是他们的专业水平肯定没的说，另一方面，黄总也是想通过他们来结识一些政府官员，拉伸社会资源。这不，企业所在地的财政局副局长就是那位财务专家的博士生。

法律方面的专家，黄总找来的是本省某高校法学院的院长。

至于内部两个关键的岗位——董秘和技术总监，也是黄总亲自敲定的：前者是厚德，后者是一位姓曾的博士，据说这位技术总监曾博士，是黄总亲自专门跑了三趟日本才请回来的，是日本一所著名大学的理学博士，并且是位在自己专业领域内世界闻名的专家。

厚德看得出来，黄总在准备上市这方面，确实是有多大劲使多大劲，拼了血本了。而今万事具备，就等最后的冲刺了！

为了极其重要的第一次股东大会，黄总带领公司上下做了精心的准备，届时，配备齐全的中介机构、独立董事、董秘、技术总监，公司新的管理团队、风险投资商以及地方政府的金融办负责人、官员代表将和大股东们共同见面，企业上市的号角也即将在此时吹响。

开会的前几天，厚德几乎是全公司里最忙的，他不仅要在中介机构的指导下准备大量会议文件，还要亲自起草自己的讲话稿和董事长的讲话稿。此外，厚德还要全权负责集团与中介机构和独立董事们的联络。那些天，厚德虽然忙得脚打后脑勺，可他却没有一丝抱怨，反而觉得一切都充满了希望。

大会如期召开，按照议程，大会先安排中介机构与大家见面并做简短发言，随后是独立董事的逐一介绍、公司管理团队介绍和董秘的发言。作为董秘，厚德的发言很简单扼要，时时围绕着尽心、尽职、尽责的中心，而接下来，黄总作为董事长也走上了讲坛进行发言。厚德看了看黄总手里那份长达10页的讲稿，那里面的每个字都是自己反复推敲、熬夜苦战的心血。

黄总的发言非常热情澎湃，对企业的前景充满了激情和希望，对于上市也是志在必得，而这些都是厚德在黄总的授意下一字一句琢磨出来的。黄总发言后，还进行了一些选举和重组的投票，过程进行得很顺利，黄总的脸上也露出了难得的喜色。

投票结束后，真正的重头戏来了，中介团队、独立董事、政府代表和公司的部分高管一起留了下来，期盼已久的第一次股东大会就此拉开序幕。

但让黄总和厚德都没想到的是，到了会上，大家马上就都一改刚才和谐融洽的神情，气氛陡然紧张起来，问题也都十分尖锐。先是风险投资商第一个发难："为什么不能给我们财务报表？我们把3000万给你们的时候就说过，要定期给我们财务报表，你们也答应了，为什么到现在还不给？"

这个问题还没解释清楚，律师就又接过了大棒："为什么那么多政府部门的确认函还拿不下来?"

而紧接着,独立董事们也开始发难了:"你们企业的管理要规范,存在的问题要重视,并一一有针对性地整改,刚才黄总做报告的时候几乎没有涉及具体数据,给我们的全是空的东西,现在企业要上市,问题是要解决,而不是掩盖。"

唯独会计师没有说话,但那也只是因为在开会之前黄总已经打好招呼了,财务问题不能讲。

一番枪林弹雨般的质疑下来,厚德只感到浑身都是汗,胸口憋闷,如坐针毡。他知道企业上市不容易,但是直到此时此刻,他才真切地明白这"不容易"背后蕴含的巨大挑战。这挑战不仅是对自己的,更是对整个集团;不仅是针对整体进程上的把控,还包括细节上是否到位。

厚德望向黄总,黄总的脸色也很不好看,他可能没想到,自己刚刚还热情洋溢地憧憬着上市后的企业远景,现在就要接受这一连串的质疑,而且每个问题都如此难以回答。

好不容易熬到了晚饭时间,厚德希望借着吃饭的时候缓和一下气氛,可谁知道,黄总的一个决定又让他傻了眼。

不知道是黄总抠门的老毛病又犯了,还是心情不好导致实在没心思挑来选去,在这个节骨眼上,他竟然又选择了一家小饭店。厚德刚要出言阻止,黄总就已经二话不说,带着大队人马走了进去,厚德只能硬着头皮跟上队伍。

这家饭店小到什么程度呢?一张中等大小的桌子居然围着坐了16个人!没办法,有几个人只能坐在别人后面,这样一来,吃饭的人就怪异地分成了两层,后面的人只能等桌前的人让开一个口子才能去夹菜。

而桌上的情景更是"壮观",上一个菜就马上吃光一个菜,后面的人还没来得及夹上菜呢,就只剩下菜汤了。厚德看得出,独立董事们还是比较淡定的，但是风险投资商却明显不满，尤其是他们的董事总经理，吃饭时故意频频提出很尖锐的问题。

厚德找了个机会，偷偷来到黄总身边低声问："是不是分成两桌坐比较好？"黄总却摇了摇头："坐在一起更好交流，就这样吧。"当着众人，厚德没法多说，只好叹口气坐了回去。事后厚德猜测，也许黄总是想借机让中介机构和独董们，尤其是风险投资商看看，自己是多么节省，多么不会乱花一分钱。可是，那毕竟是一群有身份的人，而今为了一顿饭这样挤坐在一起，弄得乱哄哄甚至很是丢脸的样子，他们怎么可能高兴得起来。表面文章要做，但做得过分了，也就没有意义了。

一切就像是一场海市蜃楼，来得突然，去得也很快，黄总憧憬上市的美梦还没做多久，就开始土崩瓦解了。第一个噩耗来自于第一次股东大会召开后不久，黄总和厚德得到了一个惊人的消息——风险投资商要撤资！而原因竟然是他们的领导自杀身亡了。厚德听到这个消息后，心脏狂跳了好一阵：天啊，那是多么厉害的一个人啊，刚40岁出头，正是风华正茂的年纪，手下有那么多的项目，光入股后成功上市的项目都好几个，还一度被中国资本市场传为神话。每个听闻此事的人都无比震惊，没能想到，一个这么年轻有为的人，在自己事业顶峰的时候会选择结束自己的生命。

等厚德从震惊中缓过神来，却发现这种结果似乎也是必然，资本市场看起来光鲜，实际上充满了血腥，尤其是那些背后的争斗，更是残酷到足以要人性命的地步。

但对于黄总他们来说，这件事产生的最大影响就是——那位风投商手下的董事总经理和区域经理找到了他们，以黄总违背协议为由，要求他们立即退还之前投入的3000万。黄总很无奈地告诉他们："你们的钱早被我买土地、厂房了，哪里还有现金？我现在拿不出这么多钱。"可对方依然不依不饶。

几次交涉无果后，对方给黄总发来了律师函，声称如果在要求的时间内不按合同退还投资款，就将诉诸公堂，并且声色俱厉地告诉黄总和厚德："你们知道这3000万都是谁的钱吗？这都是那些当官的手里的钱，你们要不还的话，企业还想有好果子吃吗？别以为我们老大不在了，你们就可以赖账，我们在资本市场的能量足够让你企业永远上不了市！"拿着律师函，再加上对方不断出言威胁，黄总也不免急火攻心，但是他又有什么办法呢，钱早就被自己拿去买土地、厂房去了，现在拿什么还啊？

万般无奈之下，黄总开始了新一轮的融资。还好，总算有几个股东愿意加入进来，另外还有几个有背景的股东愿意增持。黄总想尽办法，好歹凑齐了3000万还了回去。

这下真算是美梦破碎了，风险投资撤资，门厂和农业项目也一直不景气，酝酿了那么久的上市而今未果，企业还因此大伤了元气，这该怎么收场呢？

有好多天，厚德每天坐在办公室里盯着电脑一动不动，他觉得心中无比茫然。当初来到这里的两大目标一直在他脑中盘旋：成为一名有企业上市经验的董秘；依靠原始股积累财富。可现在，上市刚迈出第一步就濒临夭折，自己当初不惜辞掉清闲的工作、举家迁徙来到这里，到底得到了什么？自己调动各种人脉、忍辱负重、加班加点工作又到底是为了什么？厚德心中一阵后悔，甚至有了辞职的冲动，但随他又想起了在决定接受这份工作前，自己在街头流泪的那个夜晚，想起了送走好友老乔后，夜不能寐的那个夜晚，当时的那种雄心壮志和激昂澎湃重新又浮现在了他的心间。厚德看着窗外的夕阳想：或许我注定就要走一条不好走的逆路，或许上天就要给我比一般人更多的考验，或许我今天所经历的一切，哪怕是失败和委屈，都将成为成就我未来的珍贵财富。

　　想到这里，厚德有些激动，他起身站在窗前，俯视着楼下来来往往的人群，一个想法在厚德脑中慢慢成形：既然我已经来到了这里，就没有退路了，即使企业上市不得不搁浅，但我相信自己能跨过这个坎，也相信那些未能如愿得到的财富，会凭借自己的双手加倍挣回来。事在人为，过去我能做到的，而今依然可以，未来，则更不是问题。

　　上市计划虽然搁置了，但厚德的民企之路，却似乎有了另一种开始。

　　而黄总呢，他承受的挫败感比起厚德来，只多不少，毕竟这是他一手创下的家业，而今上市遇挫，他不可能不感到焦虑难过。但黄总毕竟也在商海中摸爬滚打了那么多年，明白痛苦总难免，但生活要继续，企业的经营更不能停。于是，在经过了一段时间的深思熟虑后，黄总做出了一个大胆的决定：企业重组！

　　黄总之所以做出这个决定，是因为考虑到原有的业务规模一直存在着一定问题，这问题源于业务的类型比较偏，市场总体的量并不大，即便企业在市场上份额比较大，但是总量仍然比较小，即使增大市场占有的比例，依然不能把业务量提升太多。这样一来，就算企业将来上市也圈不到多少钱，所以，不如趁着现在上市工作暂时放下的时候，先改变这个状况。

　　而改变的途径是什么呢？黄总的思路是：希望可以寻找到一块新领域，开发一个新项目，来最终实现这个目标。

雨骤篇

费尽心机

大功告成

宁予友邦

初现曙光

急转直下

挺身而出

非非之想

貌合神离

曲终人散

费尽心机

　　如何才能开发一块新领域、开拓一个新项目呢？黄总经过一段时间的深思熟虑，最终把目光投向了一个人的身上——王院士。

　　这位王院士原先是沿海某大学的教授，后来调到了另一个省的高校任校长，不仅如此，他还是国内在他所研究领域中唯一的院士，享受副部级待遇，据说还和国内某部委的领导关系很好。不过说来这也是顺理成章的事，谁叫王院士在行业内是唯一的院士和最杰出的科技权威呢？再加上王院士德高望重，为人正直但又深谙中国的政策环境，所以他在政界、企业界、学术界都有一大批支持者和追随者。

　　只不过，王院士这样的人又岂是随便能够接触到的？逢年过节，都是省市的主要领导去他那里拜访，黄总这样的企业虽然在一些学术问题上也曾经请教过他，但那都是泛泛之交，谈不上熟络。据说，黄总想上市初期想请王院士做公司的独立董事，被王院士婉言谢绝了。要知道，能成为拟上市或上市公司的独立董事，是很多学者追求的一个目标，做了独立董事虽然钱并不是很多（每年不到10万，而且上市前更低，年津贴大部分只有4~5万），但是对于学者来说，意味着他的学术得到了企业、市场的认可，对他的学术声誉是有很大提升作用的。同时，做了独立董事的学者们也将更紧密地和企业联系在一起，对于他们学术成果的产业化将大有裨益，因此，独立董事的邀请对于学者们而言并不是随便就能得到的。但显然，年逾七旬的王院士并没有将这个看在眼里，而他婉言谢绝给出的理由也很简单："我对你们企业并不了解，去了怕是不好。"

而王院士并非是不愿意和企业打交道，他之所以成功，很大一部分原因就在于他的项目无一不是和企业紧密结合在一起的，他本人学术上的成功经历，也同时是一大批企业依靠科技致富、发展壮大的成功史。而正是因为这样的原因，王院士无论走到哪里，都会受到政界和企业界的追捧，省市主要领导热情接待，地方政府邀请做报告、做顾问。企业界的人士更是想方设法接近王院士，希望能靠上这棵大树，不仅仅让自己在技术实力上得到加强，还能顺便拥有强大的政府资源。

正是基于以上理由，黄总坚定地把王院士当成是企业实现突破、扭转当下不利局面的关键。而接近王院士的任务，又不出意外地落在了"救火队长"厚德的头上。

此时的厚德已经从上市受挫的阴影中走出，他欣然接受了这项颇有挑战性的新任务，并且积极找来了王院士的各种资料进行研究。而刚开始研究，厚德就吃惊地发现，王院士和自己居然是校友，虽然两人的年龄差了将近40岁，可校友这层关系本来就与年龄无关。但这一次，厚德并没有像上一次接近R集团董事长那样急于拉拢关系，而是做了详尽的思考和分析：这次不能像上次一样，只要想方设法拉个关系好的就能套上近乎，因为这次要靠近的是王院士本人，那就必须要让王院士本人心甘情愿地和自家企业建立合作，光靠外围的关系是没有用处的。就这样，厚德一方面积极了解王院士的情况和背景，另一方面，也陷入了深深的思考：究竟怎样做才能让王院士自愿成为我们新项目中的一员呢？

尽管并没有十足的把握，但厚德只能试着做下去了。经过了一番慎重考虑后，厚德感到只能是尽量多创造接触的机会，先给对方留下好印象，然后再看有没有可能进一步搭上关系。厚德把自己的想法告诉了黄总，黄总想了想，自己也没有更好的办法，于是点点头就算是默认了。厚德开始筹划完成这次"mission impossible"的具体办法，要想获得想要的结果，他先要赢得一位70岁老院士的心。

在厚德的安排下，企业前期借故通过关系找到了王院士，以请教问题为名，先建立下联系。王院士一一安排助手和下属的教授们耐心地做了解答，但是对于厚德他们想见一面的请求，没有答应，这倒不是王院士摆谱，而是他实在太忙了！至于厚德他们送过去的礼物，除了土特产收了一些外，凡是贵重些的都退了。第一招不奏效，这让厚德和黄总都有些着急。

但很快，厚德经过多方了解，获得了一个重要信息——王院士要在年底参加一个国际博览会，而这个博览会厚德他们的企业也会作为参展商参加。而且厚德得知，王院士很重视这次博览会，不仅做了顾问团的团长，还要亲自在博览会上做重要演讲。能不能利用这次机会呢？

厚德考虑了一下，找到黄总说出了自己的具体计划：博览会上有个颁奖，正好就排在王院士讲话之前，因此一定要争取让我们的企业在获奖企业之列；另外这回集团参展的摊位一定要大、要气派，充分树立企业有实力、有魄力的形象；此外是和媒体要沟通好，最大限度地获取他们的支持，营造火爆气氛，并且增加曝光度。黄总听了后略微有点犹豫，厚德看得出他有点心疼钱，因为这样操作下来至少要花上个几十万。但黄总思来想去，目前想要打开自己企业与王院士之间的通道，恐怕也只有按照厚德的这个计划行事了，最后，他还是同意了厚德的想法，让厚德全权代表自己去操办。

"豁出去了！"黄总这样想着，而得到他授权的厚德此刻也在暗下决心："弓已拉满，没有回头箭！这事必须办成！"

就这样，黄总企业的参展摊位从原来拟好的8个，一下子增加到了32个，而且清一色全放在进门后右侧最显眼的位置。厚德还调动了公司里最拔尖的帅哥靓妹和业务骨干，亲自对他们进行了参展所需的专门培训，特意嘱咐他们道："业务方面大家各司其职，务必精通，做到来客有问必答，热情接待。而对于政府官员，尤其是看起来年龄较大的学者、教授们一定要更加周到、热情。"厚德还把王院士和其他几位顾问团的领导、学者的照片、资料打印成学习材料，对参展员工们进行了专项培训和讲解。

等忙完了内部事宜，厚德又一刻不停地找到了当地政府的相关管理部门，请求得到他们的支持，具体说来，就是让他们以政府名义与博览会组委会联系，给厚德他们的企业颁发一个奖项。同时，厚德又联系到了组委会重点合作的几家媒体和黄总企业当地的媒体，进行了深入沟通，而对方也很爽快地答应他，一定会在博览会期间为企业造势。

计划进展得还算顺利，摊位的事情最简单，只要肯出钱，就肯定能拿到不错的位置，而厚德虽然拿不到博览会组委会内定好的黄金位置，但到手的那些也已经算得上是白银级别了。黄总知道后，嘴上没说什么，心里其实有些暗喜：位置差点，那不就代表能省下更多的银子吗？而在与当地政府相关部门的沟通中，厚德也取得了成效，虽然企业的实力不足以在博览会上大书特书，但是给颁发一个"特别进步奖"还是没问题的，奖励的原因也很讨喜：旨在奖励最近两年发展特别迅速的企业，而这也正好代表了厚德想传达的信息——我们集团不算特别大，但贵在发展得很快，上升空间大，未来潜力无穷。而至于媒体部门，那更是肯定没有问题了，原因估计大家都猜到了，沉甸甸的红包肯定是个最大的因素。

等厚德忙活完了以上这些事，疲惫之余却也无限期待：万事俱备，只剩开幕了！

开幕式当天，果然是彩旗飘飘，锣鼓喧天，一派热闹非凡的景象。厚德看着眼前熙熙攘攘的人群，心中难免有些紧张："成败就在今天了。"

盛大的开幕式上，首先是对各位重要领导和嘉宾进行介绍，而厚德看得出，这一次大会政府是十分重视的，请来的有国家相关部委的在任领导、王院士，以及省、市、地方政府的领导。厚德无心观看盛大的开幕式，独自躲在了主席团旁的一个角落里焦急地等待开幕式仪式的结束。按照惯例，仪式一结束，领导们是要到展会里参展的，在那里他将和王院士第一次会面。

终于，庞大的领导参观团来了，但王院士却没有和他们走在一起，而是在第一家摊位那里就停下了，可见，王院士是很敬业的，他不是只走马乱花地看看表面，关注的更多的是技术、科技和产业化应用方面的内容。因此他并没有像一般的政府官员一样走个过场，随口说些"好，不错"之类的官话，而是非常认真仔细地研究产品，并且详细询问技术方面的数据。

好在，王院士很快就和他带领的一拨人来到了厚德他们摊位前，厚德眼色一使，一些媒体记者们的长枪短炮就都架起来了。之前组委会请来的媒体大都跟大领导们离开了，而在厚德的特意交代下，黄总企业所在地的媒体悉数留了下来，就为了等王院士到来。

厚德第一个快步迎上前去，热情地说："王院士，您能来我们摊位指导下吗？"看得出，王院士有些惊讶于他的热情。

厚德赶忙说："王院士，我叫厚德，是您的校友，现在在这家企业做副总裁兼董事会秘书。"

王院士一听这话，乐了："原来是小校友啊，你们不是还找过我几次吗？怎么你们也来参展了？"

厚德忙点头说："是啊，我们不仅参展，而且还获奖了，当然今天见到您这位校友和前辈，我和我们企业比获奖还高兴。"

王院士不住地说："客气了，客气了。"而厚德趁热打铁，赶紧热情地挽着王院士的胳膊，恭恭敬敬地将王院士请到了摊位中间，讲解员马上就用厚德之前审核过好几遍的讲解词开始了讲解。而当地媒体的长枪短炮也配合地"啪啪"作响，厚德他们的摊位，一下子成为了会场上的一个焦点。厚德打量王院士的神情，对方显然对厚德他们企业重视科技、发展科技的政策方针很是赞许，听讲解的过程中不仅频频点头，还不时说"好"，厚德的心算是踏实下来了一些。等到讲解完毕之后，王院士对讲解词当中的一句话很感兴趣，特意转过头问厚德："你们是想做新能源吗？"

厚德心中暗喜，自己特意准备的讲解词果然起到了效果，他赶忙点头，一脸诚恳地回答："是的，王院士，虽然我们在现有的产业领域已经做到了全国领先，但是总感觉到这个产业的前景并没有那么广阔。目前国家正在提倡发展清洁能源，走可持续发展道路，我们集团董事长黄总感觉到新能源领域必将在中国有所作为，所以我们企业想转型发展，利用原有产业打下的基础，在新能源领域开创一片新天地。"

王院士一听，脸上顿时露出了笑容，拍着厚德的肩膀赞许地说道："好啊，这是好事，小校友，我今天太忙，不如改日咱们再聊吧。"厚德也笑了，只不过他心里仍然有些拿不准，不知道王院士这句"再聊"是发自肺腑，还是习惯性的客套。

下午的颁奖典礼如期进行，厚德他们的企业也"如约"获奖。

宣布完获奖名单后，现场播放了一个厚德他们企业的简短宣传片。厚德坐在后边，而王院士坐在第一排的嘉宾席，虽然看不见王院士的表情，但能看得出王院士一直抬头盯着屏幕观看。很快，就到了颁奖典礼的压轴戏——王院士的主题演讲和部长的讲话。不出厚德的预料，王院士的演讲果然是关于新能源方面的，他通过深入浅出的讲解，说出了我们国家近几年在能源方面遇到的一些问题，同时也谈到了新能源发展现状和未来的发展方向，接下来，王院士还重点提出了他在发展新能源方面的一些思考和技术、专利向产业化推广的介绍。厚德坐在台下听着，心里暗暗一喜：经过这么长时间的研究，对王院士的情况摸排还是准确的，王院士是在原有的科研领域向新能源方面拓展的，如果大胆一点猜测的话，他还没有找到合适的合作伙伴，否则为什么报告结束的时候只是介绍了中试的情况，对于产业化方面没有过多交代呢？

厚德虽然心中欣喜，但他也很清醒，一切都是自己的猜测，自己这招投其所好的招式是否引起了王院士的注意呢？没有人知道。

博览会开幕当晚安排有招待晚宴，按照惯例，领导专家们坐一桌，获奖企业也另坐了一桌，厚德目测了一下两桌的距离，还好，自己离领导席不太远。此时厚德和黄总坐在一起，他心中只希望晚宴的时候能找机会和王院士再攀谈几句，巩固印象，并且寻找下一次见面的契机。直到酒席即将正式开始的时候，王院士和领导们才姗姗来到。

简短的祝酒词后，晚宴开始了。

席间获奖企业的代表们相互寒暄、敬酒、交换名片，场面很是热闹，大家都希望在这样的场合能够交到些对企业发展有利的朋友。黄总和厚德也抱有同样的想法，只不过他们的重点目标却不在自己正坐着的这一桌上，而是近在咫尺却又似乎远在天涯的隔壁领导席。

很快，领导们也来各桌敬酒了，并且是分批来的，省长和部长在地方官员的带领下分桌敬酒，但也只是打个照面、走个形式而已。没过多久，王院士也在科技部门领导的带领下过来敬酒，最先来的就是厚德他们这桌，不知道是王院士有心还是无意，他正好站在了厚德的身边，等敬酒完毕后，王院士忽然扭头对厚德说了一句："小校友，你们企业做得不错嘛。"

厚德一看机会来了，赶忙回答道："谢谢王院士赞赏，这都是我们黄总领导有方。"顺势就把黄总推到了前面。

而黄总也很配合地一脸殷勤，忙不迭地对王院士说："我们现在新能源发展规模还不是很大，以后还要请王院士多多栽培。"

王院士笑着答道："不敢当，不敢当。"说完起身就要走，厚德忙挪了下身子，特意离开座位送了两步，而王院士也注意到了这个细节，他忽然转过头对厚德说："小校友，有时间的话晚上到我房间坐坐，我们聊聊。"厚德一听心中大喜，只要能和王院士说上话，剩下的很多事情就都有了操作的可能。他赶忙回答："好！好！我一定去！"之后目送王院士走远，才兴奋地坐回了座位，心里仍然有些按捺不住的激动：王院士也许真的对我们企业有兴趣！

晚餐结束后，黄总特意来到了厚德的房间，和厚德一起分析了见到王院士后的几种可能，以及怎么和对方进行最有效的沟通。大约半个小时后，厚德拨通了王院士酒店房间的电话，得到了对方的允许后便去了他的房间。

王院士住在行政楼层，比厚德他们所住的楼层要高，在电梯里，厚德只觉得自己的心跳得非常厉害。有那么一瞬间，他甚至觉得脑子里一片空白，刚才考虑好的几种应对方式一下子都像消失了一样，什么都不记得了。厚德按着自己的胸口告诉自己：不能太紧张了，不然说错了话，或者该说的没说出来，难免功败垂成。

好好镇静了一下后，厚德按响了王院士房间的门铃。王院士的助理周教授为他开了门，并且客气地请厚德进去。王院士正坐在座位上休息，见到厚德进了屋，起身热情地和厚德握手，一面请厚德落座，一面请周教授去给厚德泡茶。

坐定后，这场重要的谈话终于开始了。王院士先主动询问了一下厚德在学校读书的情况和目前的工作状况，听完后连声夸厚德干得不错，年纪轻轻的就做了集团公司副总裁和董秘。而厚德一面笑答着"惭愧"，一面等着下一个话题，他心里明白，王院士特意叫自己过来，绝不是为了校友聊天。果然，寒暄过后，王院士很快话锋一转："你们企业情况怎么样？"厚德注意到王院士问这话时，脸上虽然还在笑着，但是眼神明显犀利了不少。

厚德按照事先想好的说道："根据我的了解，企业发展还是很不错的，这几年在行业里发展算是比较迅猛的。董事长黄总也是为数不多的受过正规高等教育的企业家，因此很重视科技，企业目前在国内同行业内，应该说排在前三强是不成问题的。但是，这个行业我们感觉整体市场总量不大，而且在民用领域受消费者观念的影响，企业增长乏力，经常会陷入两难境地。一方面放弃现有市场很可惜，毕竟目前这一领域效益还算是不错；另一方面，又受市场的限制，难以继续增长。所以我们企业希望可以寻找一个有前景、有发展的新项目，最好还能和目前的产业搭上边的科技项目，依靠这个新项目来进一步提升企业的质量，实现跨越式发展。"

王院士听了频频点头，他略微停顿了一下，紧接着问厚德："你们黄总的想法，和你现在对我说的观点一致吗？"

厚德使劲儿点了点头，口气肯定地说："我表达的观点，也正是黄总的观点。"

王院士问厚德："我今天做的报告你听了吗？"

厚德立刻答道："王院士，我很认真地听了，您的报告很让人激动，一旦这样的项目能搞起来，将会产生巨大的经济和社会效益，对政府、企业、老百姓都很有好处。"

王院士微微颔首，笑着对厚德说："现在想做我这个项目的企业有很多，但我还没有决定和谁合作，其中很有实力的企业也有好几家，但我总觉得这个项目光有钱是不够的，还要有基础。一个是产业基础，第二个就是我希望项目的老总要有些文化，一定要有理工科的背景和足够的管理能力，否则我和我的团队和他们沟通很难。现在看来，你们企业的黄总和你在这方面我感觉还是很符合我的期望的，你们如果有兴趣，不妨也可以参与一下，具体的情况你可以和小周联系。今天我忙了一天了，这把老骨头也累了，所以我就不留你多坐了，你也回去早点休息吧。"

王院士这一番话说得厚德心中狂喜不已，他赶忙站起来，充满感激地和王院士握手告别，出门后几乎是一路小跑地来到了黄总的房间。黄总听了这个消息后也很激动，双手握住厚德的手说："厚总，辛苦了！"虽然这句话他之前也说过好几次，在厚德听来已经没了新意，但这种热情握手的举动，却堪称是破天荒头一遭，厚德心想：看来夸人的话，黄总也就只会这一句了，但看他这举动，也算是对自己的认可吧。

厚德和黄总顾不上休息，连夜研究和王院士下次约见的细节，甚至连带什么礼物这样的事情都反复斟酌了几遍。等厚德回到房间的时候已经是凌晨2点钟了，他累得连衣服都没有脱，直接就倒在床上睡着了。是啊，这些天安排参展的各种细节，还要研究王院士的资料，每时每刻寻找接近对方的机会，厚德真的是太累了！

经过与周教授联系、确认后，黄总和厚德定在了一个周末的下午前往王院士的办公室。

王院士见到他们态度很热情，落座后，黄总就立刻表达了想与王院士合作、共同开发新能源项目的想法，并且从企业的发展现状、经济实力、科技力量以及经营管理方面阐述了合作后己方的优势和基础。厚德看得出，王院士对于黄总这样诚恳的态度，对黄总企业实力还是认可的。

王院士点了点头，有些感慨地说："我这个项目其实并不缺钱，但我需要的是一颗心。做好这个项目，不仅仅是要赚钱，更重要的是有一颗爱国的心，一颗为党和人民负责任的心。如果企业仅仅立足于赚钱，我不会把项目交给它，我需要的是把这个项目放在为党和人民作贡献、为国家的科技进步谋发展、符合我们国家能源发展战略的高度来做这个项目的企业，只有这样，我相信这个项目才能做好，才能实现我多年的夙愿。"

整个会谈过程中，双方彼此交换了不少意见，但是王院士始终都没有明确表态要将这个项目交给黄总的公司，厚德隐隐感觉到了王院士的审慎，他如此重视这个项目，肯定不会只凭见一两次面就决定合作的对象。虽然今天未必能有结果，但在厚德看来，他们此次来让王院士多了解些自己企业的想法也是好的，更何况就现在情形看，王院士对黄总的企业是很认可的。

分别时，双方约定择机再谈，而此时王院士的一句话让黄总和厚德不禁喜上眉梢，他说："方便的时候，我想到贵企业去看一看。"黄总和厚德听了这句话简直高兴坏了，他们感觉到期盼已久的春天也许就快来了。

果然，没过多久周教授就给厚德打来了电话，说王院士趁着开会的空档想到黄总的企业去看一看。但周教授再三交代，千万不要对外声张，以免地方政府知道后又是接待，又是安排各种活动，王院士此次开会时间有限，就只在黄总一家公司看一看行了。

"一切都按照王院士交代的办！"厚德激动不已，一口答应下来。挂上电话，厚德就赶紧向黄总进行了汇报，黄总也很兴奋，对于王院士的要求自然也是表示完全同意，并且和厚德一起马上开始了紧张的准备工作。

王院士轻装简从，带着周教授和自己的一个学生——某大学设计院的李院长来到了黄总的公司。一阵寒暄后，王院士便马上到车间、仓库、样品室看了一圈，然后才又回到接待室，并且再次详细询问了企业的一些具体情况，同时听取了黄总的再一次汇报。因为时间紧迫，王院士一行人连饭都没来得及吃就告辞了。

接下来，就是最难熬的等待了，厚德和黄总虽然很是焦急，但他们心里都知道，此次合作成功与否，答案将很快揭晓了。

三天后，厚德的电话响了，他刚要接通，却发现屏幕上显示的是周教授办公室的电话，厚德的心一下子提到了嗓子眼，手也禁不住有些微微颤抖。

平静了一秒钟后，厚德接起了电话。刚接通就听到周教授带着喜气的声音："厚总，我是周教授，告诉你们一个好消息，王院士在慎重考虑后，决定与你们合作，把新能源的项目交给你们。"厚德激动地刚要说谢谢，就听到周教授又叮嘱道："下周六，你们再来一趟王院士办公室，我们来谈谈合作的细节。"厚德赶忙说着："太感谢了，没问题，周六我们一定去。"

放下电话，厚德半天没缓过神来，幸福来得太突然了！

黄总和厚德迫不及待地提前就来到了王院士所在的城市，等待着再次见面。而此时厚德觉得自己的心再一次燃烧了起来：企业上市未果，按理说我要离开了，毕竟中间还有那么多的不愉快、不公平发生，但此时，我感到心里又重新燃起了烈火，奋斗的烈火。上市为什么？不就是为了股票上市挣钱吗？不就是为了给自己的职业履历添彩吗？如今有了王院士的项目，一个涉及国计民生的大项目，自己又重新看到了奋斗的意义，上帝关上了我的一扇门，又给我开了一扇窗！

厚德看着这座陌生的城市，心里充满了激动和向往！

厚德虽然心里激动澎湃，却仍强迫自己不能盲目乐观，毕竟一切都要等和王院士的合作谈判结束后，才能最终确定。另外厚德总是有些担心黄总，黄总是个事业狂，但同时也有着不少常人不理解的缺陷，他是否可以让谈判朝着好的方向发展？会不会又因为某些细节做不到位而误事？即便谈判成功，黄总会安排自己在项目中扮演什么角色？厚德想破了头，也找不到准确的答案。

期待的周六终于来了，王院士、周教授、李院长一起在办公室里迎接厚德和黄总的到来，而一见面，王院士就开门见山地问："黄总，经过我与小周和小李的商量，决定把项目交给你，由你们公司来实施。你有没有信心？"

黄总连说："有，有！"语气坚决，神情坚定。

王院士对黄总的态度很是满意："那就好，我们三个也拟了一个大致的方案，你听听，看合适不合适。我们希望针对项目成立一个科技公司，暂由我们两方来入股。我们的科技成果象征性地作价100万，作为股份投入到公司里，说白了，就是科技公司注册200万，但由你全部出资，我们占有股份，你看行吗？我可以给你透个底，这项目我们光是科研投入其实已经不低于2000万了，这100万仅是象征性的。给我们的股份我们将会给我们学校一部分，另外科技人员有一部分，但所有股份由我们三个代持。"

黄总考虑了一下，点了点头："没问题。"

王院士笑了："再给你说个事吧，前几天我在国家部委开会，碰到了东北某地区的张书记，张书记专门通过部长找到我，对我们的项目很感兴趣，要求与我们合作。我当时没有答应他，但后来我们想了想，觉得要是加上他们肯定是个好事，一来东北那里是政企不分，地委和国企其实是两块牌子，一套人马，那里的资源是我们发展项目必需的，拉上了他们，我们资源的问题就解决了；二来他们是国企和政府，实力强得很呢，有这么个合作伙伴，我们的项目底气就更足了。现在想问问，你是什么意见啊？"

厚德一听简直想拍手叫好，天呐，这是多么好的事情啊，真是做梦都没想到，项目还没开始，王院士就给找来了个实力强劲的合作伙伴。黄总也看得很明白，一听就忙表态说："我没有意见，这是好事。"

王院士接着说："这样就好，那么科技公司股份的问题先放下，如果他们要进来，我们两方都要拿出一块让给他们，但总体要均衡，我的意见项目还主要靠你们来搞，我们这边是知识分子，搞理论行，搞管理、经营不如你们，他们那边是国企和政府，搞企业也不是强项。如果你没有意见，那我们就这么定了。"之后王院士扭头向旁边的周教授说道："小周，你一会儿就通知地委张书记的秘书，告诉张书记我们的意见，让他们尽快来这里。"周教授马上点头答应。

王院士又转过头对黄总他们继续说："项目成立科技公司后，我们要去下东北，现场考察下资源情况，如果可以，我们三方也要成立一个项目公司，你们两方要投钱，共同把项目工厂搞起来。项目公司我的意见是拿出15%的干股给成立的科技公司，由科技公司负责项目公司的技术情况。你看可以吗？"

黄总考虑了一下："暂时没有意见，但是我们要占控股权。"

王院士微笑着说："这个想法可以考虑。现在只是设想，等我们见完东北张书记他们共同定吧，毕竟他们如果加入进来后，我们也算是一家人了，也要听听他们的意见。另外科技公司我有个意见，这个也是我们慎重考虑后的安排，请你考虑下，拟成立的科技公司由我来做董事长，你做总经理，厚总呢，就做个常务总经理，小周和小李做个副总分管技术和工程，你看怎么样?"

厚德听了王院士的话，顿时有些发蒙，自己居然被王院士钦点为常务总经理，这真的难以置信！不管黄总心里愿意与否，但就当时的情形看，黄总自然不会说不同意，果然，黄总也马上点头表示没问题。就这样，厚德成了王院士手下的直属干将，这一切对于厚德而言，简直是太意想不到又太美妙的经历了！

就这样，在王院士的办公室里，双方初步拟定了合作方案，科技公司的方案已经确定，管理架构也初步形成，只待与东北方面谈好。但无论和东北方面合作与否，有一点是肯定的了：这个项目马上就会在黄总的企业里上马。

在返回公司的路上，黄总并没有说太多的话，他看着窗外，似乎在考虑着什么事情，而厚德也闭上眼睛，一幅满是未来美好憧憬的画卷正在他眼前一点点展开。

大功告成

　　和黄总回到公司后，厚德很快就接到了周教授的通知，让他们到项目中试的现场进行参观考察，届时，东北地委的张书记也将来这里与大家会面，详细谈一谈合作的事情。项目的中试地址在中部某省的一个地级市郊区的厂子里。按照约定，厚德和黄总、王院士先到高速路的出口汇合，然后等张书记他们一行到来。

　　等厚德他们到达的时候，周教授已经和李院长等在那里了，寒暄中，王院士很快也赶到了。

　　见面后，王院士利用等待张书记一行的这段时间给黄总和厚德介绍了东北方面合作伙伴的大致情况："我们合作的对象在东北某省，由于一些特殊的原因，那里很多地方都是政企合一的，地方政府的负责人通常还在国有企业任职，张书记也不例外，既是地委书记，又兼着国企的负责人。而且他相当年轻，属于在政治上很有前途、为政作风又很积极的一个人。"正说着，周教授的电话突然响了，原来是张书记他们的车队马上要下高速了。大约几分钟后，浩浩荡荡的车队就开到了眼前。

说浩浩荡荡，真的是一点不夸张，张书记这一行人充分显示出了他身为地委书记非比寻常的派头，一共有五六辆车，除了奔驰、宝马等轿车外，还有两辆坐满了人的考斯特。"带的人真是不少啊。"厚德暗暗想。

张书记一下车，就和王院士及大家打起了招呼，而厚德这才看清，他的手下前前后后足有二三十个人，此外还有不少扛着长枪短炮的记者。

张书记先和迎上来的王院士握了握手，然后王院士简要地把其他人向张书记做了介绍。张书记一一握手后，便指了一下身后的随从说："这次我们把所有的县、区长都带来了，一方面是来南方看看，学习下先进经验，另一方面也是为这个项目来的。我们要合作，除了靠地委牵头，具体落实就要看我们这些封疆大吏了。"

王院士笑着点头："好好，咱们一起努力。"之后就马上提议大家一起去现场进行参观。

就这样，一个更加庞大的车队一路疾驰到了现场。下车后王院士陪着张书记走在众人的前面，而厚德和黄总、周教授、李院长以及张书记的两个随从跟在了第二梯队，其余的人则都走在了后面。一进入现场，王院士就开始详细介绍项目中试的运行情况以及各项数据，张书记听得频频点头。厚德看到，一直走在自己梯队里的张书记的随从不断在本子上记录着什么，厚德猜想，这个人应该就是张书记的秘书。现场的参观和考察活动持续了一个多小时后，好几十人就来到了会议室开始讨论。

因为人实在是太多了，所以会议室在此时显得特别狭小，圆桌周围只能坐十几个人，王院士一行三人，厚德和黄总，试点厂的老总两人已经把一半的位置坐下了，因此张书记带来的人只能有一小部分坐在椅子上，其余的只能在座位后站着。

然后，王院士开始正式介绍参会的人，当介绍到黄总时，黄总站起来满脸笑容地向张书记和大家问好。厚德看得出，在场很多人的眼里都有些吃惊的神色，估计是没想到王院士找的这个合作伙伴居然是这样一个看起来貌不惊人、个子矮小、穿着也很普通的人。事后闲聊时厚德才知道，大家当时都以为他才是老板呢。等王院士介绍完毕，张书记开始介绍自己一行的具体人员，而厚德发现，除了秘书和记者外，这一次东北方面来的最低级别的官员都是正县级，看得出，张书记是很重视这次合作机会的！

会谈结束后，大家一起去吃饭，同样因为人多，中午的酒席摆了四大桌还挤得满满当当的。王院士、张书记、黄总等坐到了第一桌，厚德、周教授、李院长和几位县长、县委书记坐到了第二桌。也正是在这桌酒席上，厚德第一次认识了东北方面未来的合作伙伴——张处长和郑县长。

午餐后，张书记和王院士进行了单独谈话，厚德、黄总和其他人都坐在外面的车里休息、等待。过了一会儿，周教授给厚德打来了电话，说张书记一行要先离开，让大家一起送一下。

黄总和厚德出了车门，张书记和王院士肩并肩已经从厂里办公区那边走来了，所有等在外面的人全都迎了上去。王院士对着黄总和厚德手一招，他们赶紧走到了对方跟前。王院士说："张书记他们要先回去，咱们合作的事基本确定了，接下来就要尽快找时间到东北考察了。"这时，张书记向黄总和厚德热情地伸出了手，笑容可掬："我们先走，欢迎你们到东北考察，我在那边等你们。"黄总和厚德也赶紧握手道谢："谢谢您的邀请，我们一定尽快去您那里拜访。"

送走了张书记一行，厂子里的停车场一下子显得空旷了不少。

王院士、周教授、李院长和黄总、厚德又回到了会议室，王院士对大家说："东北方面要与我们合作，而且张书记今天还说一定要实现紧密合作，他们提议把第一个项目放在东北，而且对我们的科技公司也要入股。一旦第一个项目成功，张书记希望在他们地区至少做5个同等规模的项目。未来的发展中，科技公司依靠科技与专利、技术服务等无形资产入股占比15%，项目资金投入占85%。黄总，你看怎么样？"说着，王院士把目光投向了黄总。

黄总笑着说："能找到这样的合作伙伴，并把项目放在他们辖区内，这肯定是好事，不过，他们要在科技公司占多少股份呢？"

王院士说："这个要等我们去东北考察后再与他们商谈决定，我们到了东北先了解一下当地的资源状况，还有土地、厂房情况以及用工情况，这样我们才能确定一个项目的投资规模，到那时我们心里有了数，再来定具体的合作情况才更有的聊，你们也抓紧准备吧，我们尽快去东北。"

黄总和厚德表示同意，并且很快回到了公司，紧锣密鼓地准备起东北之行来。

去东北考察的日期很快敲定了，到了那一天，黄总和厚德两人与王院士团队组成的考察团分两地出发，到东北机场汇合。黄总和厚德一下飞机，就感到了张书记的热情和周到，刚拿完行李，当地地委安排的接待人员就已经迎上前了。这次负责接待他们的是地委钱副书记和地委驻省会办的孙主任，钱副书记上次去了现场考察，所以大家还算熟悉。

钱副书记热情地握住黄总的手连声说："辛苦，辛苦，我们先到那边喝杯茶等一下，王院士他们也快到了。"大约过了半个小时，王院士一行也到了机场，大家又是一通迎接和寒暄，之后所有人簇拥着王院士上了车，回到了地委驻省会办。

按照既定计划，考察团一行在地委驻省会办先待上一天，第二天再赴机场，坐飞机到地委机场，张书记会在那里亲自迎接考察团。

在省会办待的这一天里，考察团充分感到了东北合作伙伴的热忱，从下了飞机的前呼后拥，到第二天隆重地送上飞机，每一个细节都显示着对方的无微不至。厚德心想：这里政府机关的办事处还真不是盖的。厚德早年也在国企办事处待过，深深知道接待工作有多么烦琐，如今对方能够做成这个样子，说实话，真的很不简单。在路上，厚德和李院长、周教授私下聊天时这样开玩笑说："都说东北办事效率低，但至少在政府接待上，办事效率还是很高的！"

飞机刚在县里的机场着陆，厚德就看到张书记站在机场大楼下边，身边密密麻麻围了好几十人。刚出机舱门，马上就有人迎上前来，这样的事情在大机场是碰不到的，但是在这样的小机场，却是有条件做到的。

前来接考察团的是当地接待办的一个副主任，他带的人接下了考察团一行几位的行李，并且赶忙对走在后面的钱副书记解释说："今天国家部委来了一位部长，张书记现在正在等着接他们，咱们先走，晚宴的时候张书记会过来给大家敬酒。"

又是在一大堆人的簇拥下，考察团上了接待的中巴车。到了宾馆，厚德一看心中很是满意，这宾馆档次还真不低，至少有四星级。而刚走到门后，一位领导模样的人就迎了上来，钱副书记给考察团介绍说："这是县里的副书记，县里的两位正职领导陪张书记接待部长去了。"说完，钱副书记一一将考察团成员进行了介绍，不出厚德所料，马上又是一阵热烈寒暄和热情欢迎！

走进酒店大厅，厚德看到眼前的情景不禁暗自赞叹：这阵仗拉得还真不小。只见酒店的总经理正带着礼仪小姐列队在门口欢迎他们，场面甚是壮观，总经理手里还拿着一摞接待手册，一一发给考察团成员。钱副书记客气地问王院士："您看20分钟后大家在酒店大堂汇合，我们去县里的几个厂子考察，行吗？"王院士点头说可以，钱副书记于是扭头对着考察团朗声说道："大家按接待手册里的房间入住。"然后很是严肃地嘱咐接待人员："一定要认真陪好南方来的贵宾们！"

厚德刚要细看一下手里拿到的接待手册，这时候，发现有三个人拖着他的行李正走了过来，他们一一对厚德做了自我介绍：分别是地区工业处的林副处长，县里接待办的郑科长和地区工业处的宋科长。

在这三位的陪同下，厚德来到了6层自己的房间。厚德的房间是一间大床房，面积还算可以，有20多平方米。放下行李后厚德招呼三位坐下，自己则去洗手间稍作整理。在洗手间里，厚德才有机会仔细看了一下接待手册，里面已经写好了王院士、黄总、李院长、周教授和厚德的姓名、职务、房间号，以及各级陪同人员的名字、职务、电话，此外还附上了考察这几天的具体行程安排。"真仔细！太周到了！"厚德没想到对方竟然把细节也做得这么到位。而他研究了一下接待阵容，真可谓是庞大，来的是5个人，但每人都有3个人陪，这样一计算，光是陪同人员就15个之多！

厚德刚从洗手间出来，林副处长就迎上来："厚总，我们下去吧，王院士他们已经在楼下了。"厚德一听，连衣服都没换就拿上之前发的帽子和手套一起下楼了。按照顺序，厚德他们四个坐上了一辆越野车，一路上，林副处长热情地给厚德介绍县里的情况和要去参观的厂子的基本状况。很快，车就到了一家工厂，大家一下车，厂长及厂里的其他领导们就已经等在车间门口了。在一大堆人的包围下，以及电视台记者的长枪短炮下，考察团步入了车间，参观完车间后，预备转战到原料堆场去看一看。一走出门，厚德忽然感觉冷飕飕的，他忍不住问林副处长："林处，今天温度多少度？"

"厚总，今天最低温度37度。"对方赶忙回答。

厚德愣了一下，才又追问了一句："是零下吧?"

林副处长笑了："是的，我们这里说温度都是零下的。"

天啊，厚德心中暗自叫苦，自己当天只穿了一身西服，里面也就只有一身很薄的秋衣秋裤，脚上穿的还是单皮鞋，本来想在酒店换身厚点的衣服，但刚才时间仓促，还没来得及换上就不得不出发了。就这样，厚德穿着这身一点都不抗冻的衣服，在零下37度的寒冷天气里走了足有半个小时。

参观完工厂，考察团回到酒店，欢迎晚宴很快就开始了。宴会特意用的是大号的桌子，一个大圆桌坐了19个人，还预留出了三个位置。钱副书记对大家说："这几个座位就是专门留给张书记和县长、县委书记的，他们现在正在陪部长吃饭，待会儿就会过来给大家敬酒。"厚德打量了一下餐桌上的酒，他知道政府机关正式场合一般是喝茅台，看来今天也不例外。很快，酒席就热热闹闹地开始了。

想必去过东北的朋友们都知道，东北的酒席真是热闹非常，上来就从在场最大的领导开始轮流敬酒，每个人都是一番热情洋溢的讲话，充满了豪爽的激情。厚德看着这热闹喧腾的场面，一方面觉得挺有意思，但另一方面，也挺替那些后边的人担心，前面的领导们已经把该说的都说了，后面的人说什么呢?不过厚德发现，虽然后面的人讲不出什么新意，但只要感情到位，在座的就都很买账，一轮讲话下来，场面很是热闹喜庆!厚德还发现了一个细节，每个人说完后，都把杯中的茅台像喝水一样倒进嘴里。"不愧是东北人，喝酒就是更豪迈些。"厚德琢磨着，一会儿自己干杯的时候也得入乡随俗，表现得更痛快点。

主人敬完了酒，接下来轮到考察团敬酒了。第一个是王院士，他简单说了些"感谢热情款待"之类的话，便抿了一小口就算敬过了，大家知道王院士年纪大、级别高，所以没有任何异议。但是轮到黄总的时候，就没有那么简单了，陪同的人员一定要让黄总整杯干掉，可怜的黄总从来是滴酒不沾的，但在这么热情的轮番劝酒下，脸上的神情真是要多尴尬有多尴尬，好在王院士及时出面替他解了围，大家也就没再为难他。

接下来轮到周教授、李院长和厚德的时候，也就没有回旋的余地了，王院士本来就只意思了一下，而黄总更是没喝，因此这三个人手中的酒必须要喝下，否则考察团难免会有不给主人面子的嫌疑。不知道是不是下午在雪地里冻了挺长时间的原因，厚德感觉那天的茅台特别好喝，而且喝下去完全没有不舒服的感觉。大家一看，周教授、李院长和厚德三个喝得很是爽快，便一下子都拥到了他们身边敬酒。那天晚上，高脚杯加上小杯，厚德大致算了下，他们三个每人喝了估计都得有一斤。这一下，东北的朋友们算是都知道他们三个的酒量了。后来听林处说，在酒席结束后他们还感慨到："想不到南方人还有挺能喝的！"

当晚，鉴于王院士的建议，酒席只是适可而止，并没有耗时很久，只不过按照当地不喝倒几个不算尽兴的说法，实际是算不上尽兴的。

而接下来的两天，行程没什么新奇的，无非是从县、区、地委这一路沿途考察过去。每到一地，都会受到地方官员的热情接待，通常是县长、书记两个一把手老早就等在了县与县的交界处，然后之前那个县一路送行的县长回去，新到的县里的领导再陪同着考察团一路过去。而且厚德发现，这一路上的每顿饭、每个房间、每个细节都是经过精心安排的，种种迹象都表明，他们对于这次合作极其重视，"都说北方人比较粗线条，现在看来，其实也是粗中有细"。厚德一路总会发出这样的感慨。

就在这样周到细致的安排下，考察也即将结束了，考察团一行回到了地委所在地。

这一次，考察团被安排住进了地委招待所，说是招待所，其实是一家不对外的豪华五星级酒店。厚德一进到给自己安排的房间就惊呆了，这是个套间，至少有50平方米，关键是里面的设施，比国内绝大部分的酒店都要豪华，桌子上还摆满了新鲜的水果，这些水果在冰天雪地的东北绝对是很珍贵的。而且招待所里就有独立的餐厅，里面也非常豪华，在这里住的那几天里，厚德吃到的每餐饭都是不重复的，甚至连菜都没有重样的，更能显示出对方诚意的是，就连早餐都会有十几个人作陪。见到厚德抽烟，地委工业处的张处长还特意送给了他两条高档香烟，一切看起来都是那么周到，那么完美！

宁予友邦

　　在参观的这几天中，几乎每天的行程都是：白天考察、参观，晚上考察团就碰在一起开个小会，回顾一下考察来的情况以及未来项目上马需要的各种信息。回到地委的第三天，又要开会了，而厚德心里清楚，这次会议将直接决定这个项目的上马情况。

　　会议放在了招待所豪华的会议室里，张书记临时有事，就委托钱副书记代表地委前来开会，开会的还有几个大县的一把手县长和书记。钱副书记负责主持会议，在一段热情洋溢的开场白后，他先是把目光投向了考察团，带着客气的笑容问："王院士、黄总以及各位，这几天的考察情况你们还满意吗？"

　　大家纷纷点头，表示都很满意。坐在旁边的钱副书记见状问道："那么，投资的事情你们能定下来了吗？"王院士没有答话，而是笑着看了下黄总，黄总会意，于是清了清嗓子说道："这几天的考察情况我和王院士已经沟通过了，应该说是很满意的。关于投资的情况，王院士和我也都没有意见，关键是具体的股份比例和资金安排，这点我们直到目前还没有讨论到，我想不如就现在讨论下比较好。"

王院士听后也点了点头，表示同意黄总的看法。钱副书记见状说："好，今天我们安排这几位县长、书记来就想把这件事讨论下。"他环视了一下身边的几位各县一把手，接着说："我们地委经过讨论后，决定由T县代表我们投资，关于股份比例和资金的问题，我们想听听你们考察团这边有什么想法。"之后便把探寻的目光投向了王院士那边。

王院士看了下黄总之后说："我们的计划是，先成立一个科技推广公司，里面涵盖了我们所有的技术成果和专利，以及关键的研发、管理人员，这一点张书记之前已经明确表态要深入合作，既然如此，我们初步研究了一下，这个科技推广公司我们的科技人员和学校要占37%，黄总占33%，打算安排给你们30%，注册资金200万由你们两家来出，你们看有没有意见？"

钱副书记听后稍微沉吟了一下问："王院士，我们占30%是不是少了点？能否让我们再多些。"

王院士笑着说："这个嘛，其实我们大家已经讨论过了，觉得还是很合理的。

黄总也赶忙随声附和："对的，对的，这个比例是我和王院士研究的结果。"

钱副书记没再多说，因为在会前他其实已经从张书记那里得到过指示，这个比例能争取就争取，实在不行就不要太勉强对方。他看王院士和黄总都那么坚决，所以干脆作罢，答应了对方所说的比率。钱副书记紧接着又问："管理人员方面，王院士你们是怎么考虑的呢？"

王院士答道："科技公司要严格按照现代管理制度来运作，我们打算成立个董事会，董事会成员有7名，除了我们5位外，分给你们两席，由我来任董事长，黄总任总经理，厚总任常务总经理，小周、小李分别任管技术和工程的副总。日常事务由厚总、小周和小李处理，大事我们大家开董事会来决定。"

钱副书记想了想，表示没有意见，然后扭过头交代T县的郑县长和工业处的张处长："我看就由你们两个担任董事吧，一个是'封疆大吏'，项目放在你们那里还要你多支持；张处长从接触这个项目到现在一直在跟，情况也比较熟悉，你就继续努力吧。回头你们和王院士这边沟通下，把注册公司的资金尽快打过去。"郑县长和张处长闻言赶忙点头表示一定尽力完成好工作。

王院士这时说："关于项目上马的事情基本上是定了，我们今天就根据调研考察的情况，把投资规模和各方承担的股份和资金比例以及人员情况定了吧。根据前边说的，科技公司以技术入股，占15%，余下85%要现金、实物出资，根据这两天的考察情况，我和黄总沟通了一下，项目大约需要1.5亿的投资，入股我们能利用T县那个大修厂的厂房的话，我估计光设备1个亿左右的投资就差不多了。"

钱副书记听后转过头问T县的郑县长："你们那个厂房能不能正常用啊？"

郑县长想了一下答道："厂房之前虽然闲置了几年，但是框架很牢，是可以用的。"

黄总听到有现成的厂房可用，马上接过了话茬："能用就最好了，我的想法是先用起来，一旦上马运行平稳后，我们可以考虑在其他地方再建厂房。如果一开始就先买土地和建厂房，那至少要多花半年甚至一年的时间，肯定是用现在现成的厂房好。"

郑县长也同意地点了点头，他看了看钱副书记说："这个没问题，可以先借用下。"

王院士看厂房的问题基本敲定了，于是接着问："关于资金方面和股份比例，你们有什么考虑？"郑县长马上接过话："项目在我们县，我们肯定要控股，要做董事长。"黄总一听这话，马上脱口而出："这个不行。"

会议室里，大家都有些诧异地看向了黄总，王院士显然对黄总的反应也有些意外，但他仍然口气平静地问："那么，你的考虑是什么呢？"

黄总看到大家的目光都投向了自己，心想既然话题已经挑了起来，索性还是说开的好，于是他心一横，坚定地说："股份我们可以保持均衡，但董事长一定要由我们来做。你们都是政府官员，经营上肯定不擅长，我怕你们做可能有问题。"

黄总的话音未落，就激起了千层浪，郑县长和张处长马上表态不同意。张处长话说得更直接："我们不懂经营？你知道我们一个处每年管理多少资金？我们一个地区工业一年都有好几十亿！我们怎么就不懂经营了？你要知道，虽然我们挂着政府的牌子，可我们也是国有企业，既然也是企业怎么可能不懂经营，不然我们每年这几十亿是从哪里来的？"

黄总听了对方的话，脸色也沉了下来，一时间，会场一下子充满了火药味。

王院士为了缓解气氛，赶紧打圆场："不如我们先不讨论这个问题，先来说说股份比例吧。这个问题我和张书记讨论过，科技公司占15%，余下的85%呢由你们两家来分，张书记的意见是你们占43%，黄总这里占42%，你们算相对控股，你们看怎么样？"

王院士的话让紧张的气氛稍微和缓了一些，钱副书记说："这个张书记和我也交换过意见，这点没有问题。"说完，郑县长和张处长也觉得这个比例可以接受。但接下来，会议流程却陷入了冷场，谁都不愿意再开头，每个人的心里都各自盘算着那个核心问题——谁来做项目公司的董事长。因为刚才的意见出入太大，弄得双方言语不和，所以而今大家都不愿意自己主动再提，而这唯一未能解决的问题，也一下子成了棘手的问题。

大家集体沉默了好几分钟，连身边人的呼吸声都能听得一清二楚，无奈之下，王院士问钱副书记："我看大家也都累了，要不我们今天先休会吧，明天再接着商量？"钱副书记马上就答应了，他心里也很清楚，如果继续谈下去，万一再出现刚才的状况对谁也不好，还不如先缓一下。

虽然话题没再继续，但晚宴的气氛却也没有因为大家的绝口不提而和谐起来，整个晚宴大家都觉得很别扭，厚德试着调解过几次气氛，但是效果不过尔尔，他心里清楚，谁来做董事长的事定不下来，大家就不会放下心来。晚餐草草就结束了，酒也基本没怎么喝。饭后王院士马上和黄总私谈了好一阵，黄总回到了自己的房间，立刻给厚德打来了电话，让他过来一下。

黄总一上来就问厚德："你看这个项目怎么样？"

厚德知道黄总担心的是什么，于是答道："项目肯定是个好项目，但股份、管理机制的事情不解决，那就不好说了。"

黄总带着气愤的口气说："是啊，你看他们这些政府官员，各个能吃好喝，大手大脚惯了，如果他们做了董事长，那还不是要把项目的钱都花在这上面啊。"之后愤恨地拍了一下桌子："如果他们不让我当董事长，我就不干了。"

厚德之前虽然也见过黄总的不悦，但是几乎没有见到过他这样发火，而从黄总的态度中厚德还读到了一个信息，那就是在刚刚黄总与王院士的私聊中，黄总并没有得到王院士在董事长人选上的明确支持。厚德赶忙对黄总说："您先别着急，不如我先了解下王院士他们那边的意思，我们再做讨论。"

黄总想了想，答应了下来。

厚德从黄总那里出来后，回到房间里自己静静思考了好一会儿，虽说是要了解王院士那边的意思，但他心里清楚，光了解是不够的，最好还能由此作为个突破口，让事情按着黄总的意思进行下去，所以必须要找一个适合的人选。想来想去，厚德想到了李院长。

李院长是厚德的老乡，是技术人员出身的正处级干部，为人正直、严谨但又深谙官场之道，性格也很稳重，看问题要比很多人全面，也正因此所以他深得王院士的器重。厚德想了想怎么措辞，之后就踱步出门，敲响了李院长的房门。李院长对厚德的到来很是热情，他泡了杯茶给厚德，还为两个人都点上了烟，在烟雾缭绕中，厚德率先开了腔。

"老哥，下午的情况你也看到了，现在黄总那边很纠结，说做不了董事长就不投资了，我觉得犯不上。"

李院长显得很吃惊："不会吧，真没想到黄总会这么生气，但是以目前的状况看，他做董事长怕是镇不住，王院士呢年纪大了，精力也有限，也不想做董事长，老弟，这事你有什么意见？"

厚德故意做出思考的样子，然后回答道："老哥你说得对，黄总是有些镇不住，但以后是股份公司运营，日常事务有总经理，大事才是董事长和董事会决定，我觉得如果选个合适的总经理能够把日常工作担起来，大事嘛有董事会决定，这样决策就不至于有太大偏差。可是目前东北这边虽然也都是企业，但全都是国企，跟咱们要办的公司经营还是有明显区别的，而且这些国企领导都还兼着县长、书记、处长，一旦他们工作上有问题、调动、升迁，对项目的伤害就很大了，频繁换董事长那肯定是没有好处的。"厚德说完这些后借着喝茶的机会，偷偷观察李院士的表情。对方眉头微锁，显然在思考厚德说的话，脸色也比刚才凝重了不少。

厚德一看对方对自己的话上了心，决定再借势加一把力："还有一点，现在是公司筹备阶段，一切肯定要像为自己家做事一样认真负责。黄总是民营企业家，钱都是一分一厘自己挣来的，他对自己的钱肯定不会乱花，这个阶段他这样的人显然是合适的。另外还有一点我觉得很重要，这也是我私下里最担心的，那就是现在我们既然选择在这里投资，最需要的是争取更多的优惠政策和用人上的得当，如果是他们自己人，在这方面肯定优惠力度要小得多，而且用人难免有所偏差。所以，并不是我向着自己老板说话，而是真的觉得黄总起码在目前是做董事长的最佳人选。"

李院长一听眼睛一亮："老弟，你考虑问题还真全面，而且有些事情也是我之前担心的，现在再经你这么一分析，我也觉得黄总的确挺合适。"

厚德马上谦逊地笑了，换了种轻快的口气对他说："老哥，不知道王院士那边是什么意见呢？我想恐怕他老人家现在也很为难，毕竟项目在人家地盘上，又有张书记的面子，他这个裁判肯定也不好当。"

李院长拍了拍厚德的肩膀，脸上带着了然于胸的神情："老弟，你的意思我明白，我会去找王院士，把我们分析的情况告诉他，我想为了项目，面子肯定要先放一放了。"

厚德和李院士又说了几句，就告辞离开了。根据他的推测，李院长肯定会马上去王院士的房间谈此事，但究竟会怎么说，王院士又会怎么回答，厚德也不确定。

第二天上午的谈判会议，王院士一上来就进行了发言，他并没提及董事长的事情，而是开门见山地这样说道："经过昨天一晚上的考虑，我认为我们这个项目如果要建设，一定要引入现代化管理的思路和概念，现代化管理的程序和步骤也不能缺失。我想我们要摒弃我们在行政管理中的一些观念，定官员、定调子、定方向，这个项目是要放在市场经济的大潮中接受检验的，那么我们所有的指挥棒就要由市场来决定。我不能说我年纪大了，就要说了算，就要一言九鼎，集体的决策才可能更少出现偏差和失误。所以我提议今天上午的议题我们改为确定项目在今后的领导班子，对于项目发展中的各项问题由领导班子集体商议确定比较好。你们各位看怎么样？"一下子所有人都很疑惑，大家似乎都不太理解王院士说出此番话的含义，除了厚德和李院长，没人知道他为什么一夜之间忽然有了这个想法。

钱副书记想了想，似乎明白了一些王院士话背后的意思，他马上配合着说："我觉得王院士说得对，市场经济就要由市场来决定，我们这些官员搞经济我看并非是强项，'闻道有先后，术业有专攻'嘛。"这一句话，看起来像是表态，但又像是附和着王院士客气一下，钱副书记不愧是老江湖，从来不会把话说得太满。

黄总一看，局势似乎在向着自己期望的方向发展，也马上表示支持王院士的建议。

王院士接着说："董事会的董事席位我看也设七席吧，我们技术人员占两席，黄总那里占两席，你们东道主占三席，大家有没有意见？"还没等有人作答，他就马上看着黄总笑道："其实最有意见的应该是黄总，他的股份比例比东北的合作伙伴就少了1%，但董事会的席位却少了一个。黄总，你会不会觉得我们技术人员要的席位太多啊？"

黄总脸上一红，说实话，刚刚听王院士的席位安排后，他心里的确是有些抱怨的，觉得自己方面的席位太少了，但是他转念一想，这或许也是王院士为了会谈顺利继续所做的一种平衡，所以他赶忙摆手说："不是的，这样可以。"

　　王院士一看黄总没异议，又笑着问大家："这样董事的席位是否就能定了呢？"

　　钱副书记点头说："我看可以。"郑县长和张处长也表示接受，黄总虽然心里还有些心疼自己少掉的那一个席位，但也表态没有意见。

　　王院士接着说："那我们今天就把董事名单确定了，后面的事情由董事会集体决策。"

　　大家又是一通赞同。

　　王院士接着说："我们技术人员方面，我提议由我和李院长担任项目公司董事。"厚德马上斜视看了眼没被提名的周教授，对方的脸上瞬间闪过了一丝诡异的神情，但很快就恢复正常了。

　　钱副书记说："我提议郑县长、张处长和刘县长作为新项目公司的董事。"其中刘县长是隔壁一个县的县长，曾经去考察过，但项目后来他没有参与。

　　钱副书记的话让王院士、黄总和厚德等人都吃了一惊，在他们的概念中，张书记既然全权授权给钱副书记来处理这个事情，董事的席位肯定是要留一个给钱副书记的，想不到他竟然没有这样安排。

　　王院士、黄总和郑县长、张处长自然劝钱副书记也做董事，但他的样子根本不像是客套，而是异常坚决不想做这个董事。

　　厚德起初也不理解，可他转念一想，其实钱副书记是对的。因为他一到那做了董事，那么职位自然在董事长的下面，而王院士肯定是不做董事长的，所以不管谁是董事长，他这个副厅级干部的脸上是挂不住的。还有一点，做董事长肯定是要负全面责任，钱副书记作为一个政坛老手，自然不会在一切都不明朗的时候冒这个险。

　　另外还有一层，官场的斗争是很微妙的。郑县长是钱副书记的人，张处长是张书记重用的，他推荐的刘县长也是他的人，他可以通过底下的两个县长直接对董事会施加影响而又不授人以柄。因此说，钱副书记的拒绝是很明智且有深意的。王院士一看钱副书记态度坚决，于是马上提议让他做名誉董事长，大家当然是一致拥护，钱副书记就这样半推半就接受了这个名誉职位。

厚德仔细一琢磨，名誉董事长和董事长虽然两字之差，但是这里面的学问其实很深，他心里忍不住感叹：政治就是政治，做企业的人，尤其是像黄总这样在自己的小天地里一言九鼎的人，很少能像那些玩政治的人将事情的每一个环节把握得这么精妙。

下面，就该轮到黄总指定董事人选了，不知为何，厚德觉得自己的心跳有些加速，而黄总略微思考了一下也开了口："我提议，由我和我的太太章总担任董事。"话一说完，厚德感到心里顿时疼了一下：为什么不是我，而是他太太？厚德极力掩饰着内心的失落和巨大的心理落差，他故作平静地抬起头，环视了一圈。

李院长、周教授、张处长、郑县长的脸上都是一脸的惊愕，而王院士、钱副书记则很平静，似乎什么都没听到一样。

王院士说："好的，我们董事人选确定了，那我们暂时休会，下午选举董事长。"

厚德从会场出来后，一直到下午开会前，都一直在极力掩饰内心的不快和失落。厚德的失神对那些官场老手来说，是不可能不被看穿的。晚饭时，李院长和张处长对他做了些安慰，而且还频频在饭桌上给厚德夹菜。

厚德表面上依旧谈笑风生，心里早已五味杂陈：为了这个项目，我付出了全部的心血，从接触王院士到熟识他，再到促成项目的合作，一直到昨天晚上还在为黄总而努力，可黄总呢，在最关键的时候还是选择信任了她的太太。不！与其说是信任他太太，还不如说他不信任我，不放心我！

厚德的脑子里又开始不断浮现出过去那些不愉快的场景，和黄总那些让人腹诽的表现。一种恨意从心底升腾而起：黄总，你既然不把我豆包当干粮，那么总有一天，你会为你的不信任和自私付出代价的！我不会恶意报复你，我也没有这么坏，我只是想让你明白，我以前鞍前马后做你的手下，处处维护你的尊严，我为的究竟是什么？我为的是得到你的信任，能够有一个平台去施展自己的才华。可你对我就只是利用，而且是彻底地利用！一旦达到自己的目标，第一个抛弃的就是我，因为我在你身边，对你了如指掌，所以我就成为了你心目中威胁最大的人。既然如此，从今天开始，我就不会再把自己仅仅当成是你的手下，而是科技公司的董事、常务总经理！于公于私，现在对我而言最重要的是项目，而再也不是你了。

厚德暗自下了决心，转变身份，就从这一刻开始。

从餐厅出来后，李院长来到了厚德房间，一见面就先递了根烟给他，之后拍了拍厚德说："老弟，想开点儿吧，其实我们大家都知道你为项目合作费了多少心，出了多少力，黄总这样做大家也都清楚他是怎么想的。算了，再怎么说你还是科技公司的董事、常务总经理呢，比你老哥我排名还靠前呢。"

厚德苦笑了一声，叹了口气说："老哥，我是真心支持、喜欢这个项目，甚至我觉得这个项目是值得自己用全部心血来付出的，可我现在，是有力也使不出来了。说真的，你也接触了黄总这么久，他这个人想必你也有所认识了。以他今天处世的格局和心胸来看，他来掌舵能不能让大家放心，都不太好说了。"

李院长点点头，说："是啊，昨天你说的那些话，我也给王院士说了，他认为你看问题很有见地，所以今天上午才有了选董事这出戏。但王院士恐怕也没有料到黄总会这么快就过河拆桥了。但老弟你放心，董事会不是黄总一个人，不是说大家都要集体决策吗？

他自己说了恐怕也不算。只是老弟你被排除在董事会之外，很多事再参与名不正、言不顺，就不是那么方便了。我看，我找王院士去，我提议你做总经理。"

厚德却摇了摇头："谢谢老哥的厚爱，但如果你要找王院士的话，我想总经理我是不能做的，因为有更合适的人员，要推荐我的话，不如就推荐我做董事会秘书吧。"

李院长听后先是愣了一下，思索片刻后猛地拍了一下大腿："对呀，我怎么没有想到，董秘最合适你。三方股东都信任你，你的能力又没有问题；董秘列席董事会，还能负责沟通协调股东间的关系，处理董事会的日常事务。你说得没错，还是董秘这个职位最合适你！就这么定了，我现在就去找王院士。"说完李院长就大步流星地出了房门，厚德看着他急匆匆的背影，心里有种说不出的滋味。

下午的会议按时召开了，大家坐定后，还是王院士先发言，他笑呵呵地说："今天是我最后一次主持这个会议，下午选举出来董事长后，我就不能再主持了。我们七位董事今天开始投票，选举董事长。我提议由厚总和小周作为监票人。黄总，您太太的票是否由您代投？"

黄总马上一脸堆笑："是的，是的，我代投。"厚德看着他一脸欢喜的样子，心中忍不住冷笑了一声。

投票开始了，其实过程很简单，大家将自己心目中的人选写在纸上，然后折一下交给厚德就行。厚德逐一打开选票，看到东北方面的三位董事写的都是郑县长，而王院士和李院长写的是黄总，黄总自己和为他老婆代投的票上，也不出意外地写着他自己的名字。投票结果一公布，厚德看得出，东北方面的人在听到这个结果后很吃惊，眼睛都不约而同地盯着王院士看。

王院士却像没注意到那些目光似的，沉稳地说："各位，我认为在这个阶段，黄总是最佳人选。他是企业家，比我们懂得市场经营和企业运作，而且他在东北，在我们的一亩三分地，他肯定是要公正、公平、公开地去做这个项目。考虑到这点，我们技术人员投了黄总的票。但是我想说的是，项目是我们三方面的项目，大事还是要由我们三方股东代表来决定的。请大家理解。同时也要对黄总说：恭喜您！您以后的担子就更重了，我这个老朽也要归您领导，您要努力，多、快、好、省地把项目搞起来，不要辜负我们大家对您的期望和重托。"

此时黄总的脸上早已经乐开了花，他站起来向众人挥手示意："我一定不辜负大家的期望，尽全力把我们的项目搞好！早日见到效益，让各位股东都满意！也希望各位股东都支持我。"底下响起了掌声，但这掌声并不热烈，反而带着种各怀心事的节拍。

黄总刚一落座，王院士又接着说："既然搞现代化的企业管理制度，我看还需要搞个监事会，我提议监事会主席由东北合作方委派，我们小周也加入，黄总方面也出一个人，三个人成立个监事会，你们看有没有意见？"大家齐声说同意，于是这事就算定了。

会议进行到现在，厚德的心里一直七上八下，心里忍不住嘀咕："李院长啊，老大哥，我的事你放在心上了没有啊？"

正在想着，厚德听王院士又开了口："我们董事会是由三方股东组成的，需要沟通、协调，另外以后我们还要有个总经理，但是总不能让总经理有点事情就向七个人汇报或者单独向董事长汇报，这样流程太烦琐，效率一定很低，而且也容易在决策上过于集中。所以我提议，我们最好设个董事会秘书，平常代表董事会和决策层协助董事长处理下日常管理事务，况且我们开董事会的时候，也需要董秘来做些文件和协调股东关系。"王院士说着，用询问的眼光看向每一个人，而大家也都觉得他的提议很有道理，所以纷纷点头。

厚德的心一下子提了起来，他知道李院长必然已经替自己说出了好话，"我们在座的各位平常也都有自己的工作，完全脱身搞这个项目也不现实。我的想法是，由我们年轻的厚总来担任我们的董事会秘书，大家看怎么样？"果然，王院长正式推荐了厚德，厚德心里感到了一阵放松，但又有些百感交集。

李院长一听，也马上说道："董事会秘书在现代企业，尤其是股份制企业中是必不可少的一个管理职能，它不仅要求人品好、业务精，而且要代表董事会行使一些职能和作用。厚总是管理学硕士，又是黄总那里的集团公司副总，本身又做过拟上市公司的董秘，而且年富力强，为人正派，我也认为厚总是最佳人选。"

张处长紧接着也表态："我同意。"

钱副书记一听，转头笑着对厚德说："厚总，看来你是跑不了了，那就对我们的项目多出些力吧。"厚德重重点了一下头，并且向对方投去了感谢的目光。

现在，只剩下黄总没有表态了。

黄总低头沉思了一下，之后抬起头严肃地说："既然大家都信任小厚，那我也无话可说，那就让他做做看吧。"

王院士听后笑了笑，然后一脸慈祥地看着厚德说："厚总，你可要努力做啊，现在除了黄总，你可要对我们大家都负责了。"

厚德使劲儿点了点头，然后站起来铿锵有力地说："谢谢各位的厚爱，我一定竭尽全力把工作做好，把项目搞好！"

散会后，黄总特意把厚德叫到了自己的房间，对厚德好一番千叮咛万嘱咐，什么"一定要尽心尽责"之类的话说了好几遍，当然，最重要的是话里话外不断提示厚德：记住谁是你的老板，你要为谁负责任。厚德心里飘过无数个"呵呵"，真是有些哭笑不得，千方百计不让我出头的是你，到了现在最不放心的也是你。再说了，你还有什么不放心的呢？我不还拿着你给的工资吗？

但表面功夫还要做，厚德尽力安慰着黄总，并且一脸忠诚地表态："您放一百个心吧，我一定会对您负责，对项目负责的！"

正好集团公司有事，于是黄总先回去，留下厚德在这里办理一些新公司注册的事情。王院士也因为有事情和周教授先回去了，留下了李院长在这里再勘察下T县的厂房、为工程设计服务。钱副书记指示张处长负责他们两个人工作、生活的一些事宜。而也就是在这段时间里，厚德和李院长、张处长成了非常要好的朋友，宛如一个"铁三角"。用张处长的话说："咱们三个人虽然年龄有差距，但是私人关系从今天开始就没有任何距离了。以后你们只要到东北，就都是我张某人的事情了，吃穿住行我包了。而要是到你们两个那里，老哥我也啥都不管了，都是你们的事了。""必须的！"厚德和李院长模仿起了东北腔，一时间大家谈笑风生，好不热闹。而后来的事实证明，他们并不只是嘴上答应而已，不仅是张处长自己，就连他的朋友来到厚德和李院长的地盘上，得到的也都是十分隆重和周到的接待。而厚德也正是通过这层关系，顺便结识了东北的好多县长、书记。

就在王院士和黄总走后的第二天中午，张处长没有亲自过来，而是派司机过来接李院长和厚德去吃饭。一开始他们并没在意，但车子开了一会儿，厚德发现车并没有在市区里开，而是直接往城外开去，就赶紧问司机："咱们这是去哪里？"谁料司机支支吾吾不肯说，只说这是张处安排的。

张处这戏唱的是哪出呢？还搞的这么神秘！李院长和厚德交换了一下疑惑的眼神，却都没再问些什么。

过了将近一个小时，车子停到了一处大院落前。厚德和李院长仔细一看，这里是一处庄园，有些类似于农家乐那种地方，但不同的是，这处庄园充满了浓浓的"革命"气息，挂的是"为人民服务"、"自力更生，艰苦奋斗"这样的标语，里面的服务员也全穿着红卫兵革命小将的服装。厚德心里的疑虑一下子打消了，原来这里也不过是个吃饭的地方。

厚德和李院长进去屋子后，看到张处已经在里面了。一见他们进屋，张处就兴冲冲地站起来迎接，厚德借着打招呼的时候用眼睛一扫屋子，发现坐了满满一屋子人，而且除了林副处长、宋科长在之前见过以外，其他的基本都不认识。

张处长对厚德和李院长说道："今天我带处里全体领导以及重要科室的科长来表示一下心意，两位兄弟这几天考察、开会也累坏了，酒也没喝好，今天没啥事，我们就开开心心吃个饭喝个酒。"

落座并彼此介绍一番后，张处就开始了敬酒。他端着一个"文革时期"常见的搪瓷缸子，里面有将近一满缸酒，然后依然和以前一样，先是热情洋溢地讲了一通，说这两位是南方来的贵宾，在我们这里投资，以后都是一家人。末了，张处还郑重地宣布："李院长是未来项目公司的董事，厚总是董事会秘书，又是科技公司的董事兼常务总经理，今天我们大家一起来敬敬新来的领导。"话音刚一落，他就把手中足有二两的白酒一饮而尽。

按照今天约定好的规矩，大家的酒也是必须干的。厚德一喝，就感觉这个酒非常烈，嗓子顿时像火烧一样，而咽下去后，更是感觉就像一团火正往肚子里流。但他还是强忍着勉强干掉了，在喝了一口茶冲了冲嘴里的辣劲后，才龇牙咧嘴地问张处："这是什么酒，怎么这么冲？比茅台劲还大！"张处笑着说："这几天茅台、五粮液喝腻了，今天我们换换，这个是东北特色的小烧，68度，当然比茅台更烈了。"

68度，厚德一听就有点晕，但这边他刚放下酒杯，还没来得及夹口菜，那边林副处长也站起来开始说起了祝酒词："兄弟，百年修得同船渡，千年修得共枕眠，从你一来我们这里，我就一直为你服务，这至少也是500年以上的缘分了，今天哥干了！"说完，他把和张处刚才差不多量的"小烧"也一口干了。

厚德顿时觉得头有点大，但没办法，既然对方话都说到这个份上了，厚德也只有干了，所幸这一回酒倒得并不多，只有一两左右。

厚德刚干完，张处便说："兄弟你先吃口菜，我和李院长再喝一个。"厚德赶忙抓紧时间吃了几口，为后面即将汹涌而来的敬酒做准备。

就这样，厚德和李院长两个人轮流被敬酒，每人干了都有六七两小烧，而张处也喝了差不多有半斤。

就在酒酣耳热之际，张处长发话了："你们这些老美女们，好好敬敬我两个兄弟。"他说的老美女，是指财务科长、计生委主任和工资科长。这三位都40多岁，但看起来都很飒爽干练。财务科长端着满满一搪瓷缸的酒来到李院长和厚德两个跟前，说了一大通客气话，说完一仰脖子，满满的小烧以"迅雷不及掩耳盗铃之势"倒进了肚子里。周围人一通叫好，非逼着厚德和李院长也干掉。

估计因为敬酒的是女性的原因，这一次任凭李院长和厚德怎么说大家也不肯罢休了，即便他俩说自己真的到极限了，大家还起哄地说："一人半缸总可以吧？"没办法，这半缸再不喝，估计脸都没有了。于是强忍着胃里的不适，厚德和李院长两个人各自干掉了半缸。

这边刚放下，那边计生委主任来了，而且是一样的套路：一大通客气话之后，又是满满一缸子酒倒进了肚子里，一样地被喝彩，一样地要求厚德他们再来一下。厚德看了下李院长，对方已经撑不住了，人都趴桌子上了。而厚德当时已经喝蒙了，酒劲已经上头，到了"主动要酒喝"的阶段了。一看李院长撑不住了，索性站起来说："我来替李院长喝！"说完端起李院长几乎满满一缸子酒，又"咚咚咚"地倒进了肚子里。

厚德只听得大家一片叫好，朦胧中刚要坐下，却看见工资科长也来了，套路肯定是一样的，这一次厚德还没等她把话说完，就起身口齿不清地嘟囔着"干杯！"之后就又把一缸子小烧倒进了肚子里。

那天之后的事情，厚德是死活记不起来了。只听林副处长说，他在干完最后一杯酒后，马上就倒在地上不省人事了，紧接着就开始狂吐。因为那天厚德都没吃东西，所以连胆汁都吐出来了。最后还是林副处长亲自把他一直送到了宾馆，然后抬上床。他担心厚德喝得太多会有事，于是一直陪着到了第二天中午。

厚德还听说，张处长在接到他们一行人的那天晚上就看出厚德和李院长能喝，而后来之所以这样安排，用他自己的话说叫："加深下记忆。"呵呵，东北人的确都是这样的，他们让你喝好甚至喝多，往往是没有恶意的，而是怕你没有喝够，没有喝好。在他们的概念中，不喝倒是不算招待好的。所以东北话里有这么一句："有菜无酒，扭头就走，有酒无菜，不算慢待。"而也正是从这天开始，厚德的名声在那个地区的科、处级官员中算是传开了，大家只要一说起他就是："这兄弟，太讲究了！是个讲义气的实在人！"

这场酒喝得还是很到位的，有位知名主持人说过："我不和两种人交朋友，一种是喝酒10次，每次都醉的，这种人自制力太差，太贪；还有一种人是喝酒10次，每次都不喝醉的，这种人不交心，不够朋友。"总之，东北这场大酒让厚德一战成名。

这次三方合作的项目的确很大，况且是由地委张书记牵头，钱副书记主管，三个正县级干部主抓的，合作伙伴规格也很高，其中副部级的王院士是个实打实的重量级人物。东北方面的朋友碰上对脾气的"讲究人"也是真心喜欢的。于是借着以上这些光环，厚德自项目开始实施后，在当地办事情便一路绿灯。

更为难得的是，厚德在东北找到了在自己家的感觉！

初现曙光

公司注册的前期工作用了三四天，之后厚德就和李院长离开了东北，回去继续进行设备筹备。按照协议规定，应该由黄总的公司和东北合作方共同出资1个亿，但是黄总没同意，他的理由是："现在公司才刚准备注册，还没有正式筹备，拿那么多钱放在账上也没有用，这样会让资金浪费。我看，不如双方先各拿1000万，只要够前期筹备买设备、维修厂房、平整土地就行了。"东北的合作伙伴和王院士一听，觉得黄总说得也挺有道理，也就同意了分期注资的办法。很快，双方各打了1000万，在地区首府所在地注册成立了一家公司，法人代表就是黄总。

而在东北方面，董事会成员确定后，执行层的管理人员都还没有确定，经过三方商定，决定先由张处长手下的财务科赵科长暂时代理账务和工商注册的事务。

厚德从东北回来后，很快两方的1000万都打到了注册账户，但是刚完成注册后，赵科长就接到了黄总的电话，说让把资金全部打回自己集团公司账户，自己现在要用，过两天再还回来。赵科长一下子也有些蒙了，搞不清楚这到底是个什么状况，但是既然是公司董事长发话了，她这个兼职"会计"不照办似乎也说不过去，于是赵科长连张处长都没汇报，直接就按照董事长的指示把钱打到了黄总集团公司账户。这下黄总可满意了，拿出了1000万，拿回了2000万，即便是放出去吃利息，也是笔合算的买卖。

而此时，厚德和李院长还在为了筹备设备而满中国跑。一方面，公司的核心设备——就是王院士中试使用的那个，因为对技术水平要求高需要找专门的厂家定制，在董事会召开后就已经给厂家下了订单，让他们抓紧赶制两台，发货前再付款。而除了核心设备外，还有很多辅助设备也需要采购、添置，而且全都是需要根据工艺的要求找专门的厂家定制。原本这件事情是李院长的任务，但李院长认为整个项目下来几千万的设备采购，他一个人担不了这个责任，非要拉着厚德，对此王院士也同意了，黄总自然也只得同意。就这样，一个对设备、工艺、技术、工程完全一窍不通的人，居然开始采购起设备了，而且，都是至少几十万一台的大家伙。"赶鸭子上架吧！行不行的也只能硬着头皮往前走了！"厚德心里如此自嘲着。

大约在他从东北返回后的第七八天，厚德分别接到了两个电话。一个是黄总的电话，说自己要去国外出差几天，让厚德有事给他打电话。另一个则是张处长的电话，他刚刚知道了黄总把注册资金划走的事情，于是打电话问厚德知道不知道，厚德表示自己并不知情，张处长于是发了几句牢骚就挂断了，厚德也没有放在心上。

又过了四五天，厚德和李院士在外地考察设备的时候，恰好王院士打来了电话，电话里表示："不太忙的话，你们就先回来吧，有事商量。"既然王院士开了口，两个人便决定回去一趟，看看到底出了什么非面谈不可的大事。

厚德和李院长以最快的速度赶了回去，并且直接就来到了王院士的办公室。

王院士一如既往地客气，一边亲自给厚德泡了茶，一边问："黄总去国外了？"

"是的。"厚德点点头。

"黄总把注册资金划走的事情你知道吗？"

"前几天张处打电话给我，我才知道。"厚德如实回答到，但他随即灵机一动，猜测王院士特意叫他们回来，想必也是为了这件事，于是马上又说："不过这样做恐怕有些不合适，东北那边好像很不满意，还打电话过来找我抱怨呢。"

王院士面色一凝，也点头说："是啊，的确不合适，而且打过去1000万，却拿走了2000万。"

紧接着王院士又说："东北开会结束后，大家一致决定设备要快上，赶时间，公司注册后再付设备款。当时是我出面打了招呼，所以对方才同意先生产的，否则按照惯例，不签合同、不付预付款对方是不会生产的。现在第一批两台设备马上要完工，我们连一分钱都没有付，这个事情你看怎么办？"

厚德听了，也不禁皱起了眉头，他想了想回答道："王院士，您看这样行吗？我马上和黄总通电话，把情况跟他讲清楚，看能否先把设备相关的款项解决了，至于与设备厂家的合同，等黄总回来我们再抓紧定。另外抽走注册资金的事情，我想这块需要和东北的股东协商下，大家拿出一个资金管理的办法，避免类似的事情再出现，您看可以吗？"

王院士听了厚德的话，神情舒朗了起来："好，就按你说的办吧。"

厚德一回到宾馆，就拨通了黄总的电话，对方一接通，厚德马上就把购买设备的情况说明了，又把东北方面和技术方对于黄总抽调注册资金的态度也婉转地表达了一下，末了，厚德告诉黄总，设备款是肯定要先付掉的，否则不仅项目时间要有所耽误，并且王院士和东北方面肯定也会更为光火，毕竟以后合作的时间还长，打交道的机会多着呢，还是搞好关系为宜。

黄总听了后，有那么半分钟没说话，之后才有些不情愿地说："好吧，我去通知集团公司的财务，先筹200万打回东北，把设备有关的款项付掉，其他的等我回来再说。另外你要写个付款说明，让王院士签字确认下。"

厚德口中答应着"好"，但心里却有些不爽，他不知道黄总让写这个是为了规范手续呢，还是不信任自己？是为了防着厚德"扯着虎皮当大旗"呢，还是想让东北合作方理解呢？厚德思来想去还是有些费解，索性不去想了，先把钱的事办妥了再说。

挂上电话，厚德马上将情况反馈给王院士，王院士还是挺满意这个答复的，随即告诉厚德要盯紧这件事情，直至处理结束。第三天，在厚德的"一路紧盯"下，首批设备款打到了设备厂家那里，这件事暂时算是平息了，厚德和李院长又开始满中国地去采购设备了。

但厚德心里隐隐有种预感，黄总回来后，这样的平静恐怕是难以持续下去的。

果然，在黄总回来的第二天，东北方面的电话也紧随而至，提议三方股东马上到东北开会，厚德也在第一时间接到了通知，随后黄总也打来电话，让他先放下手中的工作，马上直接飞往东北。

接到通知后，厚德琢磨了好半天，在他看来，此举肯定是东北方面得到了王院士的同意的，否则电话中召集开会时的态度不会这么坚决。但是，会是什么事让他们这么着急呢？厚德在心里想着，不由自主地拨通了正在另一个城市的李院长的电话。令人费解的是，李院长居然也不知道此次会议的主题，只说王院士通知他时，他特意问了下，王院士回答他说东北方有事要商量，等大家到了再说。

挂掉了李院长的电话后，厚德陷入了思索，看起来，这次去东北开会绝不是歌功颂德唱喜歌那么简单，说不定是有什么比较严重的事情发生了。而刚刚在电话里，黄总的口气满是志得意满，也难怪，他刚刚荣升董事长，身后还管着院士和一堆县长，说不定他还想在董事会上摆摆谱，只不过这一次黄总恐怕真的忽视了这帮子天天搞政治的人的智商，董事长，董事长，不懂事的话，这个长是那么好当的吗？

厚德抓紧时间赶到了东北，下了飞机，一如上次的热情，而黄总也在不久后到了，大家在驻省办简单吃了顿晚餐后，就匆忙乘火车赶往项目所在地。一路上，大家对项目的事情只字未提，只是谈未来，谈愿景，实际工作情况一句都没有涉及。

第一次正式的董事会会议，就在大家全体到场后的那个上午召开了。钱副书记作为名誉董事长列席会议，同时列席的还有 T 县的几个副县长、地区工业处的林副处长、宋科长、财务赵科长，可以说阵容很强大。

会议由黄总主持，黄总首先一脸喜悦地通报了新公司注册的情况，可还没等他往下说，郑县长就开始发话了："黄总，按照我们原来的设想，双方共同拿出一个亿就完事了，可你说目前在筹备阶段，不需要那么多钱，那么双方先各拿出 1000 万。但我听说，这 2000 万注册完你就给调走了，现在账上一分钱都没有，你说这是怎么回事？"

黄总一脸堆笑地回答："现在的确不需要那么多钱，都弄成注册资金在账上趴着，不是浪费吗？我集团公司前几天正好有个资金缺口，我就先把钱打过去用几天。这边项目需要的话，我随时可以打回来，这不，前几天设备需要用钱，我已经安排厚总打了200万，把设备款都付了。当然了，我那边用钱也不白用，我会付利息的。"

张处长一听，马上接过了话："运设备的车子已经在东北境内了，这两天马上到，设备一到，我们马上要安装。现在厂房和土地使用方面，我们手里没有任何手续，都是我们地区工业处担保，加上郑县长拍板我们才能够先使用的。现在整修厂房是我们工业处派人，拿着我的工资来干的，除了财务人员，其他的还没有说法。公司是成立了，可除了董事会成员，从总经理到中层干部再到基层员工一个都没有确定，你说这设备一来，要安装、调试，找谁去？现在各项设备合同没有签订，辅助设备的到位除了考察外，一点都没有落实，你说这样的速度下去，项目要什么时间才能投产？"一系列的问题像迫击炮一样落在了黄总的头上，他刚开会时的矜持和董事长的"谱"，一下子烟消云散，只剩下满脸的错愕和尴尬，会场也因此陷入了短暂的沉静。

沉默之际，钱副书记不愧是老练，他率先发言替黄总解了围："我说你们几个也别这么急，心急吃不了热豆腐，一口也吃不成胖子嘛，现在项目进展有些慢那是事实，设备不是还没到吗？这不黄总刚从国外回来，也没休息就赶来了，我看人员、合同的落实也没耽误太多的事情嘛，这些事情要弄也是很快的。至于资金方面，黄总说了，先用用，还付利息，大家都是合作伙伴，是一家人了，不至于弄得这点情分都没有。不过呢，黄总，我理解你很忙，但你现在也是我们新公司的董事长，你总要多花点心思在我们项目上啊，这里也是有你一份的。这个公司不像你自己的公司，想咋弄没人管，现在咱这个公司是三家合作的，你调钱总要打个招呼，我们不是有董事会嘛。政治局还有个常委会，大事还是要商量下的，黄总，以后牵涉大事我看你还是和董事们商量下。当然了，我这个名誉董事长只是列席董事会，也不是董事会成员，我只是多说几句，最多算个人意见吧，你们参考。”

钱副书记这段话真的很高明，既没有让会场太尴尬，又点出了目前项目存在的问题，顺便委婉地批评了黄总，同时也维护了己方的利益。

王院士听了也频频点头，柔声对黄总说：“我看钱副书记说得挺在理。”

此时此刻，黄总感觉自己就像个木偶，被人牵着，却又挣脱不了，心里挺不是滋味，但又只能同意。这一番对话下来，他之前摆谱的想法顿时都没了，只能红着脸说：“对，对，我这边也安排好了议程，我们大家讨论一下吧。”

接下来，黄总说了自己对项目的总体安排。大概内容就是设备马上就要到了，需要立即安排人员组成各级团队开始动工，设备合同要抓紧签订，辅助设备都要尽快落实等。厚德看得出，大家对黄总说的这些东西根本就不感兴趣，黄总根本不知道各位董事们目前关心的只有两个问题：人和钱。

以厚德在民企和国企工作的经验，这二者在经营思维上是有很大差异的。就拿这个项目来说，国企领导人的思维是“这么好的一件事情谁来干会很好”；而民企老板的思维通常是“怎么干才能更好”。其实有这样的差异是正常现象，只要站在对方的立场上思考一下，就很容易理解。国企是国家的亲生孩子，根本不存在资源紧张的问题，他们本身就是垄断阶层，他们把事情干好的最重要的核心是谁来干更适合。这个“适合”的意思是多重的：一是干事的人是自己一派的，即便不是自己一派的，也至少不是自己的敌对派

196

的；二是这个人要确实具备适合项目需要的基本素质，比如要有专业知识、管理经验等；三是这个人要好控制，没有太大的性格缺陷，至少不至于出太大的乱子。而黄总这样的民企老板们做这个项目，首先要考虑的是通过什么方式来搞成，其次就是如何以最低成本获得最大效益，然后才是管理这个项目的人要可靠、忠诚，到了最后才会考虑这个人的专业素养和能力等。

厚德想的这些并非没有道理，很快，在会议上就又出现了不和谐的画面。

黄总在谈论时，提出了一系列问题，比如机器设备到了后要放在哪个车间，放在车间的哪个位置，工厂里还需要添置哪些物件，其中哪些物件是现有的东西能改造好的。

黄总滔滔不绝地说着，却没发现坐在对面的张处长早就听得不耐烦了！张处是张书记一手提拔起来的，也是张书记眼前的大红人，而且由于是当兵出身的关系，他性格爽快，大气，对黄总这些絮叨的事情他根本不关心，在他的心目中，董事们是要干大事的，是要挥手拍板、决策的，这些细节最多是总经理，甚至是技术副总或技术人员要干的，根本不是董事会要来决定的。听着听着，张处长忽然一拍桌子，发飙了："黄总，你说的事情本身我认为没毛病，可现在的问题是谁来干，而不是怎么干的问题。你说得再好，总不能我们几个去车间弄吧，现在项目公司也成立了，可除了我们这几个董事，连会计都是兼职的，我认为目前当务之急是把人员，尤其是干活的人员确定下来，没有了人，什么事都是瞎扯！"

黄总的脸一下子红了，被人这么拍着桌子挑毛病，任谁的面子也过不去，他红着脸辩解："事情怎么干不定下来，选人有什么用？"

张处一听，更不客气了："选人有什么用？我张某人什么都不会，大兵一个，读书就上了高中，可我这么多年就是懂得做人、用人，才到了今天，虽然谈不上有什么成就和作为，至少在自己的岗位上也是做出了成绩。你说的这些事应该是技术人员干的，我们都干光了，他们干什么？再说，我们又不是搞技术的，我们有他们懂吗？别忘了，这是人家吃饭的饭碗！你要相信别人的专业！就像我们相信你一样，你是做大买卖的，企业董事长，我们就相信你才选你做的董事长！"说完之后便很是不屑地扭过头去，不再多看黄总一眼。坦率说，张处长这番话说得挺重，把黄总噎得一时连话都接不上，只能干咽吐沫，张口却发不出声。

　　黄总是从一个技术人员出身，一步一个脚印打拼到今天的，对于他而言，每件事都是自己亲力亲为做出来的。从产品的定位、设计、研发、生产到销售，乃至于售后服务、财务、融资等，他全程参与，以至于他现在虽然贵为集团公司的董事长，但依然保持着"一竿子插到底"的工作作风，凡是他看到、听到、想到的事情就一定自己要弄懂、弄会。但是最致命的一点在于，他永远相信自己是对的，而别人在他眼中要么是不懂，要么就是不尽心。他这样的人，应该可以代表很大一批民营企业老板，尤其是中小企业的老板。在他们的心目中，自己做的事情，哪怕是错了，也是正确的，因为那是自己做的；而别人做的事情，哪怕已经非常好了，他们认为还不够好，因为那不是自己做的！

　　上午的会议颇有些不欢而散的意味，争到最后，大家同意下午先把人事的问题确定后，再来谈论其他的事情。

　　下午的董事会刚一开，黄总就提出以自下而上的方式确定人员，就是先确定基层员工的待遇和标准，然后再确定中层，最后是高层。大家对此也没有反对。继而黄总提出月工资按1500为中间线来确定基层员工的工资水平，即服务、辅助人员略低于1500，技术工人、财务等专业技术人员酌情提升。

这个提议首先就遭到了郑县长的反对。

郑县长说："现在我县里一般的工人也就七八百块钱一个月，你工资定得这么高，我县里的工人都来你这里了，县里其他厂子怎么办？"

黄总说："我的目标是把项目做成最优质的项目，一定就要用最好的工人，我提供的工资水平肯定是要有竞争力的。在我们沿海地区，别说这个工资，就是2500元都很难招到人了，这个工资水平不算高。"

郑县长坚决不同意，因为他是真的怕其他厂子的工人都来这里工作，会导致其他企业无法再继续经营。争论不下时，钱副书记和王院士发话了，表示综合郑县长和黄总的意见，工资可以略高，定在900元左右，这样既有竞争力，企业成本负担也比较轻，还不至于影响 T 县的大局。这样的结果，大家算是都接受了。

而中层干部的问题，大家很快就达成了一致，就是由县里和地区工业处的几位科长来担任。一来这个项目是地区工业处牵的头，还是"书记项目"，工业处必须要代表地委来参与，二来 T 县是投资方，也必须要选派管理人员参与项目。郑县长和张处长马上拍板：选派人员来公司，原有的干部身份保留、级别保留、工资保留，一切待遇不变，在项目公司服务期间，按照项目公司的管理制度来进行管理。黄总说："那我们公司就意思一下，按照级别每人每月发放3000元左右的津贴。"这个提议得到了大家的一致赞成。而最后的一项工作，也就是最重要的总经理人选问题，大家却没有达成协议，黄总刚提出议题后，会场就陷入了一种奇怪的沉默，大家都没吭声，更没有表态。最后还是王院士提议："今天休会，明天再定。"

第二天早上，大家早饭后来到会议室继续开会，而这一天会议的目的很明确——确定项目公司的总经理。和昨天一样，会场从一开始就陷入了沉寂，大家似乎都各怀心事，谁都没有发言。王院士一看，只得先开口："我说大家都有什么意见谈一谈，不要紧，大家可以把想法说出来讨论一下嘛。"

李院长听了这话，先表了态："我觉得厚总挺合适，我提议由厚总担任我们新公司的总经理。"

黄总听了，却马上跳出来反对："厚总不合适，他不懂技术、生产，项目筹备阶段一定要找个懂生产和技术的人来担任。"

张处长这时也说话了："厚总不懂技术、生产的确是个弱势，可厚总年富力强，理解能力好，又爱学习，我看可以考虑，大不了配个懂技术的副手协助他就行了。"

黄总还是摇头："那绝对不行！工厂的总经理怎么能不懂生产和技术呢？我们要找的是个干活的，不是来指挥的。"

张处长一听就不乐意了："那按黄总你的意思，一把手都要技术人员喽，那我们这些大老粗当处长、县长的都是不称职的了？"

黄总慌忙解释："我不是那个意思，你们是政府官员，当然可以不懂技术，我们是民营企业，一定要能干活才行。"

他们的争论厚德听在耳朵里，痛在心头。厚德简直想站起来直接告诉黄总：该说你是傻还是精明？三方合作的项目，你的人做总经理你不同意，难道别人做了对你就好吗？厚德喜欢读历史，他太明白黄总这种心态的由来了，"宁予外戚，不予家奴"，过去封建王朝的那些统治者们就是这样：喜欢颐指气使、为所欲为，喜欢指使奴才，不愿意讲道理。在决策中从不听多方面的意见，即使是非常愚蠢的决策仍然强令推行，结果捅了一个又一个危害或大或小的篓子，甚至有些就是灾难。而这些人对于自己的错也不愿承认或纠正，假如管理不犯大错还好，一切还能勉强相安无事，但一旦大错发生，危机来临时，就只能本着"宁予友邦，不予家奴"的原则，极尽屈辱之能事，就像古籍中写的那样："尽中华之物力结与国之欢心。"如果统治者不喜欢外交倒还好，喜欢的话，则最终没有主子也硬要给自己找来一个主子，这给上到国家和民族，下至自己管辖的部门带来不可预料的祸患。

厚德的思绪又重新飘回了会场，他压抑着内心里的波澜起伏，表面上装作岿然不动，只静观事态的发展。

此时争了几句后，会场又陷入了沉静，关键时刻，又是钱副书记开口打了圆场："你们两个说得都有道理，为工作大家有分歧很正常，不过你们这么一说吧，我对总经理岗位的素质要求反倒更清楚了：专业知识、领导力、沟通能力、学习能力都要有，照我看呐，还要能和基层群众打成一片，我们的项目还要依靠群众嘛。大家再集思广益，解放下思想，我们举贤不避亲。"

就在大家谁都不吭声的时候，突然之间，厚德开口了："我推荐林副处长。"在场所有人都很吃惊地看着他，等着他说出推荐的理由。

厚德接着说："林副处长是本科毕业，又常年分管科技推广工作，专业能力方面没有问题。并且从一开始接触项目到现在，我感觉林副处长对项目的态度很积极，认识也很全面，还有一点，林副处长是基层科技人员出身，走上领导岗位很多年，具备领导者的素质，同时也比较了解基层的情况。所以我认为，林副处长现在是最合适的人选。"

厚德说完，大家还是一片沉寂，但很明显，每个人都在认真思考着厚德的建议。应该说，厚德提出林副处长这个人选，大家还是能接受的，至少是不反对。林副处长是东北方的人，东北方面就不会提出异议，即便是个别领导对他不满意，但目前他们也没有合适的人选。此外从黄总的角度上来说，林副处长为人谦和、积极，对他并没有像一些干部那样强势、霸道、难以驾驭，换个角度来看，这样的人群众基础也不错，能为人。而且也确实如厚德所说，林副处长是科技人员出身，对项目、工程、设备还是比较通的，和科技人员沟通没有问题。当然，厚德之所以会推荐林副处长，还有个私人的原因，林副处长从一开始就负责对厚德的接待，包括上次厚德喝醉后，还是林副处长照顾了他一整夜。人都是有感情的，厚德肯定也不例外。

果然，厚德提出的人选大家还是一致认同的。王院士代表技术方表示了认可，黄总也点头同意，钱副书记看了看郑县长和张处，见两人没有异议，也表示自己没有意见。而此刻，林副处长就坐在厚德对面会议桌后的旁听席上，当厚德的目光扫过他时，看到对方也正望向自己，眼中透着说不出的感谢。

黄总这时候发言了："总经理的人选大家没有异议，我们就确定了。关于总经理的待遇问题，厚总你在会后根据前边员工的标准草拟个方案，我来看下。林副处长，应该叫林总了，下面就需要你尽快将中层干部定下来，你提名，我们敲定。员工招募的工作你也抓紧进行，会后你和厚总一起草拟个方案给我看下。下午林总陪我们各位董事到现场看下，就具体问题我们再讨论、安排。上午各位董事看还有什么事吗？"

张处长开了口："黄总，我觉得财务问题我们有必要讨论一下。集团公司资金使用和财务报销总要有个规范，各级管理人员有个什么权限，总不能都等你董事长几个月来一趟再来签字吧，接下来筹备阶段要花的钱会很多、很杂，另外你做董事长的，总不能一个电话就把账上的钱说转光就转光，这可是三方的钱啊。"

李院长看了王院士一眼，也开腔了："张处说得对，总经理我们有了，其他人员按定下来的标准执行就行了。财务上我想也有必要定个制度出来，我和厚总看设备也看得差不多了，有些就要签合同了，到底是董事长签还是谁签？总要定个办法出来。合同一签，就要牵扯到付款，这方面也总要有个制度，免得后面有扯皮和纠纷。"

一说到钱的问题，黄总的脸又红了："当然可以定个制度，我的意见是，设备由李院长你去代表董事会去签，毕竟你是内行，付款按行业内通行的做法就可以了。"

李院长说："如果要我签，我想董事会要给我个说法，我的意见是做个议案，由董事会或者你董事长授权我来代表新的项目公司去签。此外我建议由我、厚总和林总经理三人组成个设备采购小组，我任组长也可以，否则光我一个人，数千万的设备采购责任我一个人担不起。"

李院长提出这点，厚德是很赞同的，几千万的设备去采购，责任是很重大的，手续上万一不健全，或者订了货你们不认，甚至中间有什么差错，责任谁来担？另外为了避嫌，李院长为三方都找了代表，这个考虑在厚德看来也是很全面的，出了问题谁也别说谁。厚德在心中不禁为李院长的提议叫好，当然他也很感谢李院长，采购这样的"肥差"都没有忘了自己。

黄总和大家也觉得李院长的提议不错，于是都同意了，黄总指示会后厚德做个设立采购小组议案，由他来签发。

下面，就该到了必须要解决的财务管理问题了！

张处长对于黄总想要避开话题的态度不依不饶："我看这样吧，我们定个标准。厂里日常报销一万元以下的由总经理负责，一万以上、十万以下的由董事长签字，超出十万的董事会决定，你们看怎么样？"

技术方马上表示了赞同，黄总心里其实有一万个不高兴，但看着眼前的局势并不利于自己，也只得忍痛同意了。张处长又接着说："黄总，你用的钱也尽快打回来吧，我们人马都有了，粮草也要跟上了"。黄总能说什么呢？只有点头答应下来。

至此，董事会终于算是圆满结束了，接下来，就要投入到轰轰烈烈的筹备过程中了。散会后，厚德看着黄总有些落寞的身影，猜想直到此刻，他恐怕才真的明白了"势单力薄"四个字的含义。黄总也许会想不通，以前做企业的时候，天天看政府机关的脸子，那是受人管，没有办法，可是到今天，这些县长、院士都成自己手下了，为什么还不能管住他们？为什么还处处受掣肘？

但厚德没心思再去揣测黄总的想法了，更加忙碌的工作正在等着他。

董事会开过后，黄总和王院士一起讨论了设备、技术上的一些问题后就先行离开了，厚德和李院长、林总就下一步的工作安排进行了细化。先是中层干部得到了确认，由东北方面派了两位科长来兼任，一位管行政、后勤、采购，另一位管生产、工程、安装；财务、人事工作由总经理直管；基层员工也招募了一些，都是以前东北方面工厂里下岗或退休的，这些人在技术方面的素质还是很强的，毕竟是国企干了几十年的技术工人，而他们得到这份工作也很开心，毕竟这里不像在南方，工作机会是很有限的。

安排妥当后，厚德和李院长再一次开始满世界地去采购辅助设备，下一步的目标是30天之内辅助设备到齐，和已经到来的主体设备一起开始安装。

接下来的两个月内，一切都按部就班地进行。厂房整理、土地平整，新到设备的安装、调试，同时辅助设备不断到位，产品生产线逐渐齐全。王院士那边也不断传来好消息，某省委书记支持他在此项目上开发，无偿拨付了500万作为科研经费，东北某省的副省长给了800万的资金支持项目发展，国家部委的领导更是给了1000万的科研经费支持王院士的项目。

而对于厚德而言，这段时间的日子也比较好过，黄总集团公司的事务基本上不管了，每天出差什么的也不用再跟黄总打招呼，完全可以自己决定或者和李院长商量着来。设备采购方面，李院长负责技术、工艺方面的事情，商务方面的诸如付款条件、期限、质保金、质保期什么的都是厚德负责，两人配合得相得益彰，天衣无缝，在这段时间内，他们结下了深厚的友谊。

　　而在项目方面，林副处长干得有声有色。一方面技术、工程上他和技术人员沟通得比较好，筹备的各项工作进行得比较顺利。而在管理方面，林副处长和底下人的关系也挺不错，除了有位科长因为不服气而给他的工作造成了一定麻烦外，其他还算顺遂。而那位科长，也在厚德的帮助下想办法拿掉了。进展有条不紊，障碍扫除干净，试产的日子马上要到来了。

急转直下

试产的那一天，董事会全体成员全部到齐了，同时还来了很多省市领导。县里对于试产也相当重视，从宾馆去厂区的路上都进行了封路，并且一路有警车开道。

林总和全厂上下都很紧张也都忙碌异常，在此之前，他已经三个通宵没有合眼了。而厚德和李院长也是一直在现场协助试产前的准备工作，每天也都是直到深夜才回去。大家齐心协力，就是为了等待这个激动人心的时刻到来，所有人都在翘首盼望着试产成功的喜讯。

试产当天的上午9点18分，王院士、黄总和郑县长三个人同时摁下了启动键。伴随着火苗的不断升腾，发电机也开始轰鸣了，这种噪音此刻听在大家的耳朵里却是无比美妙，就像战场的冲锋号一样，吹响了每个人心中成功的乐章。

但随着刺耳的"嗞"的一声，大家全都吓了一跳，美妙的乐章刚刚演奏了一个小节，就停止了。

"怎么回事？怎么回事？"大家全都一脸焦急地互相询问，然后集体把目光投向了王院士那里。王院士也很惊讶，但仍然不失镇定地安排李院长和周教授立即去发电机车间进行检查，随即又让林总去燃料车间及辅助车间进行排查。随着几个人匆匆而去的脚步，大家的心也都一下子提到了嗓子眼，全都聚在车间里没有散去。

过了一会儿，李院长和周教授回来了，故障原因基本搞清了，是因为发电机热量不够才导致停机的。林总一会儿也过来了，他那里也找到了一些原因，很可能是前道辅助车间的干燥机运营出了故障而导致燃料含水量过高，最终导致产生的热量不够，发电机停止工作。王院士听后轻轻叹了口气，随即让林总先把设备停掉，然后全体技术人员到会议室开会，全体董事也要一并参加。

会议的气氛是前所未有的凝重，会上王院士详细询问了技术人员在点火运行前的准备情况，以及设备运行中的各项参数，周教授和李院长也对相关的技术情况和准备情况进行了了解。大家讨论了一会儿后，王院士又安排周教授、李院长和林总带领技术人员再到现场立即对运行的各个环节进行排查，并说明排查结束后大家还会再召开会议，一起查找原因并商谈解决方案。

厚德和黄总一起回到了宾馆房间。黄总在路上一直阴沉着脸，一言不发，厚德心里知道，黄总对这次试车失败很是恼火，他大概心中正在懊恼："我投入了这么多钱，怎么会投向了一个这么不成熟的技术呢？"

厚德不想引火烧身，于是故意没多吭声，直接到房间里睡了一觉。下午他和黄总又去现场看了看，看到周教授、李院长他们正在和各项设备的技术人员紧张忙碌着，黄总沉默地看了一会儿就出来了。出门后他对厚德摇摇头，脸色阴郁地说："等晚上开会的时候再说吧。"

晚饭刚一过，宾馆会议室里就灯火通明起来。李院长、周教授、林总等分别把排查出来的问题进行了说明讲解。随着他们的分析，问题逐渐明朗起来，主要在于东北的气候太冷，设备在低温下运行和在南方中试的外部环境条件发生了巨大的变化，导致主体设备在运行中出现了不稳定，同时辅助设备在和主体设备连接中由于技术参数的不稳定，导致不匹配等。王院士听后思索了一会儿，便马上布置了下一步整改的方案和措施，技术人员们随即全都先行离开了会场，屋子里一时间只剩下了各位董事和林总。

技术人员刚走，黄总就忍不住发话了："林总，设备安装的过程中，你们没有研究设备的技术参数吗？你们在设备的试运行中有没有记录？怎么到今天你才发现这样的问题？"一连串的问题咄咄逼人，大家听得出，他的心中对此很是不满。

一向在董事会上被人"批斗"的黄总，此刻真是尽显了他身为董事长的威风，盛气凌人地开始了发问。而林总呢，也对此一一耐心地做了解答。

黄总听着听着，随即又像忽然想起了什么似的，说道："昨天我来的时候，看见你们的食堂伙食也太好了，六菜一汤，三个荤菜，我们项目还没有投产，这样吃下去还得了？"

林总赶忙答道："最近技术人员都在这里，人比较多，菜也就多些，另外您不用担心，肉是郑县长和张处长派人慰问送来的，不是公司经费里出的。"

黄总一听肉是别人给的，气算是消了些，脸上的表情放松下来一些，但嘴里还嘟囔着："那也得注意，以后节约点。"

厚德心里有股说不出的滋味，既为林总捏一把汗，又对黄总事无巨细地挑刺感到脸红，他这时忽然发现，王院士正紧绷着脸，一句话都没有说。

这时候，钱副书记开口了："项目试产出现问题，我看也是正常的，毕竟东北的气候条件和南方相比是有很大不同的。另外，我们整套设备全是新生事物，包括我们的工人都是第一次接触这些大家伙，肯定会有些陌生。现在出现了一些状况，我看也不是多大的问题，方法总比问题多，我们想办法解决就是了嘛。"钱副书记的话一下子就缓解了会场的紧张气氛，王院士的脸上也有了些许的松弛。厚德心想，这位老院士一辈子严谨做学问，现在出现这种状况，他的心里肯定比谁都难受。晚上，厚德来到了李院长的房间。看得出，李院长心里也不舒服，情绪有些低落。厚德不停安慰对方，李院长的心情才稍微好过了一些。就在两人在沙发上抽烟、谈话的时候，李院长突然问厚德："老弟，黄总拿到的科技公司股份，有没有分你一些？"

厚德苦笑了一下说："我倒是想要，可你看黄总的为人，他能给吗？"

李院长点点头，叹了一口气道："老弟，通过这几个月的接触，你们黄总的为人我们也都了解了，大家怎么看他的，相信你也看出来了，说真的，如果不是为了项目，谁会搭理这样一个小气、刻薄的人！你看今天他在会上发的脾气，表面上是在苛责林总，但其实是针对我们，尤其是对王院士的。老院士今年都70多岁了，啥场面没见过，今天黄总这么一弄，我们大家都没有面子。反倒是对你，大家还是很欣赏的，王院士、周教授和我也谈过几次，大家打心眼里喜欢和你打交道，也希望你能在项目中发挥更大的作用，当然，还希望你能得到更多一些利益。这样吧，等我们调试成功，我就和王院士说说，到时候大家匀一点股份给你。"厚德一听，大为吃惊，感动得张口结舌，半天才握着李院长的手，郑重地感谢。

这一次的董事会结束得很快，接下来的工作内容布置得也很明确，那就是全力以赴调试设备，解决在试产过程中暴露出的问题。

黄总因为公司有事，第二天就回去了，厚德和王院士、李院长、周教授几个人又待了几天后才各自离开。而针对此次辅助设备暴露出的问题，厚德和李院长还要奔赴各个生产厂家，督促他们及时、保质保量改进设备，王院士、周教授则还要针对主体设备中出现的问题，进一步研究找出对策。期间，因为地委张书记视察，董事会成员又委派厚德到了现场，代表董事会对项目做了汇报，地委张书记对厚德的汇报和项目未来的设想相当满意。

只是连厚德自己都没想到，这次汇报，伴随的是项目上的巨大变化。

首次试产大约两个月后，之前出现的一系列问题也基本上得到了解决，因此王院士提议在项目正式试产前进行一次项目评审会。王院士的提议得到了大家的赞同，于是，项目评审会很快召开了。

评审会可谓阵容强大，7个评委中有5个副部级的干部和科技人员，还有两个省的科技厅厅长。同时，王院士又邀请国家部委的部长带着主要司局的一把手司局长，也来到了现场，希望借此得到国家部委的进一步支持。

让所有人欣喜的是，这次活动做得都非常成功。项目评审的结论是：科技思路世界领先，设备和工艺世界先进，在国内首屈一指。而国家部委的领导们过来看后，也纷纷表示愿意给予支持，尤其是科技司的司长，当时就表态在符合国家政策的前提下，会给予最大限度的支持。与此同时，郑县长所在的县也一下子成了明星县，来了这么多的名人、要人，他这个县长脸上顿时添光不少，实实在在地给县里增加了很多实惠和便利。

项目万事俱备，只待成功！

但黄总在这段时间里的做法，却令大家感到非常怪异。他经常自己一个人来到现场查看，有几次被林总碰到时，身边还带着一位陌生的老人。后来大家才知道，那是黄总找来的一位教授，这位胡教授是黄总创业后多年的合作伙伴，并且研究领域和王院士他们相似，只不过没有王院士那么精深。

林总和东北方面的合作伙伴也问过黄总，带这位胡教授来是什么用意，每次黄总只是呵呵一笑："来我们项目上帮忙看看能不能解决下问题。"东北方面的人对此颇有异议："技术上能比王院士还专业吗？用得着让他来吗？王院士知道后会认为我们不信任他，对项目不好。"

而黄总则会回答："科技就是这样，有时候当局者迷，旁观者清，胡教授从侧面看看，也许更有利于我们尽快解决项目中遇到的问题。另外也是让胡教授来学习下，我集团公司的设备和这个差不多，看看能不能从这里得到一些启发。放心吧，这个设备是申请过专利的，别人也仿冒不了。"他既然这么说，东北方面的合作伙伴也不好再多说什么，林总只是偷偷地告诉了厚德黄总每次来的行程。无论是林总还是厚德全都知道，这事绝对不能让王院士知道，否则王院士难免会有不好的想法。

日子就这么波澜不惊地过去了，直到有一天，厚德接到了一个电话。

电话是林总打来的，一上来，他先是一反常态地小心翼翼问厚："兄弟，你现在忙不？"听那口气，似乎有重要的事要宣布。

"不忙啊老哥，有事吗？"厚德赶紧竖起耳朵，等着对方会带给自己怎样的重磅消息。

"那跟你说个事。我们这里要进行人事大调整了，张书记调省里去了，是高升。"

厚德的心稍微放下来一点："老哥，这事我听说了，省委组织部来考察的时候我知道了，但没想到这么快。他是高升，我想对项目应该没有什么坏的影响。"

"他的高升肯定没有不好的影响，新来的地委书记也表态了，对我们的项目很支持，但只是……"林总说到这，声音故意压低了不少："郑县长和张处也要动。"

厚德听了后大吃一惊："啊，怎么回事？怎么动？"他慌忙问道。

"郑县长要当书记，张处要来县里当县长。"

厚德长出了一口气，有点哭笑不得地说："老哥，这不错啊，对我们应该是好事啊，他们两个一个算升半格，一个算重用，这不对我们项目更好吗？他们继续当董事，也是有可能的，你这么神秘地对我说话，我都被你吓住了。"

但林总接下来说出的这一句，对厚德而言却无异于一枚重磅炸弹："兄弟，我也要动啊，项目总经理我恐怕当不成了。"

"啊？怎么你也要动，你去哪里？"厚德的声音都不由提高了。

"我要去M县当常务副县长主持工作了！"这句话像炸雷一样在厚德的耳边响起来，弄得他脑子里一片轰鸣。

厚德极力让自己冷静下来，他整理了一下思路，问："你什么时候动身？王院士、黄总他们知道了吗？"

"今天地委组织部刚通知我，要我尽快办理交接后动身。王院士和黄总我还没和他们说，估计张处、郑县他们也不知道呢，目前只是地委组织部的朋友刚告诉我这些情况。这不，我觉得这事重大，先跟兄弟你说一下。"

厚德一时不知道这话应该怎么接，是该恭喜，还是该担忧，就在他愣神的时候，林总又开口了："坦白说，去M县任常务副县长主持工作，其实就是一把手县长了，因为县长职位空缺，这个职位是我们这里所有副处级干部，甚至绝大多数正处级干部都渴望得到的，所以，我肯定不会放弃。这段时间还要谢谢兄弟你，我才能得到这个职位。我心里很清楚，在项目中我做总经理，这个机会和平台太好了，给了我施展的机会，但如果没有你的推荐，这个机会也是轮不到我的，这点哥哥我从一开始就感谢你。还有就是上次张书记临走前的那次视察，你的汇报太精彩了，也给我脸上贴了不少金；另外，新来的书记和我曾经在国外考察的时候同行过，他对我印象比较深，所以在推荐我的时候，他也投了赞成票。最后一个重要原因呢，就是我的朋友也帮了一些忙，并且帮到了点子上。但不管怎样，兄弟，我对项目是有感情的，但能在项目中结识你这位老弟加朋友，是我最难忘的！就算我不在项目上了，不代表我们感情就中断了，咱们以后还会有来往的。"

林总依依惜别了一番，就挂断了电话，而放下电话后，厚德呆在原地愣了足有好几分钟。他心里清楚，这样的变化处理不好，对项目可能会造成颠覆性的打击。要知道，一个新的科技项目培养一个总经理是多难啊！林处这样的管理素质、专业素质过硬的人也是在这个岗位上干了快一年，才对项目有所了解的，现在如果换一个新人，姑且不论他的专业素养和管理素养怎么样，单是从熟悉、了解到熟练掌握这个过程，没有一年半载的时间根本不可能做到。况且，还要牵扯到地方政府各个小衙门的关系疏通、各个员工特点的掌握以及三方股东之间的关系的处理，一般人在短时间内真的应付不来。

哎！没办法。厚德拨通了李院长的电话，将事情告诉了李院长，显然李院长知道后也很吃惊。他们两个简单商议了一下，决定分别向黄总和王院士汇报。

果不其然，王院士也很惊讶，但有些出人意料的是，黄总听到后比较淡然。厚德一时有些想不通，正常情况下黄总应该非常重视才对，为什么他会反应这么平淡呢？难道是他身为董事长，所以比较能沉得住气？厚德想来想去，没有想到更好的解释，也只能这么安慰自己了。

董事会成员又迅速赶到了现场，商讨董事和总经理人事调整后的相关事宜。董事方面变动不大，张处换成张县长，郑县长变成郑书记，依然还是董事。刘县由于工作调整的原因，不再担任董事，由新来的地区工业处处长接任。讨论了一天下来，唯有总经理的人选成了一个老大难的问题。

这个悬而未决的人选问题又被继续讨论了整整一天，依然没有讨论出个结果。

直到第三天，黄总在开会的时候忽然提出了一个让所有人意想不到的人选——陈科长。这位陈科长原来是县里一个科室的科长，后来在县里的企业做过总经理，但是因为业绩问题以及和主要的分管关系搞不好，所以就一直在家赋闲。黄总也不知道从哪里知道了这个人，并且还特意推荐了他。

这个举动实在让人费解，厚德也是想了很久，才明白了其中的关系。

想来是因为黄总在前几次董事会上吃了亏，林总对他表面上很尊重，但处理事情还是站在三方的立场上来做，这让黄总感觉自己对总经理的控制不够强。但毕竟林处的能力和水平在那里摆着，黄总心里即便不满意，嘴上也说不出来。所以这次林处调走，黄总才会那么平静，因为对他而言，这似乎成了个机会，可以通过换人来找一个对自己俯首帖耳的人。

只不过，在董事会上，当黄总提出陈科长这个人选的时候，立刻就遭到了东北方面的大力反对。

但黄总这次显然是做好了足够的心理准备，他的神情摆明：这次一定要找一个自己能够完全控制的人来担任总经理！

挺身而出

出乎大家意料的是，钱副书记这次站在了黄总这边，也正因此，东北方面的几位董事也没有再继续反对下去。而技术方的董事呢，自始至终都没有发言，毕竟项目在第一次试产的时候就失败了，此时此刻他们也不好对人事安排多说什么。

钱副书记将会议室中的人扫视了一圈，之后徐徐地说："你们不同意陈科长来担任总经理，照我看，你们是在用老眼光看人。陈科长不行，是在做政府干部的时候不行，不能代表他搞技术、管项目就一定不行。最关键的是，目前除了他，你们还能提出比他更合适的人选吗？我看没有，既然如此，那为什么不试试呢？"

钱副书记此言一出，大家一下子停止了争论。是啊，就现在的状况看来，的确没有更合适的人选了，而项目不能等，必须要有一个负责人。

就这样，陈科长在黄总和钱副书记的力挺下，顺理成章地入围了。钱副书记看大家都不作声了，于是又补上了一句："我看你们这些董事们，也要多发挥自己的长处和优势，把担子都放在总经理的肩上是不合适的。"

职场有时就是充满了这样的戏剧性，一次会议，让一位几乎是籍籍无名的陈科长摇身一变，变成了大权在握的陈总，并很快就走马上任了。只不过坦白地说，陈总上任后的处境并不太舒坦，毕竟他的前任林总比他专业，对企业和人员的情况也熟悉，所以指挥起来得心应手，相比起来陈总各方面则要生疏得多，这就导致他势必在工作中会有很多的摩擦和不适应。还有一点，陈总当官时的背景和资历比起林处差了一大截，因此很多员工和中层干部都不服他，同时外围发生的很多事情他也摆不平。简单拿一件事来说，当时工厂需要用很多铁路上的枕木，之前由于林总级别高、关系好、威望大，打个电话，铁路局的领导就派人送来了一车，而等陈总一上任，对方马上就派人把木头拉走了，即便陈总沟通了很多次也不行，后来实在没办法，还是张县长派人协调，对方才又把木头送回来。陈总不受拥戴还有一个原因，他能上任有很大程度是因为黄总力挺，因此他对黄总自然是感恩戴德，做事时在三方股东面前也肯定有所偏颇，导致董事们除了黄总，其他人对他都不满意。

没过多久，陈总在总经理职位上的不适应就愈演愈烈，终于有一天，张县长召集大家到东北开董事会，而议题很简单：这个总经理，不合格。黄总和厚德自然也去参会了。一路上，黄总的脸色都不好看，厚德知道，他好不容易找到了一枚对自己有利的棋子，还没走几步，却要被吃掉了，他自然不会甘心。

厚德一路小心翼翼地应付着自己的老板，却也有些幸灾乐祸，一直以来黄总都把"听自己话"作为选人的第一要素，而今，也是为自己的偏见得到些教训的时候了。

会议刚一开始，张县长就在会上列举了陈总的诸多不足，并且要求一定要更换总经理。但黄总立即反对，认为工作刚上手肯定有个适应的过程，而且频繁更换经理对项目没有好处。就这么边争论边商量了整整一天，大家好不容易协商出了一个结果：由三方组成一个临时会战小组，来处理再次试产前的设备调试工作。

这个决定是针对目前项目进度提出的，自从上次试产失败后，大家认真总结了经验教训，继而对主体设备进行了大改造，并且重新制造了两台，在南方又进行了一次长时间的试运行，确保成功后才运到东北。同时，辅助设备也进行了大规模的整改，也都是在当地反复试运行成功后才运到东北的。可以说，目前摆在大家眼前最重要的工作就是将设备安装、调试到位。鉴于以上因素，会议最后全体董事决定，由李院长、厚德和地区工业处的沈副处长三人组成临时指挥小组，带领全体员工来负责新来设备的安装、调试工作，其中李院长任组长，厚德任副组长。对于这个结果，黄总并不情愿，但是在几乎一边倒的罢免声中，他也实在没有别的办法，只能点头同意。好在厚德还在指挥小组里，虽然没有陈总那么听话，但在黄总看来，这好歹也算对自己损失一枚重要棋子的一点安慰。

厚德却没心思揣摩黄总的想法，他再一次临危受命，必须马上有所行动，而在当上副组长后，厚德所做的第一件事就是给指挥小组的三位成员提了三条建议：一、每天和厂区的工人一样准时上下班，并且统一穿工作服；二、除了早餐在县宾馆里解决，其余两餐全部在厂区食堂和技术人员一起用餐；三、指挥小组成员各司其职，李院长负责技术、设备以及对全部工作负总责，厚德负责采购、后勤以及各个合作厂家之间的协调和沟通工作，沈副处长负责与当地各部门之间的沟通以及全厂员工的管理。厚德的提议得到了另外两位成员的赞同，于是，轰轰烈烈的大会战就这样开始了。

在接下来的一个月，厚德平生第一次做了名真正的工人。每天和李院长、沈副处长一起奔赴现场，对各个设备的安装、调试、运行环节都尽量参与，遇到不懂的地方自己就记下来，等有空的时候便请教技术人员。慢慢地，他对设备的运行原理、性能等也有了进一步的认识和了解。

而在时间安排上，他们三人也很默契地达成了一项共识，那就是最大限度减少应酬，以免耽误时间，影响工作。说起应酬，他们之前一直都是处于应接不暇的状态，张县长只要有时间就会陪同厚德和李院长，就算是自己没时间也会安排别人来招待；加上地区来的很多领导、朋友都会路过这里或专程来看望，每次难免大吃大喝一顿；除此以外，李院长、厚德和张县长、郑书记的私人关系相当好，因此很多县里的领导或者官员都想套套近乎，弄得前来拜访的人络绎不绝。应酬如此频繁，指挥小组的三个人还是都尽量推掉了，即便有个别应酬不得不去，也是能不喝就不喝，能少喝就少喝。一下子，三个人齐心协力，俨然开启了一个月激情燃烧的时光。在临时指挥小组里没有分歧、没有争斗，他们全身心地投入到了技术改造过程中。

经过一系列的设备安装和调试，很快，就到了再次试产的时候了。试产那天，估计是因为有了上一次失败的教训，所以大家一改历次大张旗鼓的做法，而是特别低调，甚至连三方股东谁都没有通知，偷偷地就开始试产了。这也难怪，指挥小组的三个人压力太大了，万一再有什么问题，大家的脸往哪里放？

点火成功后，发电机开始了它美妙的轰鸣。1小时、2小时、3小时……厚德心里的喜悦随着时间的增加而不断增长，这次试产真争脸啊，发电机整整运行了7天才停止！

全厂上下一片沸腾，李院长、厚德和沈处三个人高兴坏了，按照正常的标准，发电机能够运行10天以上就可以达到项目设计的要求，而上次试产只运行了几十分钟。这一次历时7天的无故障运行，证明这段时间临时指挥小组的改造工作、设备的调试工作和整改工作都取得了很大的成效，现在，他们距离成功仅一步之遥！

临时指挥小组在商议后，把试产的情况分别告诉了三家股东，王院士、黄总、东北方面听后都很高兴，设备能够正常运行7天，证明希望就在眼前了！张县长马上召集大家来到现场，总结此次会战的得失，另外据他说，还有一件十分重要的事情需要大家商量。

董事们聚齐后，董事会也就马上召开了。一上来自然是分享喜讯，针对此次大会战的成绩，股东方和全体董事给予了充分的肯定和认可，也对临时指挥小组三个人艰苦奋斗、发愤图强的工作精神给予了表扬。大家一致认为，下一步再对二次试产中暴露的问题逐一排查、解决，问题就应该不大了。而就在大家欢欣鼓舞的时刻，张县长却提出了一个十分严峻的问题：账上没有钱了。

这一下，所有人都有点傻眼，会场的气氛一下子又冷了下来，这时张县长让财务把账目大致一算，大家才发现，进了这么多设备，又平整了厂房和土地，2000万就这么轻而易举花光了。这时张县长提议要增资，并且最好能由东北方和黄总各拿4000万，总共达到8000万，使整体投资达到1个亿，从而满足项目需求。

黄总刚才还在会上对会战工作评论不休呢，一听这个话，马上哑火了，低着头一声不吭。

而张县长一看黄总的样子，便开始迂回、含蓄地提醒黄总："各拿4000万，黄总应该没有问题吧？"可黄总面对这个问题，只是顾左右而言他，死活不作决定，张县长听得有些着急了，干脆直接问黄总："黄总，你对增资有没有意见，你什么时候能把钱拿来？"

黄总支支吾吾地说："现在用不了那么多，钱放在账上是浪费。"之后还似乎自言自语嘟囔了半天，说什么设备根本不需要这么多钱，有些地方还能节约出一些之类的话。厚德听得头都大了，刚想向黄总使个眼色，张县长却先听不下去了。

他当时就火了，手拍着桌子大声说："你就是不想拿钱是不是？浪费？什么地方浪费了？我的土地、厂房你用了好几个月了，你掏了一分钱没有？你怎么不说浪费？你每次来，哪一次不是高标准接待，这都是用的我县财政的钱，你花过一分钱没有？你怎么不说浪费？哪些地方还能节约？厂子里缺啥、少啥不都是张嘴要，我从县里其他地方调来的，你花一分钱了吗？连技术人员来厂里吃的猪肉、鱼肉、米面都是我定期安排给送的，你还想怎么节约？"

张县长还没有说完，李院长也发飙了，同样拍着桌子说："黄总，你前前后后总共拿了1100万，拿回去了2000万你还用了一段时间。什么事情你都是一撒手不管，在那当大爷。是王院士老人家、钱副书记、张县长和我们几个来解决的，你这个董事长管过什么？你除了提些意见、建议，还出了1100万外，对项目做过了什么？我记得你上次还说设备可以先秤一秤，根据重量来谈价格，你知道这设备是王院士带着我们花费了多少心血和精力才研制出来的？亏你还读过书，受过教育，这种话你也能说出来？你也不想想，你凭什么坐在这里对我们指手画脚！"

话越说越难听，张县长气愤之下甚至都说了出来："你就是个农民！你懂什么！"而即便是面对这样的指责，黄总依然只是坐在那里，脸色即便难堪得要命，但就是不说话。按照厚德对黄总的了解，他并不是涵养有多好，才能做到不动气，而是真的没有钱，所以不敢吭声。

就在大家群情激奋的时候，王院士出面停止了大家的指责，他转过头严肃地对黄总说："小黄，当初我选择你来做这个项目，就是感觉你人还不错，也有些实力，做事很认真。你不能到这个时候，一句'没钱'就不管了，这可不是个负责任的态度啊。项目到现在，中间是出了一些问题和差错，但我看并不是本质性的问题，我们的项目还是大有前景的。我还是希望你能认真对待下这个事情。"

王院士话音刚落，钱副书记也接上来了："黄总啊，大家合作一场也不容易，你一句'没钱'就想完事了，你把我们都当成什么了，小孩子过家家？你的企业不是对外宣传如何强嘛，怎么一到这项目上，你就不强了呢？企业是要讲诚信的，你也是企业家，要有个企业家的风范，说些什么话，做些什么事要负责任，信口开河可不好。"

这个上午，是厚德见过黄总所经历过的最煎熬的一个上午。除了厚德和陈总，在座的每个董事都对黄总进行了一系列的指责，任何有点自尊心和血性的人，都会觉得无地自容。黄总的脸由红变紫再由紫变红，不知道反复了多少次，厚德这时候忽然觉得他有点可怜，谁能想到坐在这里的是一个集团公司董事长，一个40多岁的男人！厚德心想，要是换做别人，就算是砸锅卖铁也要把这增资款填上，要是自己，或许根本不会把事情弄到今天这么个地步，但凡平常稍微注意些人情世故，也不至于到今天被千夫所指。

想到这，厚德由衷地长叹了一口气。

散会后，黄总把厚德叫到了房间。这一次，他不像以前那样故意在厚德面前摆姿态、玩矜持了，而是直接口气沉重地问厚德："你说现在应该怎么办呢？"

厚德正色道："黄总，您也看到了，现在项目到这个地步没有其他办法，增资是必须的。"

黄总点点头："可是你也知道，集团公司资金最近太紧张了，我最近又做了个项目，手里实在一分钱都没有啊，你说怎么办？"

做了个项目？什么项目？厚德心里一动，但却没有问出口，只暗想：东北这边已然这样了，你还有心思去外边做项目？但此时计较这些已经没有意义了，厚德想了想，问黄总："那您干脆下午在董事会上商量下，先不要增资8000万，先增资1000万好了，然后找个放钱的借个500来万，先把增资完成，其余的你再和张县长做做工作，看能不能把钱要回去还上，这样能多些时间周转，短期利息也不会太高，您看呢？"

黄总眼睛一亮，的确，这是个办法，但他想了几秒后，马上就又愁云惨淡地问："张县长会同意吗？而且高利贷利息太高了，有没有其他的办法？"

厚德一看黄总萎靡的样子，知道让他去办这事是没戏了，而此刻厚德自己的心中其实也很矛盾，虽然自己对黄总有意见，但是毕竟自己是黄总的员工，这也就意味着两个人其实是一个整体，黄总如果真的因为无法增资而被逐出了这个项目，自己也不会有什么好处。

本来上市未果就已经让自己没有了退路，现在绝对不能在这个项目上再吃败仗，不然自己这段时间辛苦的意义何在？

想到这，厚德口气坚定地对黄总说："我来试试吧！我尽量做，但不能保证结果，最多也只能借个520万，利息可以不付了，但需要5万块去通融。"

黄总立刻同意了！他当然会同意，要知道，当时沿海地区民间借贷的利率一个月至少是10%！

第二天董事会的时候，黄总情真意切地给各位董事诉说了他的苦衷，什么"年关了，借钱不容易"，"民企不容易，自己管着多少人的饭碗"等，最后，着重说明如果可以，他可以先拿出520万配合东北方面的股份比例，来满足项目现在的需求，其他的钱，等过完年需要用的时候他一定凑齐。

各位董事虽然还是不满意，但还能说什么呢？现在项目都已经进展到这种地步了，另外找合作伙伴的话又要伤筋动骨一番。大家只好同意黄总的提议，先增资1000万再说。

黄总的脸色比起前一天好看了不少，他偷偷看看厚德，现在，所有的压力都在厚德头上了！

厚德面色如常，他心里当然是有点谱的，否则怎么敢和黄总说那样的话？而厚德的底牌，究竟是什么呢？

散会后，厚德找了个僻静的地方，打了个电话给林县长，对方正好在开会。不一会儿，林县长回了电话，厚德一上来就说："老哥，我找你有点事，晚饭前赶到。"

林县长也很爽快："来吧老弟，好酒好菜等着你呢！"

厚德下午就赶到了M县，林县长已经在当地最好的宾馆开了个房间等他过去，同时还神秘兮兮地告诉厚德，说有个人想见他。会是谁呢？厚德的心里一直在想，可就是猜不到。

厚德正在宾馆里躺着看电视，林县长就过来了。当了县长就是忙，一直走到厚德房间的门口，他后边还跟着一群汇报工作的人，厚德给他开门的时候，还听到他对秘书说："你让他们先回去吧，我和我兄弟好好聊聊，没啥特别重要的事，就别找我了。"等见了厚德，林县长用力拍着他的后背说："兄弟，你也不来看看哥哥，可把哥想坏了。"

两个人寒暄了一会儿，林县长突然对厚德说："今晚有个重要的人要来看你，你能想到是谁吗？"

厚德摇摇头："谁啊？这么神秘，我想了一路也没想出来。"

"马上就到了，一会儿你就知道了。"林县长故意卖个关子。

一支烟的工夫，门铃响了，看来是那位重要人物到了，厚德赶紧去开门，门外站着位中年女性，还没等厚德开口，林县长就在里面喊上了："兄弟，神秘人物就是我老婆，你嫂子！"

厚德赶紧上前握手问好。林县长笑着说："你嫂子早就听说你了，一直也没机会见到你，这几天正好在这里来看我，我一说你下午要来，你嫂子可高兴了，一定要来看看兄弟。"

林夫人也高兴地握住厚德的手："我听我们当家的提起你都有一万次了，他一直说你帮他很多，说兄弟是个好人。所以今天我无论如何得见见兄弟，并且谢谢兄弟!"

还没等厚德说话，林县长就大手一挥，豪爽地说："今天晚上就咱仨，一醉方休!"

他乡遇故知的感觉太好了！林县长两口子早把厚德当成了亲兄弟一样对待。厚德在内心也真的把他们当成了自己的亲哥和亲嫂子。

酒席刚开始，嫂子就给了厚德一个盒子，里面是一条白金项链，还有一张发票。无论厚德怎么推辞，嫂子都执意要给厚德，无奈之下，厚德只有收下。嫂子还一再叮嘱他："无论家里有什么事一定要对我说，工作上有事就去找你哥。"这些暖心的话令厚德非常感动，那晚，他们喝了多少酒都没来得及数，上了多少菜也不知道，只知道最后厚德和张县长喝得全都坐在地下睡着了，而林夫人则坐在旁边的床上，守着他们一整夜。

第二天早上，厚德还在宾馆睡着的时候，林县长两口子已经离开房间了。走之前，他们还和宾馆的好几个服务员一起把厚德抬到了床上去。

临近中午的时候，林县长给厚德打了电话，让他和自己一起去吃午饭。强忍着大醉后的难受劲儿，厚德爬起来简单洗漱了一下，就来到了酒店的餐厅，不多会儿，林县长也到了。

"嫂子呢，昨天晚上喝得太多了，不好意思啊老哥。"厚德想起昨晚自己的酒醉，有些不好意思。

"没事，咱哥俩感情在这摆着呢，你不喝好，我和你嫂子还不开心呢！你嫂子今天上午有事回家了，走之前还让我给你带个好。"林县长笑呵呵地回答。

厚德昨晚喝得太多，所以中午就简单点了两个小菜，并且要了碗热汤面。厚德看得出，林县长昨晚喝得也不少，点的东西他几乎就没吃，只是不停地在那里喝茶。

"兄弟，你来找哥，是有什么事需要哥效劳吗？"林县长突然问厚德。显然，他明白厚德突然造访除了为见朋友外，肯定还有其他原因。

厚德苦笑了一下，就不隐瞒了："哥，我来这找你，一来看看你，二来还真有件事想让你帮忙。"

林县长一听，放下茶杯看着他说："什么事？兄弟你直说。"

厚德便把董事会上发生的事情，以及黄总和集团公司的状况大致给林县长讲述了一下。然后说："大致情况就是如此，目前黄总真的拿不出钱，要等过一阵周转过来后才能宽裕，但项目进展到这种地步，一天都不能耽误，没钱那是万万不能的。所以，黄总和我商量的结果是，想看你这能不能借他个520万，只用半个月，老哥，你看你有办法筹到这笔钱吗？这边我向黄总也申请了5万块钱的资金，如果行，这钱老哥你就拿去，只当是个喝茶钱好了。"

林县长一听，端起茶杯貌似是在喝茶，实际上是考虑了几秒钟，然后对厚德说："这样兄弟，我安排下，你先回房间休息，等我电话！"厚德点点头，心中知道这种事不能操之过急。

厚德回到房间大约有一个小时，林县长打来了电话，电话中他让厚德下楼，说司机会来接他去县长办公室。厚德赶紧下了楼，坐上车去见林县长，而到了后发现，林县长的秘书也在场。

林县长一见面就对厚德说："兄弟，钱我找到了，一会儿我让秘书陪你去办理。时间呢，你们也别太着急，半个月、一个月都行，等资金周转过来后给我就是了。"

厚德没想到林县长行动如此迅速，忙起身说："谢谢老哥！你看这边需要我们出个什么手续吗？"

林县长摇摇手："还出什么手续，我还担心你吗？啥手续都不用！只不过你不要声张，任何人不能说这个事，包括黄总，其实我很看不惯他这个人。"

厚德点点头，之后出去打了电话，很快，集团公司的财务就把账号发过来了，当天下午，这笔款项就转到了集团公司账上。款转完，厚德拨通了黄总的电话："黄总，款转好了，您当时说的那5万块还记得吧？如果方便，现在就打给我吧。"

黄总一听钱到位了，心中欢喜，所以也答应得格外痛快："好，好，我现在就给你。"

厚德查到到款后，便让林县长的司机陪自己去了趟银行，取出了那5万块钱，包好放到了公文包里，便又去了县长的办公室。但他站在门口往里一看，好家伙，办公室里人真多，一看这形势，估计一时半会儿结束不了，厚德就自己先回宾馆了。

一直等到两个人一起吃晚餐时，厚德才终于找到机会把钱拿出来，而林县长却死活不要。无论厚德怎么说这钱如何安全，如何应该拿，他就是不要，末了还急赤白脸地说了一句话："你要还认我林某人当哥的话，这钱你就拿回去，否则以后你就别来找我了！"

话说到这个份上，厚德还能说什么呢？只好把手中的钱收了回去，恭敬不如从命吧！

非非之想

款项搞定的当天，林县长和厚德一起吃晚餐，但并不是两个人单独用餐，林县长实在太忙了，席间还有地区里的领导、省里来的客人，一共坐了足足有7桌。林县长不停地去敬酒，同时不停地被敬，厚德看在眼里，心里不停感慨：这县长可真不好当啊。看着林县长觥筹交错的身影，厚德想起了前一晚喝酒时林县长给他讲的一个真实故事：

一家国有企业破产后，工人也都下岗了，其中有个下岗工人因为没有工作，就不停去地区和省里上访，理由就是："我们都下岗了，可政府的这帮子官员们天天免费大吃大喝，净糟蹋钱。"他一直上访，搞得县里也很烦，后来上面领导发话了，让把这事务必好好处理。此时县里的一位"能人"给出了个点子："他不是天天上访，说我们免费吃好菜、喝好酒吗？干脆让他来我们县里接待办，也让他来尝尝免费的好酒、好菜。"结果这主意真的得到了县里领导们的认同，他们把这个上访户调来县里做接待工作。好家伙，这人以前天天羡慕人家好吃、好喝，现在自己轮上了这样的机会，自然是敞开了吃喝，再加上大家故意都把接待的"重要任务"交给他去干，结果不到两年，这位仁兄就因喝酒过度去见马克思了。

晚上这场酒席，厚德算是更加明白了，在林县长这个位置上，如果不要点滑头，再大的酒量都得倒下！事后他和林县长开玩笑："我说哥啊，你一晚上喝7场酒，够威风的啊。"对方苦笑着说："兄弟，可别再埋汰我了，这还是轻的，哥最多的时候一晚上喝过17场酒。"厚德听得瞠目结舌，天啊，17场酒，光是敬酒和被敬，这一圈下来的距离都够得上一场中长跑了。

晚餐后，林县长送走了其他人，便和厚德去一个茶楼里喝茶。坐在茶楼的单间里，他俩掏心掏肺地说了些真心话，厚德把黄总如何防备自己又如何利用自己，以及项目里的一些糟心事都讲了出来，林县长也把当县长以来自己遇到的那些难处、苦处倾诉了一番。末了，林县长发自肺腑地对厚德说："兄弟，黄总那里你当心点，他不是个敞亮的人，也不是个大气的人，你还是要保全自己啊。"厚德点点头，心中难免一酸。

第二天早上，厚德就离开了M县回到了T县。黄总在前一天下午知道他筹到钱后，当晚就离开T县回公司去了。走之前，黄总交代厚德务必找到张县长，把先增资1000万的事情给张县长讲下，顺便把增资手续办了。

厚德按照黄总的吩咐，把增资的事情汇报给了张县长和其他股东，他们倒也没说什么，反正就目前的状况看，暂时先增资1000万也够了。散会后，张县长和李院长私下里都问厚德："这钱是哪里来的？黄总不是没钱吗？"厚德只能一笑而过，说自己也不是很清楚。

增资的事刚办妥，黄总突然打电话让厚德回去，说有要紧事商量。厚德一琢磨，项目上了也快过年了，工人们也要放假回家；而且针对试产会战中的问题还需要进一步的调试，任务虽然已经下发给各个厂家，但厂家也面临着春节放假的问题；还有一点，厚德和李院长也需要回去过年休息下了。所以他马上说明了情况，准备回到公司。就在回去路上的时候，李院长告诉厚德一个消息，股份的事情王院士和他帮厚德在黄总面前提了下，但黄总没有同意。厚德虽然对此有了思想准备，但心里还是有着说不出的失望。

刚回到公司，黄总就把他叫了过去，一见面，就马上表扬了一下厚德，说融资的事情做得不错，但除此以外，也没再多说什么。紧接着，黄总让厚德陪自己去到沿海的一个小县城，说那里出了一件很棘手的事情，需要他们马上去处理。

厚德在路上了解了一下，原来事情是这样的：黄总有个大学同学周总，自己办了个工厂当了老板，主要生产一种日用品，经过多年打拼，这样日用品已经成为省里同品类产品的老大，每年产值上亿元。按说这样产品进入商超和零售渠道虽然成本可能高些，但绝对不会亏，现金流也肯定不错。既有利润，又有现金流，正常情况下企业是怎么也倒闭不了的。但人倒霉了，喝凉水都塞牙，黄总的同学一看自己的产品很不错，市场份额也在不断扩大，就开始盲目增加产能，从购买土地、建造厂房到添置设备一应俱全，而且都是按照高标准来建设的。

在这个过程中，周总借了一些高利贷。借之前他想得很好：一来这些高利贷的利息和费用他能负担，二来等土地、设备、厂房手续办好之后，再到银行融资，用贷款把高利贷置换出来就行了。但是不巧的是，在他银行贷款即将办下来的前夕，周总的一个高利贷债权人跳楼自杀了，而且这个人还是个政府官员。

债权人自杀后，政府开始处理他身后的事情，结果就是，所有有债权、债务关系的人都被卷进来了。对周总来说，这意味着他的银行贷款办不下来了，而且银行账号也被冻结了，此时更加雪上加霜的是，他所有高利贷的债主听说了这个事，都来要求还钱。一瞬间，周总不仅财务上面临着巨大的风险，而且就连人身自由也都受到了来自官方和民间的双重限制。

黄总此时决定接手这件事，表面上看是为了帮助他的同学，实际上，黄总想在这浑水中捞一把。周总告诉黄总，企业民间的高利贷只有2000万左右，加上其他方面的借款5000万，加在一起借款是7000万左右，而他手里的厂房加土地按当时的标准至少值1个亿甚至更多。黄总一听就动心了，暗想："我想办法弄个2000万，先把高利贷的事情搞定，然后银行这边手续就可以办好，再用银行贷款把其他债务一还，自己就拥有了周总的土地和厂房，还拥有了周总经营得还算不错的公司。这多合算！"

周总心里很着急，因为那些高利贷债主们没有一个是省油的灯，他们不仅限制了周总的人身自由，还扬言在一定期限内如果还不上的话，就要周总好看。在这样的情况下，周总也只能向他的同学黄总求救了。

黄总不愧是商人，开口就挺狠，一面答应拿钱出来救他，一面提出条件：黄总帮助周总后，周总的土地、房屋等要归黄总所有，周总原来的公司也归黄总所有，但周总可以拥有15%的干股，干股只享有分红而不能套现和享有其他权利；同时黄总答应周总可以继续以总经理的名义管理原有的公司，并承诺给周总的年薪是税前30万元。

在黄总看来，这简直就是天上掉下的馅饼，厚德这时候方才明白，黄总之所以在东北的董事会上冒着那么多的"攻击"而依然咬紧牙关不愿意出钱，原来就是为了这件事。

不过，由于这件事牵涉到公务人员的非正常死亡，再加上当地高利贷状况的泛滥（光周总案件涉及的高利贷债主就有10多家，金额至少是2000万，再加上死亡的债权人还有其他的相互借贷，同时也涉及了很多的高利贷债务人、债权人），所以地方政府也插手了此事。地方政府首先对周总采取了措施，关闭了他的银行账户，银行贷款肯定是没戏了；同时对所有涉及的高利贷债权人和债务人进行了约谈，彻底摸清底细；进而彻查已经死亡的公务员，如果有违法乱纪或者刑事方面的责任，依法追究；最后，还要对全县的非法集资、借贷市场进行清理，整肃金融环境。

就在这一片紧张的气氛下，黄总带着厚德来到这里，开始了一场"拯救大兵周总"的行动。

黄总首先想到了当地市委书记。这位书记曾经和黄总有过数面之缘，黄总找到他，希望市委书记能出面打个招呼，提出由他自己来处理周总的事情，这样黄总办起事来就方便多了。但这事黄总刚一和厚德提出想法，厚德就认为不靠谱，他劝黄总："这类事情不像投资、搞项目，毕竟和违法乱纪沾边，别说这事和市委书记没有关系，就算是有关系，他现在肯定恨不得马上就撇干净呢，怎么会还拉杆子往上套呢？而且就算是正常的债务纠纷，现在已经出了人命案，即便是自杀，但这案子已经从经济纠纷升级了，在法律上的问题尚未明了之前，官员们谁也不愿意去趟这浑水。"但黄总不信，他反倒认为厚德太过多虑，而且认定自己的行为很高尚："我是来救当地的企业的，他们感激还来不及，当然会帮助我。"

对于黄总这样的思维，厚德再次无语，无数事情证明，黄总是一个自我催眠技术十分高明和巧妙的人，但这些编造出的故事，却恰恰证明了他在对人性的理解上总是和别人背道而驰。因为他所理解的人性和人情世故，从来都是站在自己的立场上出发的，没有或者很少站在对方的立场上去理解和考虑问题。所以，他通常得到的不是响应或回应，而是断然拒绝！

这一次也不例外，市委书记全然否定了黄总的"建议"。随着黄总计划的破产，他无奈之下只能从另一个方向着手开始准备——了解高利贷，并试着偿还高利贷。

在来到此地后，厚德和黄总就很快见到了周总。周总俨然像抓住救命稻草一样抓住了他们。厚德看得出，周总是一个曾经风光过的人，即便到了今天这种地步，他的手笔依然都比黄总要大，不仅为黄总和厚德在当地最高档的国际大酒店每人开了一个房间，吃饭的时候虽然黄总一再劝他："我们是自己人，简单点就好了"，但还是点了一桌子的高档海鲜，而且这位周总穿着用具全是高档货，开的车还是路虎。

吃饭时，黄总特意问周总："外边的高利贷到底有多少？"周总依然像在电话里和黄总说的那样，回答大概有2000万。黄总似乎不放心，又特意确认了一下，周总的回答依然如旧。黄总也只好点点头："那我们就把债权人叫过来，一个一个去谈吧。"

首先约见的就是自杀的那位债权人的家属。来的是死者的小舅子，一位40多岁的中年男人，以及死者的女儿、女婿。厚德看到，女儿和女婿看起来只有20岁出头，正是青葱岁月的好年纪，但经历了这样的意外事件，让两人脸上多了些沧桑和沉痛。但出乎黄总意料的是，对方并没有因为有人应下了这笔钱而感到高兴，相反，态度甚至有些冷漠。当黄总说明来意后，死者的小舅子只是礼节性地说："你能为你同学帮这个忙，说明你还是有情义的。但这件事情我们的要求很简单，尽快把钱给我们。"紧接着死者的女婿也说话了："别的我们也不多说了，把钱尽快给我们吧。"

黄总不停地说了很多诸如"如果我们接手这个项目，前景非常好"、"我的公司实力很强，能否宽限下，分批把钱给你们"之类的话，可对方根本就不想考虑。于是，这场谈话即便不算是不欢而散，但也是毫无进展地很快结束了。

　　在客人走后，黄总对厚德谈了他自己的想法，希望能尽量说服周总的债权人，允许把高利贷分批还掉，这样自己这边的资金压力就会小一些。等把所有的高利贷债权人安抚好，再找银行的关系把款贷出来，然后置换出来。高利贷的利息部分尽量和债权人谈，能少就少些，然后让周总承担些，自己承担些，尽可能压低，这样自己付出的成本就可以尽可能变小。

　　黄总不停地说着自己的计划，而厚德听了黄总这些话，心里只闪过两个字：没戏！黄总把这个问题想得太简单了，但是此时厚德无论怎样劝黄总放弃这个念头，黄总就是不信，反而怪厚德泄气，厚德只能心中暗自对黄总说一句：那您就走着瞧吧。

　　在接下来的两天内，厚德和黄总分别约见了其他的高利贷债权人。不出厚德的预料，没有一个人同意黄总提出的减免方案，至于原因很简单，大家都不是傻子，明摆着厂子、土地值那么多钱，为什么要减免自己的收入？此外还有一个原因，黄总毕竟是外地人，他们为什么要相信你呢？谁知道这个黄总会不会是周总找来的托？总之，这些债权人有些态度还算是客气的，但也有说话很不客气的，可无一例外，没有一家同意黄总提出的分期付款和减免利息的方案。

　　而更让黄总搓火的是，在这两天内，竟然还出现了一些新的债权人，原因倒也不难解释，那就是周总实际借的高利贷根本不是他说的那么少，而是很多！

　　第三天，黄总和厚德被约去吃饭了，请客的是当地一家客运公司的老板，换句话说，也是当地最出名、最有实力的"大哥"。

　　大哥果然就是大哥，看起来就不一样。一见面就手笔很大，吃的是最豪华酒楼里最豪华的餐饮，一身上下全是LV，关键是，一开口就是一股子江湖气，满嘴净是"这个小弟砍了谁啦"，"那个小弟做了什么事了"。但这位大哥，和别人最大的不同之处就在于，他是位被"漂红"的大哥。身为县里的政协委员，工商联副主席，整个县的长途交通运输、物流，包括出租车都在他手里，其他的产业虽然席间他没有说，但厚德听他的口气，日进斗金绝对不成问题。而这一次大哥来找黄总他们的意思很明确，要么由他来吞下周总的企业，要么双方合伙，他占大头。

黄总一下子蒙了，做梦也没想到还会突然出现个竞争者，那顿饭他吃得是很闷，几乎就没说话，只是听"大哥"讲江湖上的各种轶事。反倒是厚德显得无所谓，接手周总厂子这事本来他就从心里不赞成，现在出现这么个人倒是正好，既然对方一直想用气势压倒自己这边，那自己也索性就吹吧。于是，厚德开始天花乱坠地吹了起来，说的无非是在书上看到的，和在东北或其他地方听到的。厚德此时不想知道也没心思去管黄总是否开心，与其这样被别人在气势上压死自己，那还不如自己也亮剑一斗吧。

总之，那天中午厚德这嘴是真痛快了：吃得好，吹得爽。分别的时候，那位大哥竟然还和他有些惺惺相惜的意味。

酒席散后，黄总找厚德，再次心事重重地问周总这件事能不能做，厚德也决定不再隐瞒想法了，直接就告诉他："人间正道是沧桑，这事不靠谱，水太深，还是别碰了。"

又陪黄总继续待了一天，厚德就有事离开了那里。但黄总似乎心还是不死，又马上找了个银行退休的老干部继续跟进这个事。跟了不到一个月，那人回来告诉黄总，这事打死都不能干！周总那里查到现在，光高利贷就有快一个亿了，很可能还有没暴露的，至于银行贷款以及企业经营方面，数据的水分都很大。黄总一听这话，这才真的死了心。至于周总后来的事情，他也没再打听过，当然传言也会听到一些，什么周总失踪了，周总被抓了。但黄总也没再提起过这个人，厚德自然也再没问过。总之黄总这一场发财的美梦，就此告吹了。

貌合神离

春节很快就过去了，转眼就已经到了三月。东北那边由于天气依然很冷，项目就暂且停了下来，股东们不催，总经理也不着急，反正就在那里闲着呗。后来还是黄总提议，先把电力上网审批的事商量一下，股东们才安排由厚德和李院长负责资料部分，张县长负责搞外围关系。由此大家陆陆续续地到东北又开了几次会，碰了几次头。

在此期间，厚德想起了一件事情，那就是黄总欠林县长那里的520万还没有还，并且已经借款一个多月了。

厚德一边给林县长打电话道歉、解释，一边找黄总要钱。而黄总总是找理由不给。春节后，黄总还特意把厚德的办公室搬到了位于省会的办事处，美其名曰"离家近，好照顾家庭"。厚德知道，这根本就是黄总的拖延之计，之前成立办事处的时候，厚德就曾经申请过在省会办公，黄总一口否决了："你怎么能离我很远呢?"这下可好，现在倒是他主动让厚德搬的办公室。

厚德心里很清楚，黄总对自己开始有了新的打算，因此不想见到自己——这位520万的名义"债权人"。厚德这回到了办事处里，那可是彻底没人管了，毕竟办事处的老大才什么级别，哪能管他这个集团老总呢？

厚德也难得清闲，每天基本上就到办公室露个面，十点多就下去溜达溜达，找些东西吃吃，然后便到写字楼里的足浴店洗个脚，睡个小觉，才晃晃悠悠地回到办公室。到了办公室里，他可以说是想待就待，不想待就出去自由活动。那段时间王院士身体不好，一直在养病，厚德便和黄总一起去看望了老院士。此外厚德还又去过李院长那里几趟，而谈话中李院长确定地告诉厚德，股份的事，黄总还是坚决不同意。

此时厚德已经过了两个月这样闲散的生活，心里倒已经想开了不少，很多事情也比以前看得淡了。之前他还想奋力一搏，但是自从被黄总轰到了办事处后，他便下了决心：如果东北的项目能做那就做，如果不能做，这家公司自己真不想待下去了。

在此之前，想离开这家公司的想法在厚德心中其实一直都有，从黄总对自己的若离若即，又用又防，到多次在关键问题上对自己采取的不信任态度，厚德已经被深深伤了心。他知道，在民营企业就是这样，老板和雇用的高管之间在任何时候都有着一个巨大的矛盾鸿沟，高管认为他的能力和贡献应该得到更多的信任和尊重，老板认为"我给你的够多了，你多轻松，只拿钱却没有任何风险"。厚德也清楚地知道先付出后索取的道理，可当他付出了很多，甚至超出一名雇员应该有的程度之后，却还没有得到预期回报、哪怕是接近预期的回报时，难免感到深深的失望。厚德有时也会反思自己，也许自己还不够成熟，做不到"宠辱不惊，去留无意"，也许自己总幻想找到一个更合适的平台去实现自己的价值，期望太高。总之，在被发配的那段时间里，厚德思考了很多，人也平静了很多。

这期间，李院长他们又进行了多次努力，希望能为厚德争取股份，就连王院士在病中也向黄总提起了此事，表态说他们技术团队甚至愿意首先带头拿出一些股份让厚德和关键的设备厂家来持有，但黄总依然坚决地拒绝了这样的提议。厚德的心早已经凉透了，对于黄总他已经不抱希望，只是觉得在这份工作里碰上了王院士，交到李院长、林县长、张县长这样的朋友，就很知足了。

只不过，林县长的钱总被黄总这么拖着，原本答应的半个月期限早已经超出了。这可真是难为了林县长，虽然中间他也给厚德打过电话问过情况，但当他了解到黄总的态度后，反倒还劝厚德："兄弟，没事的，我这边能想办法，你别着急。"碰上这样的朋友，厚德除了感动能说什么呢？而感动之余，也加重了他对黄总的不满。

东北股东方面在这段时间内也并不平静。地委领导、县里的书记、县长们在官场上也并非想象中的一帆风顺，董事们都各自在忙自己的事情，毕竟对他们来说，官位最重要。王院士身体不好，一直都在休养，再怎么说也是70多岁的人了，不可能像年轻小伙子那样一不舒服扛扛就过去了。而黄总呢，整天就忙着融资再融资，再不就是做些类似周总那次那种无功而返的事情，再加上他欠林县长那520万，所以他一直尽量躲避着厚德和东北的合作伙伴，连厚德见他一面也算是很稀罕的事了。李院长那边，他的设计院在高校要改制，自然也要忙着处理自己那一摊事。

总之，有半年的时间，项目基本上处于无人管理的状态，虽然陈总还在任，但是因为不得人心加上能力有限，所以他也就在那里拖着，直到5月冰冻期过后才开工，但随即，便以调试设备为名没有再试产。

偶尔董事们也会提醒下黄总，但每次，黄总都说要先把电力上网的事情解决好，其他事都不急。就这样一直到了5月底，王院士在休整了大半年后身体有了好转时，便提议大家一起到东北现场去看一下，顺办开个会商议下一步的工作。

就这样，时隔半年，大家才在项目现场再次聚集。

现场的状况让所有人吃了一惊，厂子内一片狼藉，仿佛在这半年多的时间根本无人看管一样，到处充满了凄凉、败落的景象，用钱副书记的话说："这简直就是一个破大家！"

王院士看着自己参与的项目弄成了这样，最为痛心疾首，他在会上首先做了严厉的自我批评，对自己这半年来由于身体原因而无法参与项目深深自责，大家也都在王院士的带动下做了反省和自我批评。轮到黄总时，他也象征性地自我批评了一下，但随即就提出了一个问题，而正是这个问题让会场一下子炸开了锅。

黄总提出："现在主体设备制造厂家生产的设备技术太粗糙，而且造价太高，通过我的努力，胡教授（就是黄总原来自己带来的那个教授）研发出了一种新的设备，造价比现有设备低了10%以上，通过这一段时间的试运行，我觉得性能更好。希望董事会能考虑我的建议，在主体设备方面比较下，用性价比更高的设备，这样不仅能减少总投资，而且对项目的发展更加有利。"

厚德一听，心里那个气啊，黄总这样的提议，肯定是要被大家所不齿的。这个项目的核心技术思路是王院士带领科研团体提出的，并通过多年的努力和研制，才初步形成现有的设备。黄总通过项目合作，按照这个技术思路仿制设备，这已经不是挖墙脚、过河拆桥的概念了，简直就是赤裸裸地剽窃！黄总作为董事长，不通过自己公司的技术力量来解决现有问题，而是把精力用在了仿制设备

238

上，这本身就是对合作伙伴的不信任，很容易在项目内部造成分裂。况且，从一开始黄总挪用注册资金，到执意选用对自己言听计从的总经理，再到现在竟然仿制设备，这一系列的行为都是在为自己争取利益最大化，而完全无视项目的利益。黄总这样的私心，股东和合作伙伴怎么可能看不出来，又怎么可能支持和认可？

果然，黄总的话音刚落，东北方面就已经暴跳如雷了。张县长直接站了起来，对着黄总就开炮："我说你这段时间干什么去了，原来是造设备去了，你这样做摆明是要散伙了，是吗？设备有问题，你不想着解决问题，而想着自己去造设备挣这点钱？你不想想，如果没有王院士，我们能和你合作？"

坐在旁边的郑书记刚要发火，钱副书记就抢先开了口："黄总，一开始是王院士推荐的你们公司，我们才有兴趣和你们合作。今天设备有些问题，虽然不是王院士自己的厂子生产设备，但是你这样做，是对王院士信任的态度吗？你对得起王院士对你的信任和厚爱吗？再说了，你做这个董事长，不去想怎么把三家带动起来，心往一处想，劲往一处使，尽快把项目搞起来，而是把眼光放在怎么通过设备挣钱，怎么想尽办法用大家的钱去为自己谋利，你这样下去，我看这项目迟早要被你搞黄，你怎么对得起大家对你的信任和期望？"

李院长也实在憋不住了，手往桌子上重重一拍，用手指着黄总说："黄总，你说你这样做算什么？不相信我们是吗？我们呕心沥血那么久，你带人来看了下就会造设备了，那你去搞好了，我不干了！"说完还把手里的文件使劲儿在桌子上一摔。

黄总坐在那里，脸涨得通红，他是真没想到自己的几句话会闹到如此地步。但嘴里还在一个劲儿地解释："我这不也是为了项目好吗？设备造价低了，我们可以省点钱，设备运行好了，项目早日投产，就能见到效益，我这也是为大家好啊！"

听了黄总这样"此地无银"的解释，大家刚要开始新一轮的炮轰，王院士却挥了挥手，示意大家停下争论，所有人都瞬间安静了下来，只将目光望向王院士，等着他的意见。王院士语气沉重地说："各位，如果新的设备比我们现有的设备好，我同意用新的设备，我认为项目成功才是最重要的。黄总这样做也是为大家好，为项目好，我觉得我们可以在新设备上尝试下。"

王院士简单的几句话，让一触即发的紧张气氛一下子缓解了下来，会场瞬间陷入了沉寂。大家嘴上虽然不再说，可是心里却仍然对黄总有着满腔不满。而大家更明白的是，王院士说出这一番话时，正在忍受着内心巨大的苦楚！

王院士环视了一下沉默的众人，问大家下一步在项目上有什么看法。

张县长首先回答道："既然王院士胸襟宽广，不计较这件事情，我们也听您的，还是以项目为重。我的意思是黄总的设备可以拉来试一下，如果的确比现在的设备好，我们可以考虑，但是前提是设备我不付钱，合适了再付钱。"

黄总一听马上应和："那是自然，那是自然。"

张县长又说："那下面我们先说说项目的问题吧。黄总，你找的那个陈总经理实在太差了，什么都不懂，今天我们大家去现场也都看到了，简直一塌糊涂。黄总，我今天就对你直说了吧，这样的总经理我宁愿不要，要放在我的县里，100个这样的都早被我罢免了，你一个做企业的，眼光怎么能这么差呢？"

张县长的话获得了在场很多人的响应，显然，陈总的工作实在不能让大家满意，尤其是东北方面的三位，全都口径一致地对陈总的工作提出了极其严厉的批评。

黄总一看局势明显一边倒，没有办法，也只能低声说："那么大家就看看有没有合适人选吧。"

不知是一时想不到合适的人选，还是大家对此各怀心事不好表明，会场在此刻再次陷入了尴尬的沉寂。沉默了好几分钟后，钱副书记看了看表，抬起头对大家说："要不然就这样吧，今天时候不早了，咱们先吃饭，我们下午去现场再看一下，晚饭后再来讨论这个问题。"

厚德在走出会议室的时候，内心有些忐忑，刚刚黄总引发的风波看来是暂时平息了，但谁也不知道，这是风平浪静的信号，还是一场更大风浪的预兆。

曲终人散

下午大家又去现场看了一遍，眼前凋零破败的景象让大家的心情都分外沉重。之后张县长把李院长和厚德单独叫到了外边，说要带他们去吃点小吃。厚德和李院长心里清楚，吃小吃不过是个说辞，张县长一定是有话要对他们说。

果不其然，刚一走进饭店包厢，张县长就忍不住开始大骂黄总，痛痛快快地骂了一通后，又开始向他们两个发起了牢骚。听得出，张县长此时此刻心中十分难过，正是因为这个在地区万人瞩目的项目，他才从地区工业处调到了县里当县长，外人看起来风光无限，可人情冷暖只有他自己最清楚。"有味之物，蠹虫必生；有才之人，谗言必至"，项目筹备了这么长时间却没有结果，不免给他招来了很多非议和批评。张县长重重地一撂酒杯，擦了下嘴说："妈的，这个农民，从一开始我就看不惯他，你瞅瞅第一次见面时候他那个猥琐的样子，哪里像个企业家，要不是王院士推荐他，我怎么可能和这种人一起做事？现在可好，他倒跑来挖墙脚了，不想着好好把项目搞好，却去研究做设备了。你们看着吧，他的设备来了，我一分钱都不付！"

厚德和李院长看到张县长情绪激动，都赶忙劝他别太生气，之后大家一起举杯相碰，然后一饮而尽。干完杯后，李院长问张县长："您看现在陈总管得实在不像话，晚上大家还要开会讨论这事，您心里有合适人选了吗？"

张县长却没直接回答，只呵呵一笑，说："我心里的人选，恐怕和你差不多。"李院长一听，也会意地咧嘴笑了："来来来，大家再干一个，晚上开会！"

厚德举着酒杯，心中隐隐有了些预感。

晚上大家再次来到了会议室，黄总见到大家陆续落座，便清了清嗓子率先说道："现在开会吧，大家把项目的问题讨论下，看看下一步我们怎么干，毕竟项目耽误的时间太长了。"

张县长第一个接过了话头："项目目前存在的问题，不单单是某一方面的问题，我认为在各个方面都存在着一些问题，我们股东、董事会成员以及总经理，一直到中层干部和基层员工，都应该对出现的问题负责任。这里我先做个自我批评，我前段时间的确对项目关心不够，我向大家检讨。但我想，需要检讨的不仅是我本人，董事长呢？前段时间忙着生产设备去了，当然他自己集团公司的事也很忙……"张县长的这一番话，明显是对黄总余怒未消。

张县长还要往下说，钱副书记却打断了他："我说张县长啊，问题呢就不要再说了，大家心里都很清楚，今天不是开批斗会，而是我们坐在一起研究项目如何往前推进的问题。我看我们还是先说具体需要解决的问题吧。"

幸亏钱副书记出面打断了张县长，否则黄总不知道又要挨多少骂，虽然这样的指责听起来很是解气，但的确对项目进展作用不大。想到这，厚德无奈地笑了下，心想：黄总之前挨的骂也不少，但也没见他有什么改变。

黄总看到有人替自己解围，赶紧趁机说："对对，我们大家还是谈谈具体问题吧。"

张县长瞥了一眼黄总，接着说："我看现在关键的问题，就在于总经理的人选问题，现场的情况大家也看到了，而且也听到了一些来自各方面的汇报，陈科长这个人就不是干企业的料！"

听到自己当初力推的人被张县长如此评价，黄总脸上又是一红，不过此时他已经明白罢免陈总势在必行，所以也不再为之争取，只是说："那大家说说吧，现在谁最合适？"

李院长这个时候说话了："我看我们这里就有合适的人选，厚总！"

李院长的话马上得到了张县长的支持："没错，我也看好厚总。"而郑书记也跟着说："我看可以。"

钱副书记、王院士同时看向厚德，脸上充满着鼓励和期待的微笑。见大家如此推荐自己，厚德心中不禁一暖。

这个时候，王院士面带笑意对厚德说："小厚，你有什么意见？"

厚德只觉得脸上一烫，凝视着王院士说："王院士，从一开始我就已经表态了，我是真心热爱这个项目，也愿意为这个项目的发展贡献自己所有的力量。只是我觉得光有热情恐怕还不够，我自己的专业知识还很欠缺，但是如果大家觉得我还能承担的话，我愿意付出我所有的努力！"

厚德的话得到了大家的认可，钱副书记也连说着："好，好。"

这时，厚德扭头看了下黄总，黄总脸上似乎没有什么特别的表情，只是很严肃地看着那些支持厚德的人。看到他这副样子，厚德只感到一阵恶心。厚德客气地对大家说："只是，我毕竟是黄总公司的人，黄总是我的老板，这个事情我想还是征求下黄总的意见，我想各位也给黄总一些时间考虑下。"

钱副书记点点头："那好，你们商量下，我们今天就先谈到这里。张县长啊，我还有点事，一会你过去和黄总再聊聊，我就先回去了。"

王院士也说："李院长，你们几个再讨论下，我也先休息了。"

钱副书记和王院士离开会场后，会场中的其他人都没有走，包括县里的两位副县长、地区工业处的两位副处长等都留了下来。

张县长先是拿起一包香烟，一一分到大家手里，然后问黄总："黄总，现在大家想找你借人了，你看怎么样？"

黄总支支吾吾地说："我没有什么大意见。"

张县长扭过头问厚德："厚总，你还有什么想法。"

厚德扭头看了下黄总，对方的脸上写满了不痛快的神情。厚德于是略带调侃地对张县长说："老哥，我来这里，待遇怎么样？回家机票谁给报？多久回去一次？我这个总经理有什么权限啊？"

张县长一拍胸脯："这点你放心，大事你管，主要把人、钱管好了，其他事情有中层干部去做，你用对人就行了。有事你肯定得处理，没事你去哪都行。机票的问题你放心，公司不解决我县里财政给你解决，吃、住在县宾馆，或者我去哪你去哪。兄弟，这下你还有什么不放心的？"

还没等厚德说话，黄总的脸色忽然更难看了，然后憋不住了似的大声说道："那不行，以后厚德必须每天向我电话汇报工作，如果要离开 T 县必须要请示，没有我的同意不许回家。我是你的老板，我要你干什么你就干什么！"

黄总的话一出口，所有人都愣在原地，大家没想到黄总的反应会如此过激，而且所说的话也很匪夷所思，连对人基本的尊重都没有了。只有厚德知道，黄总并不是一时失态，而是他一贯如此。

厚德只觉得全身的血都翻滚着涌向了大脑，头又热又涨，但心却冷得好似寒冰，他沉默了几秒钟，忽然大笑着对黄总说："黄总，我来这里算卖给你了，你要我干什么我就干什么?!"之后用尽全身力气"啪"地一拍桌子，站起来了，大声说："我要是不干呢? 大不了我不干了!"

黄总顿时被厚德的样子吓到了，他们在一起共事两年多，他从来没见厚德发火过。他也没想到，厚德居然会在这个时候、并且当着那么多人面前发火。

此刻厚德却觉得胸口堆积着很多话，不说出来就要憋死一样，于是他紧接着又说："黄总，我的工资是你发的，换句话说，你是老板，我是员工，可你不能说要我干什么，我就得干什么! 你让我杀人放火，我也得干? 现在是什么社会了，连雷老虎都知道以德服人了，你还想就凭着发这点工资就到处耍威风? 我们两个人合作两年多，你仔细想想，我都为你做了些什么? 多少次了，我逆来顺受，就想着能有个好的项目大家一起做，一起发展。我虽说是个打工仔，可我总觉得职场、人生对每个人都是一场戏，我要把属于我自己的戏演好，所以并不在乎这戏台是你黄总，还是我自己的。我尽力帮助你成就事业，把戏台子经营好，即便我只是个戏子，也会很有成就感。可黄总你，总是想着怎么去弄你自己的戏台，可你别忘了，你本身也是要去演戏的，戏台再大，没人演戏，它还有什么用? 你从来没有想到要去做大蛋糕，而只是想着霸占整个蛋糕，可你想过没有，大蛋糕你就是分到一小块，也会多到自己都吃不完; 小蛋糕就算是你一个人吃，你都吃不饱。为了你，为了项目，多少次委屈我都受了，可到今天，我在黄总你这里却连个基本的信任和尊重都没有。我今天不想再忍了，今天我要不说这些话，可能永远没有人对你说，你也就永远听不到你在别人的心目中到底是个什么样!"

整个会场鸦雀无声，静得连大家的呼吸声都能听见。

厚德停顿了一下，稍微平静了一下自己的情绪又接着说："黄总，我今天对你这样是不礼貌，这是我的不对，希望你海涵，说真的，我的确不该这么冲动，更不该冒犯你。可是你想想，每个人都有自己的追求，也有自己的生活方式，你把你自己的公司、自己的事业看成了自己的生命，这令人敬佩，可你的员工们不一样，工作只是他们生活的一部分，生活不仅仅只有工作这一项内容。我们有自己的家庭，上有老，下有小，还需要承担我们自己家庭的责任，而不能够像你一样，把全部精力都投入到自己的公司当中。再说了，员工们一心一意为你的公司奋斗，你又给了他们什么？是经济上的丰厚回报，让他们生活得体面舒适？还是给予了他们足够的信任和尊重，让他们能够发自内心地说一句：'我是黄总的人，我赢得了黄总的信任和尊重'？我相信，所有的人都一样，都不会不食人间烟火，可黄总你天天大喊着要员工以厂为家，你有没有想过，那只是你的厂子，不是大家的家。况且一直以来你关心过谁？爱护过谁？我女儿生病，我多请了一天假，你不仅没有问候下我女儿的病情怎么样，反而摆了好多天的脸色给我看。我满怀着激情和梦想从上海、从世界500强的公司来到你这里，难道我在你眼里和心里只是想潇洒走一回，镀一回金？难道你相信你的公司比世界500强的企业的光环还耀眼？我现在已经离婚将近一年了，你知道吗？你除了让我无限承担你安排的任务，你有没有哪怕花一分钟去站在我的立场上想想我的处境？我的女儿还在读幼儿园，我的父母不远千里来给我带孩子，当免费的保姆，老的老，小的小，你有没有体会过一个人在婚姻、家庭、工作、事业上曾经有过的心酸？这样的事情太多了，我早已经对你心寒了，如果不是因为这个项目，我不会干到今天，但现在这些对我不重要了。我今天不想再隐瞒我的想法，我真是想通过这个三方协作的项目，能让你改变一些，能让你有所启发，能成就下你的事业和我的价值，可没想到直到今天，你还在苦苦相逼。我今天说这么多，其实就是想最终让你明白一句话：想做事情，你就必须先把人的事情搞清楚，人的事你如果搞不清楚，什么项目、什么事情也做不好！"

厚德重重地抛出这番话后，心里只感觉如释重负般的舒服和坦荡，积攒了很久的郁闷和憋屈，在这一通发泄后一下子全烟消云散了。

会场依旧和刚才一样保持着沉寂，但每个人脸上的表情已经不再淡定。

过了好一会儿，张县长才缓过神似的发了话，他安排两个手下陪厚德先回去，自己则要和李院长和黄总再聊聊。

厚德一出门，陪同的吴副县长、沈副处长就拉着他的手感慨道："兄弟，你是纯爷们儿！太痛快了，走，咱们喝酒去，我那还有茅台。"

几个人坐下不久，酒便拿来了，吴副县长特意交代宾馆送来些花生米、香肠之类的小菜，并先给厚德倒了一杯酒，之后又为自己和沈副处长分别满上："来来来，我敬厚德兄弟。"说完，自己豪迈地一仰脖子，就干掉了一杯酒。

放下酒杯，吴副县长说："兄弟，你真是条汉子，老黄这种人，就得教训教训他，你的话说到我们大家心坎里了。来来，再干一个。"厚德也不多说什么，只是跟着一杯杯干着酒。

没过多久，李院长和张县长也来了，张县长握着厚德的手说："兄弟，你真是太爷们儿了！老黄刚才还在对我们两个说你太过分，没给他留面子，当时我们就说了：'厚总说得对'，给他噎得满脸通红，半天说不出话。这不，他说今天晚上就要走，我也没强留，派司机送他去火车站了。来吧，今晚上啥也别说，咱们喝酒吧。"

　　这一晚上，大家真的是喝得痛快，光茅台中间又分别上了两次，每个人都喝高了。

　　第二天上午，李院长又来看厚德。这时大家的情绪都平复了不少，李院长语重心长地对厚德说："兄弟，从给你要股份没要到，我就知道会有今天，不管你昨天有没有发火，项目的结果我也有所预料了。只不过接下来，你就要考虑自己的退路了，以老黄的脾气，他是不可能想通你所说的话的，将来肯定要给你小鞋穿。"

　　厚德笑了下，说："老哥，我就没想过他会理解，我也做好准备了，合同到期我就不干了，哪怕我回去后他立刻开掉我都没关系。关键是我真为我们的项目感到可惜，多好的一个项目啊，弄到今天这种地步，我实在很痛心，也很惋惜。"

　　李院长听了后，也不禁叹了口气。

　　中午的时候，厚德反复措辞，给黄总发了条短信，大致意思是说昨晚自己脾气不好，对不起之类的。厚德其实并非真觉得自己说的有错，只不过他认为做人总要讲规矩，毕竟自己还是黄总的下属，职场伦理还是要讲的。而厚德发出信息后足有一个小时，黄总才给了回复，并且只有一个字："好"。厚德又在东北待了两天，也就和众人告辞回去了，总经理的事情自然是无疾而终，还是陈总在那里顶着。走之前，厚德特意交代李院长不要把自己顶撞黄总的事情告诉王院士，他真的不想给老人家添乱了。而且，即便王院士知道了又能说什么呢？事情已经无可逆转，还是让王院士耳不听为净吧。

　　厚德回到了公司后，特意来到了黄总的办公室，当面就自己那天的态度道了歉。黄总淡淡地看了他一眼："你说的有些话是对的，但你不应该在那么多人面前发牢骚。"

　　厚德笑了笑，没再说话，出门前告诉黄总："借林县长的钱，你尽量快些还给他吧。"

没过两天，黄总就把从林县长那里借的520万还回去了。厚德算了算时间，前后用了近7个月，而那5万块用于疏通的费用，厚德也包好送到了黄总办公室，并且告诉他："林县长没有要这钱，还是还给你吧。"黄总默默接过了钱，顺手从身边的包里摸出两条香烟递给厚德："辛苦了，这里有两条中华烟，你拿去抽吧。"

厚德看了一眼香烟，却没伸手去接。黄总又说了一遍，厚德才把烟一拿，扭头走了。

接下来的三个多月里，厚德啥事也没有，在省会的办公室里过起了逍遥的神仙日子。每天睡到自然醒，中午依然找足浴会馆捏捏脚，舒服睡一觉。这几个月内，他只替黄总做了一件事，就是之前门厂曾经与一家公司合作在外省做了一个政府工程，但是门全部做完送过去、安装好，直到对方都已经在使用了，公司还是一分钱没有收到。这边门厂眼看着要倒闭，那边却还有近300万的货款没有收到，黄总想来想去，只能安排厚德去处理，厚德倒也没推辞，爽快地答应了。

经历过那么多事情，要账对于厚德而言根本就不算个事！很快，在规定的时间里厚德就把该要的货款全部要到，只是与以往不同的是，他这次办事没有像原来那样节约，前后花了足有10万块钱的公关经费。

而曾让厚德挂心不已的项目，在这几个月的时间里也有了一些新的动向。陈总在新的一次试产中出现了事故，险些造成人员伤亡，幸好处理得还算及时，项目于是也就一直不黑不白地在那里搁置着。李院长退出了项目组，王院士也提出了退出股份，不再参与合作。东北方面提出能否由黄总出资，全额或者部分收购他们的股份，但黄总一直拖着没有表态。

11月的时候，天又渐渐冷了起来，厚德等待的那一天也终于到来了。黄总郑重地把他叫到了办公室，开门见山地说："你的合同还有一个月就到期了，我决定不再和你续约。你很聪明，能力也很强，但是我感觉我们的工作不合拍，但还是感谢你为公司所作的贡献。"

厚德笑了笑，心里反倒觉得前所未有的踏实："黄总，我尊重你的决定，但我有个要求。按照劳动法，合同到期公司要根据国家规定，补偿我三个月的工资，这笔钱我真的很需要。另外我要感谢黄总这几年对我的栽培和理解，不到之处还望您海涵。以后我们不再是上下级的关系了，但只要黄总您不介意，还是可以把我当小兄弟，有需要的地方尽管开口，我一定效劳。"

黄总脸上也露出了笑意，那表情，和当年在火车站咖啡厅邀请厚德加入自己公司时一模一样："那是，生意不成仁义在，我们还是朋友！"

就这样，伴着夕阳的余晖，厚德抱着收拾好的东西离开了。走出公司大门的那一刻，他忽然想起，黄总桌上那个如影随形、心爱的笔记本，已悄然换了。

坐静篇

去与留

民企生存法则

厚德的故事，随着他与黄总的分道扬镳，而暂时落下了帷幕。

关于本书的结尾，曾有很多朋友提出了意见，大家大多比较希望见到"功成名就、皆大欢喜"的完美收关，而我再三斟酌，感觉美满的结局固然喜闻乐见，却有违此书"真实"的初衷，并且"美满"固然美好，可并没有太多借鉴的意义，更怕误导读者。

职场不可能完美，即便放眼人生，又能有多少美满的结局呢？任何美满都要在历经努力付出和艰辛跋涉后方才有存在的可能，更何况现实中，还有很多人虽然也遭遇挫折和风雨，但人生轨迹也未能如己所愿。所以在我看来，真正的"美满"不在于结局是否团圆，而在于这一路上的历经风雨、不断拼搏；在于即便饱经风霜而依然痴心不改、孜孜不倦。纵观神州华夏5000年，最为辉煌的篇章并不是那些完美的故事，而是千万中华儿女矢志不渝、生死不悔的奋斗历程。想到此，我感觉"美满"固然是很多人想要看到的结果，但对于本书而言，"美满"不是让主人公厚德有个美丽的结局，而是纵然未能如愿，他却有勇气继续行走在路上！

我写此书的真正初衷，是希望能给在民企工作的朋友们一些借鉴和参考。无论是普通员工还是民企管理者，倘若在读完此书后，能够获得一些启迪，学会一些职场技巧，或者开拓一下管理思路，那便是我最大的欣慰了。

厚德的故事虽然暂告一段落，但他留给我们的思考却依然留存于心间。下面我们不妨继续探讨一番：员工和高管们如何在民企更好地生存发展，民企本身又该如何转变思路、改善管理，求得更广阔的生存空间。

——作者按

去与留

一、来民企究竟是好还是不好?

我总会被人问及:"去民企到底是不是个好的选择?"在此,我想套用一句话做个回答:"如果你爱一个人,就让他来民企,因为那里是天堂;如果你恨一个人,就让他来民企,因为那里是地狱。"

当然,民企不至于美好如天堂,也不会悲惨如地狱,但这个比喻却不失形象地反映出民企员工们的真实现状:好或不好都不是绝对的,有机遇使然,也有事在人为。

以厚德为例,如果他没有去黄总的企业,而是还继续在500强企业工作,会不会发展的空间更大些?取得的成就能比在民企更多些?

在回答这个问题前,作者先要阐释一下民企和外企的不同。

首先,外企的管理很规范,条条框框比较多,在管理上适合那些比较适应体系的人;但是如果是开拓型的企业，或者管理很人性化的外资企业，厚德可能会比较适合，取得的成就很可能也会比现在大。但是这也是在凭空猜想，因为还有很多其他的因素会影响全局，比如你和顶头上司的脾气是否相投等，这些对你的职业生涯都可能产生影响。

简单点说，智商比较高的人较适合技术工作和外企这类的工作，情商较高的人比较适合民企和管理类工作。厚德虽然很努力，但综合资质算是平庸，情商比智商略高，所以来民企应该说是比较正确的一个选择。比如，厚德在外企零售业工作时的那些手下和同事，他们在厚德离开后大多很快就升职了，这得益于那一阶段外资零售业正处于在中国的扩张后的人才匮乏期。但近年来，外资零售业和其他外资公司面临着收缩和降低成本的要求，他们在中国内的业务总体在压缩，因而人员也在精简。于是，之前升职的那些人日子变得不好过起来，有些甚至已经离开了外企。

总体来说，外企和民企的差距待遇上在慢慢缩小，模式上在实现互通，管理上在逐渐靠拢，外企本土化、政治化的倾向也很严重，民企制度化、规范化的趋势也很快，所以，到底民企好不好，是没法做出一个明确回答的，很多事情只能相对地去看待了。

二、在民企干得不爽，要不要走？

很多职业经理人到了民企后，一开始往往都是满腔热情地去工作，但是很快会发现，自己所做的事情并非想象中的一帆风顺，会受到很多预料之外的掣肘和牵制，然后他们就灰心丧气起来，继而很快离开。这样的例子可以说比比皆是，究其原因，可以总结成四个字：准备不足。

民企老板在挖人的时候，一般都是礼贤下士，甚至亲自上阵三顾茅庐，一旦你进入企业后，也会给你一段时间的蜜月期。在蜜月期内，你的小毛病、小缺陷都会被原谅，但大部分人在这段时间内会错认为"老板特别信任我、欣赏我，我要大展拳脚，帮他解决问题"。如果你也是这样考虑的话，那么你在这家民企的职业生涯就要小心了。

越是蜜月期，越是一定要谨慎、小心。这个时候你的外部虽然有光环笼罩，但正因此，别人更容易从暗处瞄准你，一旦你有什么把柄落在别人手里，对方绝不会善罢甘休，尤其是那些相对成熟点的民企，暗中的惨烈争斗可绝非是表面上一般人能看到的那些。只有一种情况例外，那就是你在过去取得了大家公认的成就，老板把所有的希望都放在你一个人的身上了，不过这样的情况极少，否则的话，你还是谨慎、低调点好。因为你说的每一句话，每一次表态，甚至每一次报销申请都可能会被人所关注，也都有可能会给别人留下一个不好的印象。

度过蜜月期后，你的形象在老板眼中变得正常起来，这个时候，你的缺点会被老板提起，甚至你会遭到批评。这是正常的，也是好事，如果老板对你连批评都没有，你就要更加担心了，因为这意味着他可能会随时炒掉你。

随着你对公司了解越深，并发现自己的一些想法，尤其是好的想法在这里得不到施展和尊重的时候，你就会犹豫、彷徨。这个时候，选择就来了，有些人觉得在这个公司待下去值，他就会忍着，相信终有一天会被信任、重用；有些人会觉得没有太大意思，就会马上离开。我觉得这两种想法都很正常，关键取决于你自己的判断：在这里继续工作是否会影响到自己的原则和价值观，熬下去是否值得。这一点很关键。

就像书中厚德接任项目总经理的那件事，厚德如果觉得值得熬下去，便顺水推舟接任总经理就行了，但他觉得再在黄总手下干已经没太大意思了，所以就"不伺候了"。

民企生存法则

——一个中心，两个基本点，三大法宝以及四项基本原则

一、以老板的思维为中心

民营企业，说白了就是老板们的企业，说老板是这家企业的皇帝可能有点过，但他的确掌握着公司员工在这家企业职业生涯的生杀大权。民企高管，尤其是空降的职业经理人，在处理问题时如果不考虑老板的感受，那他可能就真的干不下去了。

不过，以老板的思维为中心不代表职业经理人或者民企高管没有公正的立场和价值观。大多数民企高管会在一些不太重要的非本质问题上充分尊重老板们的选择和意见。但就本书中所述的黄总和厚德的故事却不在此列，厚德是一再感到黄总对他不尊重、不信任后，才愤然选择和黄总分道扬镳。当然，厚德当众发飙的过激做法也的确欠妥当。

在民企工作必须认清一个现实，老板们朝令夕改、前后矛盾甚至言而无信的情况是时有发生的。如果遇到老板们前后说的话有矛盾，或者他说的话

258

和公司文件、制度有偏差时，那事情的处理过程就要格外谨慎了。

举个例子来说。H集团董事长办公室调查发现，集团公司个别高管在公司做工程的时候照顾了自己的关系户，导致工程质量次而价高。这事经董事长办公室调查后，汇报给了董事长，董事长大为震怒，立即指示董事长办公室发文：今后凡是涉及工程、基建、采购等项目，一律采用招投标，由董事长办公室负责招投标工作。

由此，董事长办公室一下子成为了权力更大的部门。为此，董事长还专门提拔了一个自己信得过的亲信任董事长办公室主任，对外宣扬要进行改革，一改公司的不正之风。而这位新上任的董事长办公室张主任之所以担任如此要职，并不是能力超强，而是擅长溜须拍马，这点在集团公司上下是有共识的。而张主任刚升了职，正是春风得意，所以也很急于想要做些成绩给老板和其他人看看。

张主任上任没几天，就接到了一个请示。集团下边一家子公司的老总报告，说子公司某车间的仓库屋顶漏了，要整修一下。如果是在当地找个泥瓦匠，自己买材料，预计在500元之内，一天就可以完成。但不知是否合适，所以请董事长办公室批示。

张主任顿时心中大喜，简直就是正想睡觉时，有人就把枕头递过来了。屋顶漏了要修补，这也属于基建项目，既然如此，那就正好拿这个项目给自己立威！

张主任马上给子公司的总经理打了电话，严厉批评了这种顶风作案的想法，并说，他会亲自去子公司按照公司程序处理此类事情。

在通完电话的第二天，张主任一早就带着办公室副主任、办公室秘书驱车50多公里跑到了子公司，又是拍照，又是座谈，弄了一上午，最后定下方案：在集团公司总部找多个供应商，采用公开竞标的方式来完成此项修缮的工程。

接下来的一个多礼拜，经过多轮、公正、公开的招投标，最终确定由董事长一个朋友的公司的一个泥瓦匠，以董事长朋友公司的名义揽下了这活，开价500元。

按常理讲，别说正式的公司了，就是路边泥瓦匠恐怕都不愿意为了几百块的事情如此周折，而事实上，这也正是董事长的朋友的精明之处。他从这件事里读到了未来的机会，所以宁肯在这件事上出力不讨好，像模像样地陪着张主任他们走完了流程。用赔本的价格做成了这单生意，并且借机摸透了董事长的脾气和董事长办公室主任的套路和权力范围，顺便了解到了集团公司门卫、宿舍管理用房改造的机会。这几个活，至少可得几百万！

但是深谙其道的并非他一个人，H集团的高管们、子公司老总们都读懂了这里面的含义，但是，没有人提出意见。因为H集团就是个老板一手遮天、一言九鼎的状况，张主任在董事长的"恩宠"下做事，自然没有人会在这个时候去跟他对着干，反正花的又不是自己的钱。但说实话，民企做到这种地步已经很悲哀了！

于是，子公司的仓库屋顶修补工作很快完成了，当然，在一个多月后，集团门卫房的改造中，董事长朋友的公司也顺利中标了。

这一炮打响了，张主任忍不住心中得意，从此以后，"董事长的指示"就成了他的口头禅。可出人意料的是，在半年度集团公司经营会议上，张主任也正因为这句话，受到了前所未有的巨大挑战。

半年度工作会议一开始，H集团的子公司老总挨个汇报工作业绩。除了一个子公司略微盈利外，其余子公司全部亏损，而且亏得还挺多。董事长非常生气，让各个子公司老总必须当场总结，找出亏损的原因。

子公司的老总们却一个个心中有数似的，依次开始了他们的陈述。

第一个发言的，就是上次申请修补仓库屋顶的子公司老总："亏损的原因固然有汇率的问题，员工成本增加的刚性问题，但我不认为这是主要的，最主要的是我们自身出现了问题。我们的问题在哪里？我倒是认为我们的问题出在我们的管理，在我们的心态！我公司仓库屋顶漏了，找个小工一天就干完了，工钱加材料顶多500块钱。可董事长办公室说这是基建工程，要招投标，几个人开着车来了几趟，又是招标，又是竞标。姑且不说耽误事、费时间，大家想想，开车跑这几趟油钱是多少？你们三个人跑这几天工资补助是多少？我们的管理不是为经营服务的，而是去限制经营、约束经营的！我们的心态是防贼的！如果连基本的信任和权限都没有，那我看这公司开着也没多大意思，直接关掉得了！"

他这一发牢骚可不得了，其他子公司的老总们接二连三开了火："我端午节给几个主要的客户买了几盒粽子，董事长办公室查了好几趟，那以后客户你们去维护好了！""我们现在就像是明朝末年，董事长办公室就是锦衣卫、东厂，什么都要查。"

董事长实在是听不下去了，转头就把张主任骂了个狗血喷头："你傻啊，修个屋顶几百块，你花了多少时间？多少油钱？你自己不会算这个账啊！"

张主任一下子懵了："这不是公司文件这么规定的吗？凡是基建项目都要招投标吗？

董事长的骂声更大了："文件是为了公司经营服务的，不是为了办傻事的！你家里灯泡坏了，你会跑到50公里之外去买便宜一毛钱的那个吗？"

至于张主任在H集团的职业发展，大家可想而知。只是直到离职张主任都在委屈："我可是按照董事长的意思和文件来执行的啊！"

读不懂老板的心，实在是一件很出力不讨好的事情。在民营企业无论做什么，社会效益、政治效益都只是辅助的一部分，而摆在第一位的永远都是——经济效益。

切切牢记。

二、两个基本点——做人、做事

1. 做人

我很喜欢一句话："本色做人，角色做事。"在民企里，做人要有原则，要有德操，更要有底线；而做事要有分寸，要有把握，要能放更要能收。

无论什么情况下，千万不能因为工作、权力和金钱而失去了自己做人的原则和立场，甚至不惜违法乱纪、铤而走险。职场中人必须要明白"君子爱财取之有道"，同时也要清楚地认识到，在残酷的市场竞争中，自己的品行和美德只有通过做事才能得到完美的体现，单纯的、一厢情愿地去做老好人、烂好人，那肯定是不长久的。同时，做事也要适可而止，留有余地，收放自如，切不可意气用事，把个人的情感带到工作中，从而失去对事物应有的公平、公正。很多事就像电影中的那句台词一样："出来混，总是要还的。"

既然做人很重要，那么具体什么才叫"做人"呢？就是你的品行、立场，以及关键时刻如何处理与别人的关系。很多人会说，我只要把事情做好了，替老板把钱挣了，我品行差点没关系。可老板们真的不在乎一个人的品行吗？我看未必。

即便是一个很有能力的人，为老板们挣到了钱，做了一些重要的事情，可即使这样，老板也是会防着对方的，也只会限制性地使用，想要到重用那一步其实很难。

下面，我就用一个实例来说明这点。

Y集团公司曾经聘用过一位姓钱的销售老总，这位钱总来头很不小，一直在行业内某领军企业里作销售部门一把手，业绩惊人，据说每年个人的业绩就有好几个亿。董事长于是花了很大的工夫，用了一年多的时间才终于把这个人挖到手里。

钱总这个人是见过大场面的，当然人也是很讲派头的。面试的时候，就要求公司把机票都订好，而且必须是头等舱或公务舱；住宿非五星级酒店不可。

到了公司上任后，公司给他安排了宿舍，是在公司周边新建的居民楼，将近100平方米，配套精装修。可钱总进去后只是看了一眼，扔下两个字"不好"后扭头就走了。董事长也不敢怠慢，赶紧安排一个副总和自己的秘书亲自安排。很快，钱总就找到了自己满意的落脚地：黄金地段顶级公寓的一套房间，面积虽然和那个差不多，可里面的装修更豪华，完全可以媲美五星级酒店，价格嘛，当然也是不菲的。

公司为钱总的到来下足了血本，不仅安排了顶级公寓，还配了一辆德国原装进口的车，腾出了专门的办公室，下发了任命文件，直接就把子公司人财物、产供销的权力给了他。一下子，公司里面原先的高管们都坐不住了，民怨沸腾，另两个子公司的销售老总、总经理全都直接找到董事长去要求提高自己的待遇。理由倒也很充分："钱总刚来，还没有作出贡献，他什么都没干就享受了这个待遇，那我们这些作出贡献的该享受什么样的待遇呢？"董事长花了很长时间去解释和沟通，才勉强把大家的情绪安抚下来了。

钱总到了公司后依然很高调，走在路上谁都不看一眼，也不和任何人说话。刚来没几天，他打电话给集团公司的人力资源经理，说让人力资源老总来自己办公室一下，有事情找他。人力经理委婉地对他说："钱总，这样不合适吧，您是分公司的销售副总，我们人力资源的老总是集团公司副总，不管待遇上有没有差别，但是他的级别在您之上，您这么把他叫到办公室不太恰当吧？您看要不这样，我们在小会议室谈如何？"

人力资源老总和经理、钱总三个人如约来到小会议室后，钱总一下子就坐到了主位上，用教训人的口气说："我分管的是采购部，可我昨天给采购部副经理打电话，她居然说老板娘安排她有事情，她正在外面替老板娘买东西。你是分管人力资源的老总，这事你怎么看？我要管这些人，他们就必须听我指挥，如果她天天替老板、老板娘去做事，我的工作怎么开展？要么你让她调到董事长办公室，要么她在我部分就听我一个人指挥。"

人力资源老总淡淡一笑说："钱总，您的意见我知道了，但这个事情我定不了，但我可以给董事长反映一下。"

当天下午，人力资源老总就去找董事长汇报这事了，具体汇报过程无人知晓，但结果就是董事长拍着桌子生气地说会管好自己的老婆。接下来，钱总的小道消息一拨接一拨地在公司里流传：钱总昨天晚上在 KTV 里抱美女了，钱总在哪里又喝多了，钱总开会又和谁吵架了，都差点动手等。

总之，优点一句没有，全是缺点！

在钱总来的第20天，不少人期盼已久的时刻终于来临了：钱总辞职了。关于辞职的原因有两个版本，官方的版本是钱总母亲生病了，需要人照顾，所以他回家照顾母亲去了；而另一个流传更广的民间版本则是说，是董事长把钱总劝退了。

钱总走后，一切都恢复了正常。后来，过了很久，H集团的董事长私下里和别人闲聊时说起过钱总："人肯定是有本事的，但人品不好，和我们没缘分，可惜了！"

2. 做事

在民企工作，做事是高管和职业经理人安身立命的根本，没有了做事的能力，一切都靠不住。有朋友可能会说，有些民企老板还是很重感情的，其实民企的感情，终究也是建立在做事的基础上的。下面我们来看看老殷的案例。

老殷50岁不到，来自中部省份，曾经在著名的国企作过集团办主任，后来企业破产后便来到沿海打工，几经跳槽后来到了国内一家年产值号称300亿以上的知名民企做董事长助理。工作了几年后，老殷感到在那家企业待遇一般，而且受到了一些不公正待遇，就去了另一家企业做董事长助理了。

老殷人很厚道，品行也很好，但老殷自己感觉年纪大了，职业生涯已处于末期，不想太折腾，所以老殷平常都是"事不关己高高挂起"，尽量息事宁人，成老板之美。平常开会，讨论个什么问题，写个材料什么的，全唱的是喜歌，马屁拍得"啪啪"响。

有一次董事长、老殷和另外一个副总W总三个人去外地出差。正好外地有个政府的高官和董事长关系很好，是远房亲戚，而且董事长在他仕途早年曾经帮过大忙，所以他们去了后得到了对方热情隆重的款待。

酒席结束后，那位高官还把董事长叫到了自己的办公室说："这里面的东西你看中哪样，你就随便拿。"董事长信佛，最后挑了一件名贵木材雕的弥勒佛。回到宾馆后，董事长就问其余两个人认识不认识这是什么木材做的，他们两个都说不知道。董事长马上就问："你们觉得这个东西值多少钱？"W总说不好说，老殷赶紧说："这最少也值个几百万吧，送东西的人和董事长的身价都在这摆着呢，不可能是便宜东西，少说几百万！"大家哈哈一笑，也没有再讨论下去。

直到在返程的飞机上，老殷看了一篇文章，上面刚好介绍的是小叶紫檀的知识。他当时就捧着书兴冲冲地跑到头等舱去找董事长，说这东西至少值几千万，您看这文章说的小叶紫檀，都值这个价，这个肯定是小叶紫檀！说完后，老殷又回到座位，兴奋地对W总讲起这件事来。

老殷滔滔不绝地讲，这时W总已经开始有了警觉，只是在老殷说完后淡淡地答了一句："不可能吧。"就不再搭理老殷了。从机场出来，司机恰好有事来晚了几分钟，在抽烟的时候，董事长当着他们两个的面又突然问W总："你觉得这东西到底值多少钱？"W总平静地说："这东西就值个几十万，多了不值。"董事长紧接着又问："你怎么认为它值这个价？老殷可是说值几千万呐！"

W总说："我不懂木材，也不懂收藏。但我认为，这东西肯定是别人送给领导的礼物，既然是送礼，肯定要办事。领导刚到这个地方上任，不可能不谨慎，所以太大的事情他不会那么草率。但是按领导的级别，太轻的礼物又拿不出手。所以我认为几十万是比较合适的。如果值几千万的东西，那得办多大的事情啊？领导怎么会那么轻易地把这东西送给别人。"

董事长一听，突然大声说："对呀，按照我的思路，送礼是1：10，花一块钱办10块钱的事情，这东西就值这个价，多了也不可能。"

老殷听了，还一直坚持看这东西真值几千万。说着司机来了，他们上车返回公司，一路上大家说说笑笑，好像什么事都没有发生过一样。

此后，老殷却奇怪地发现，自己的工作越来越少，以至于到最后天天无事可干，事情都被老大越级直接安排给下面的人了。终于，董事长有一天抓到了老殷在办公室睡觉，直接就找他谈话，劝他离开。老殷走后好长一段时间后，董事长去外边吃饭，在闲暇聊天的时候提到了老殷："老殷人不错，但能力不行，在我们企业里光靠拍马屁是不行的，他说话做事欠缺逻辑性，能力有问题。"

所有的答案其实就在这短短的几句话里。按照老话讲的"逢人短命，遇货添钱"，老殷本意不坏，想恭维恭维，拍拍老板马屁，让老板开心下，但他忽视了董事长其实是把简单的几句话当成了对他能力的考验。结合几次会议中老殷不合适的发言和表态，他给董事长留下这样的印象也就不难理解了。

古往今来，拍马屁其实都是门很大的学问，马屁的成功也是需要建立在解决问题能力的基础上的，也是需要天赋的。在民企，老板需要的是既能干又乖巧的人，但光乖巧，是不够的。

在民企做事，就是要花尽可能少的钱，做尽可能多的事；花同样的钱，办更多的事；办同样的事情，花更少的钱。很多人到了民企后，认为只要把老板伺候好了，只要老板满意了，他们就可以活得舒服、活得长久。殊不知，这样的日子是不会长久的。

因此我一直相信：本色做人，角色做事！

三、三大法宝

1. 专业

能在民企任高管的人，基本上分为两类：要么是子公司的负责人，要么就是企业某个职能部门或关键岗位的负责人。一般来说，职业经理人进入民企，无论是内部提拔还是外部招聘（包括猎头推荐，自己投递简历，或者经别人介绍），他们的职位都不会低，待遇也会远远高于普通员工，企业在他们身上的投入不会少，自然对他们的期望也不会低。

一个人之所以能成为民企高管，就是因为你要做那些普通员工不能做的事，承担他们不能承担的任务，帮助老板做他们不能做的事情或者能够很好执行他的思路，让他得以分身。用老板们的话说："我花了这么多钱请你们来，是希望你们给我创造更大的效益！"

民企通常都是会有一个从小变大、自弱变强的过程，往往会在企业发展到了一定阶段，或者企业发展到了一个新的高度后，老板们会发现自己的精力已经不能再像原来那样事必躬亲，而自身的管理也需要更加规范，于是会逐渐将企业的管理职能化，进而会将原来"一专多能、身兼数职"的创始人员和管理人员进行专业的分工和层次区分：首先是有了基层、中层（企业再大还会有中高层这一层级）和高层之分，或者是母集团和子公司；另外一方面，是将专业性比较强的职能型、管理型岗位进行梳理、区分，成立各自相对独立的部门，比如投资类、财务、销售、信息化、人力资源等。

高管，是要做员工不能做的事情；专业，意味着你要做别人做不了的事情。只有这样，你才可以获得老板和公司上下的认可，你才可以当之无愧地成为高管并坐得安稳。

我们还是来看个例子。

H集团是传统的劳动密集型的行业，近几年遭遇"劳工荒"，公司里一直缺工人，招工成了H集团的心腹大患。前年的时候，人力资源的Y总联系了一家内部省份的劳务公司的苏经理，约好了一定的报酬后让其给公司送人。这家劳务公司在春节时到附近地区送人的时候，Y总邀请他们顺便到H集团看了一下。苏经理到了H集团后，Y总亲自安排宾馆、餐饮，并陪同他们一干人等到下边的子公司也看了看。Y总意思很简单：我这边情况你们都了解了，有人就大胆往这送吧。

集团董事长知道这件事情后，告诉Y总想见见劳务公司的经理，Y总不敢怠慢，立即安排苏经理和董事长见面。

董事长想和苏经理见面，是有他自己的用意的。董事长详细问了苏经理送人的情况后，便问苏经理想不想办个培训学校。

H集团的工种需要进行一定的技能培训，而且是女工要的多，这两年招工难，招女工更难，招到会这个技术的女工难上加难。很多新工头几个月产量做不高，光靠1000出头的保底工资生活，所以很多就离职了，造成集团公司离职率高和人力成本高。董事长找苏经理谈话的意图也很清楚：我出设备，你回去租个场地办培训学校，你招到工人后，在你那里培训一段时间后，把工人送给我，我出原来的双倍价格来要人。这样，你有稳定的合作工厂，收入会更高，而且工人稳定后，你的培训学校的口碑也就做上去了，以后会越来越轻松。

末了，董事长还说："如果合作愉快，我可以考虑以后在你那里投资，建个分厂，交给你管理。"

苏经理当时那个激动啊，哪能想到还有这么好的事，自然是满口答应了。

第二天，苏经理告别，回去筹备培训学校。临走时交代H集团，一旦她那边房子租好，集团就抓紧把培训用的设备运过去。

苏经理回去没几天，就打来电话，说房子找好了，要对方抓紧把机器运过去。

电话中Y总犹豫了一下，问苏经理是否应该先把合作协议签好再运设备。

苏经理却说没关系，先把设备运过来，同时把合同拟好传真给自己，自己盖好章再给对方快递过去就行。而且她告诉Y总："你这机器我要是不办培训学校的话，在别处根本就没有用。"

Y总想了想，便向董事长汇报了，董事长回复："先给她吧，这些设备也不值多少钱，再说我看这个女的也不像有心计的人。"

Y总于是就把设备运过去，并派了两个技术人员协助苏经理把培训学校开起来。

事情按照设想的方向一步步在发展，苏经理那里很快就陆陆续续送来人了。期间，按照当时的口头约定，送来的人员工作满三个月后就支付给苏经理报酬，Y总也按照口头约定付了钱。只是，每次Y总催着苏经理签合同，苏经理就会找借口搞得合同签不了。

半年后的一天，Y总接到了苏经理的电话，苏经理这半年来陆续送来有60多个人，但是送的人流失率非常高，留下来的只有9个，她自然钱也没挣到。苏经理一看，就找Y总提出补贴自己公司一些钱，否则培训学校她就不开了。Y总一听，考虑到的确这半年来培训学校效果也不好，便说既然不开的话就把机器还回来就行。

谁知道苏经理开了价，说如果想要机器，必须拿20万元给自己。

Y总傻眼了！赶忙向董事长汇报，董事长一听，只说："这事是你搞的，你自己去要回来吧。"

Y总无奈，不停联系苏经理要设备，可苏经理就是一句话：不给钱，没戏！Y总想尽了办法，也没办法要回机器。而董事长看他黔驴技穷，就建议让集团的投资老总W总来解决这件事。并且向W总下了命令，必须三个月内把事解决好。

在此之前，Y总一直是很看不上W总的，因此这次烫手的山芋转到了对方手上，他还幸灾乐祸了好一阵：我看你怎么收场。

没想到的是，两个月后，机器就顺利地拉回了公司，W总不负众望，完成了任务。

董事长把Y总和W总叫到了公司，让W总把事情的解决经过讲一下。

W总一开始和苏经理联系，对方也不理他，然后他就跑到了苏经理公司所在地那个县城去派出所报案。但派出所了解后说这是经济纠纷，而且连合同、协议都没有，所以不予立案。W总便咨询了律师，决定先找证据，来证明机器是属于自己公司的。

第二天，W总给苏经理打了个电话，并且把谈话录了下来。谈话的内容很简单，W总问对方机器是不是H集团的，苏经理之前被Y总电话反复轰炸，心里已经不耐烦了，索性直接说：东西是你的怎么了？我就是不给你！

然后，W总就拿着这个录音到派出所报案，可苏经理是当地人，别说派出所的领导了，县公安局她都认识人，因此这个事情除了报上了案，其他的就进行不下去了。

没办法，W总试着给市长热线打电话，给市长发短信，但对方压根就不理他。最后，W总灵机一动，想到了一招。

W总认真分析了县里的政策和县里主要领导的个人情况，连夜把事情的经过写成了文章，并找人发在了各大网站。然后他给市委书记发了个短信，大意说原本我们要在这里办个培训学校，如果成功后，我们也有在这里办分厂的考虑，可现在遭遇不公平的待遇，让自己无法回公司交差，万般无奈下，只能把遭遇放在了网上，请对方无论如何要主持公道，否则县里的招商引资环境如此差，其他企业还怎么敢来这里投资兴业。

效果立竿见影，当天下午W总就接到了市委监察部的电话，说书记已经指示了，要依法妥善处理此事。就这样，很快，公安局、法院电话都来了，拿回机器自然也就是水到渠成的事了。

W总讲完后，董事长看了看Y总："这件事你也听到了，老总是干什么的？老总就是要靠专业，靠智慧，干那些员工干不了、一般人干不成的事情！"

从此以后，不仅Y总，公司上下所有人都对W总刮目相看。

2. 学习

学习不意味着你要考硕士、博士这样的学历，也不见得你每天都去赶场参加各种各样的培训班。但是一定要坚持给自己充电，学习那些在工作中涌现的新的课题、新事物、新知识、新理论，同时还要学习不断接受那些你在工作中无法逃避的各色人等，包括员工、老板、供应商和合作伙伴。

就像本书中提到的那样，黄总曾经问过厚德是否还记得他的身份证号码，是否能合理解释门牌号，是否能顺利处理各式各样的难题，这些都是建立在学习的基础上。不管老板们出于什么目的，其实他们的心理就像花钱买商品一样，永远希望花高价请来的人具备无限的功能，就像万能钥匙一样，可以打开各式各样的锁。而且老板们往往还爱说一句话："我只要结果，不管过程。"

　　诚然，老板的有些要求是不合理的，甚至大多数老板对高管的要求是超出正常人的能力范围的，但无论合理与否，这就是他们的要求、想法、期待。当然，这也是他心安理得付给你高薪的理由。

　　学习，终身学习，是民企高管的一大法宝，也是职场长青的秘诀！

3. 沟通

　　可能很多朋友会很奇怪，为什么我会把"沟通"这个技能单独列出来？说起来理由很简单，是因为它真的太重要了。

　　为什么沟通如此重要？因为任何人在工作中都需要别人的配合，没有很好的沟通能力，你就不能很好地得到别人的理解、配合、支持，甚至是帮助。即使你的工作成绩很突出，没有很好的沟通，你也很难去充分体现你的业绩。如果你遇到了一些难题，没有很好地沟通，解决这些困难的过程将会更加困难。

　　沟通，并不意味着你要对别人都说好听话，一味拍马屁，这样反而会让别人轻视，让你得不到应有的尊重。同时，沟通也不意味着王婆卖瓜，自卖自夸，那就等于主动疏远了自己和别人的距离，搞到最后成了孤家寡人。沟通，更不意味着你简单地把信息传递给别人，而是需要你看清事情的局势，需要你站在别人甚至全局的立场上艺术性地去阐述自己的观点。

　　沟通的目的，在于促进自己的工作，保全自己不受不应该的伤害！

　　有的读者或许听过这样一个笑话：有位将军经常打败仗，慈禧太后在朝上问起此人战绩如何，这位将军的上司说："此人屡败屡战，勇气可嘉！"慈禧一听，大悦："赏！"这个笑话其实说的就是一种高效、艺术性的沟通。如果将军的上司说"此人屡战屡败"呢？那么这个将军的人头很可能就要搬家。

　　同样的一件事，沟通方式不同，结果大不一样。民企高管也要注意，工作做出成绩是一方面，如何和上级、平级、下级沟通也是需要格外学习和关注的一个方面。这点我很欣赏某位培训师说过的："向上级沟通要有胆识，向平级沟通要有肺腑，向下级沟通要有心情。"这话非常生动地说明了作为一个管理者，在沟通对象不同时自己也要采用不同的沟通方式。当然，除了不同的沟通对象外，不同的情形、不同立场、不同的环境下也都要考虑用不同的方式和方法，以达到最佳的沟通效果。

我们来看看一个成功沟通的精彩案例。

Z集团董事长招了个助理K总。这个助理早年是在国企工作，后来企业不景气后到沿海地区的民企来工作，在一家年产值300多亿的企业任董事长助理做了多年。Z集团的人力资源R总花了好大力气才把K总挖过来。可K总来后，迟迟找不到工作方向，因为两家企业的管理风格差距太大，K总显得很不适应。

Z集团的董事长找R总谈话，大致意思是觉得K总能力不行，是不是考虑辞退。R总想了想，说："董事长，论语有句话叫'不教而战谓之杀'。K总来公司有几个月了，据我说知，他没有得到过什么具体的工作任务，说他能力不行，恐怕他也不服气，毕竟他能在超过我们企业规模大得多的公司作这个职位有7年。下边的人也会认为我们做招人、辞退这个决定太草率，影响团队的士气。"

见董事长似乎有些犹豫，R总接着说："您说到这，我倒想起来一个典故：当年乾隆下江南的时候，发现江南贪腐横行，于是就指令纪晓岚来江南查办贪腐案件。纪晓岚查过之后，把涉嫌贪腐人员的名单整理了厚厚几本，交给了皇上。可皇上看了几眼后，就把名册烧掉了。纪晓岚十分不解，就问皇上：'这些可都是国之蛀虫啊，为什么要把名册烧掉呢？'乾隆笑着对纪晓岚说：'普天之下，莫非王土，率土之滨，莫非王臣，我把人都杀光了，谁替朕来守江山？再说，这些都是吃饱了的狼，我如果杀光了他们，再换一批来，那些可能都是饿狼，他们会吃得更多。'"

董事长这时恍然大悟，伸出了大拇指对R总说："你这才真是牛人啊！"

一场谈话下来，K总得以保全了，而R总也用典故巧妙地劝说董事长做出了有利于自己的选择，而且还让自己处于十分安全的境地。

民企里这样的例子很多，我只能说，良好的沟通，真的是太重要了！

四、民企高管生存的四项基本原则——酒、色、财、气

民企高管在工作中，酒色财气不可避免。在很多情况下，酒色财气事宜的处理会决定着你在老板和同事们心目中的地位，影响着别人对你的评价，甚至左右你的职业生涯。说白了，做事的能力是一方面，酒色财气才是民企高管做人水平的体现。

前面我曾经引用"饮酒不醉最为高，好色不乱乃英豪，不义之财君莫取，忍气饶人祸自消"这首诗。下边我分别用案例来阐述下民企高管在酒色财气方面如何去应对。

1. 酒

酒在当今社会是重要的社交媒介，酒喝好了，可以一见如故，加深感情，甚至办成大事，但酒喝不好，那是会出乱子的。

民企高管在和老板们喝酒时，往往会听到老板说："大家今天放开了喝，开心点。"但是越是这时越要注意，不仅仅和客户、和同事、和下级喝酒时要小心，在和老板们喝酒时更要小心，因为，酒桌其实是对你考验的另一个战场。

首先，酒桌上的礼仪你要知道，更要读懂酒桌上的潜规则，千万不能在小事上疏忽。

什么样的人安排什么样的酒菜，这叫看人下菜碟。市长吃饭，

你安排几个家常菜，老板会认可你的勤俭吗？而来个普通客户，你却提议喝茅台，老板会认同你的慷慨吗？安排的酒菜要和事情的重要程度相匹配，也要和对方的身份和公司的实力相匹配。

和什么样的人喝什么样的酒，那叫八面玲珑。和领导喝酒时，如果你不分场合随便称兄道弟，老板是不会认为你这叫会处理关系，而会认为你不懂规矩。和下级喝酒你胡言乱语，大醉伶仃，老板不会认为你为了团队建设舍身忘己，而很可能会认为你没有领导能力，不懂自律。和客户喝酒时你严防死守，滴酒不沾，老板不会觉得你洁身自好，严于律己，八成会认为你是自私成性，不合时宜。

当然，还有一种情况下，你尤其要注意，那就是和老板在一起喝酒。

民企很多老板会在空暇时邀请高管们喝酒，还可能会对大家说："大家放开了喝，好好放松下，没事的，今天是哥们儿，大家尽兴。"碰上这种场合，你可千万别当真，千万别自己真去尽兴喝、尽兴说。

如果你不信，那就听听王总的故事吧。

王总是Y集团的财务老总，50来岁，早年在中部省份一个大型国企任财务负责人，后来单位效益不好就来到沿海地区"打工"。换了好几个工作后，来到了Y集团继续做老本行。

王总来公司大约半年后，有一天老板让秘书通知他和其他几个高管去吃饭，说欢迎新来的生产老总。王总想必心里是很高兴的，也很珍惜这次机会，因为来公司半年了，这还是他和老板的第一次同席吃饭。

酒席一开始，老板就说了："今天大家放开喝，开心点！"

王总一听，说："老板这么说了，我们不喝好就是不给老板面子。我换白酒吧，平常我不喝白酒的。"很快，王总旁边就摆上了好几瓶白酒。

酒席开始后，气氛很热烈，大家你来我往，不亦乐乎。

新来的生产老总不失时机地和大家套着近乎，二两酒一下肚，马屁拍得开始有点露骨了："我们Y集团真是虎踞龙盘啊，大家面相都很好，尤其是我们老板和方总（老板身边的红人），那面相一看都是大富大贵。"

老板和方总听了也挺开心，带头哈哈大笑起来。

王总平常和方总比较熟，之间总爱开些玩笑，一听到这话，拿着酒杯就找老板和方总敬酒了，敬完老板，王总开着玩笑对方总说："我看你的面相真的好，不亚于老板，你又这么年轻，你好好努力，成就不在老板之下的！"

就在这时，出人意料的事情发生了！

方总是"政治意识"比较强的，听了王总的这番话，他忽然把端起的酒杯重重地放在了桌子上，大声说："王总，你这酒我喝不了。你想想，老板是谁？老板是皇上！我再能干，也是大臣，你说大臣比皇上面相好，成就大，那不是忤逆犯上吗？"

王总的脸当时就紫了，其他人也都突然之间安静下来，再看看方总身边坐着的"皇上"，脸色也是一片铁青。

这场酒席就这么草草结束，最终不欢而散了！

这个典故，第二天就在公司里传开了，从那天开始，王总的工作处处碰壁，没过多久，他就自行辞职了。所以说，酒这东西，喝得好能成事，喝不好便是要坏事的！

2. 色

在民企做事，两样东西绝对不能碰，那就是公司的钱和公司的人。

民企和其他组织一样，都是人的聚集地，人多了，难免日久生情，相互爱慕或是暧昧。因而，如何处理"色"的问题，也是一名民企高管水平和素质的体现。

很多外企都有明文规定，夫妻或情侣不能在同一公司或同一部门工作，甚至有公司规定，同公司内人员如果要谈恋爱，必须有一方要离开。民企虽然通常没有把这种事作为制度来执行，但是，很多民企还是很在乎高管和员工的作风问题的。

切记，轻浮是要付出代价的！

还有一点需要注意的是，千万不要介入到老板和别人的私生活当中去，尤其是那些在品行上有瑕疵的事情上。

有些老板在私生活上需要人服务，但除非你特别有把握，或者你给自己的定位是不管怎样，一定要在这家公司混下去，同时你的价值观也允许，那么你做什么都是你自己的选择。但如果你是一个靠自己专业技术安身立命的民企高管，那么最好的方式就是不要过多介入老板的生活，尤其是私生活。

讲一讲刘总的故事吧。

刘总是分管人力资源的老总，能力在业界得到了大家的公认，尤其是在绩效考核方面，更是大名鼎鼎。某集团的人力资源工作最近几年一直搞得不太好，尤其是在绩效考核方面总是令董事长和公司高层很头疼。为此，董事长专门召集高层开了几次会，会议最终决定，通过猎头公司聘请高水平的人力资源老总。

刘总就是在这样的背景下被挖来的，客观地说，刘总的到来给集团公司的人力资源工作带来了很大改观，公司上上下下对刘总的能力和工作成绩都给予了充分的认可。从此，刘总在公司里威望很高，也有了很多的粉丝。

然而突然有一天，公司邮箱里群发了一个文件：刘总被开除了。

公司里一下子炸开了锅，除了个别了解内情的高层外，大家都不清楚到底发生了什么，为什么刘总做得好好的会被开除？

董事长很快就召集全体管理人员到会议室开会。在会上，董事长详细解释了开除刘总的原因："大家可能很纳闷，为什么会开除刘总，今天我就给大家透个底。刘总在来公司后，先后和公司里三位女同事约会过，并且同时和其他单位以及社会上的女性有亲密来往。按道理说，我们不该干涉他的私生活，可是，他这么做，别人会怎么看我们公司？如果我们公司的高管都朝三暮四、拈花惹草，品行有问题，又怎么能让底下的人服气？更令人气愤的是，前几天台风来临的时候，大家早上都到厂区去清理积水和杂物，刘总居然迟到了，而他迟到的原因竟然是和厂里的某位小姑娘在外边开房。所以，这样品行有问题的人，再有能力，我的公司也没有他的位置。"

这句话值得所有职场中人铭记：色字头上一把刀！

3. 财

"天下熙熙，皆为利来；天下攘攘，皆为利往。"每个民企高管都希望自己的价值能够得到体现，而经济方面，自然也希望有好的回报，这点无可厚非。但是君子爱财，取之有道，该你拿的工资、奖金，你大可放心地拿，该你享受的福利，你尽管按照公司政策去享受，但切万不可为了蝇头小利而去影响了自己的事业发展，甚至断送了自己的前程。

很多民企的老板会格外关注手下的报销和因公消费，甚至你的报销单他们都会亲自看一下，也就是说，你平常的消费方式很可能都在老板的关注之下。如果你的工作和你的某些消费特征牵涉到一起，就要格外小心了，不要给自己增添不必要的嫌疑和麻烦，这些都有可能会影响到你在老板和同事们心目中的印象。当然，利益面前，总会有人前仆后继挖空心思挣那些不该挣的钱，但倘若不被发现还好，一旦被发现，后果将会非常严重。

H集团在2007年和2008年原料资产价格高涨的时候，顺势进行业务扩张，看到边疆地区的"炒矿热"，就想在边疆矿产丰富的地区买些矿。由于集团公司现有的管理人员都不愿到那里去工作，就招了一个财务老总J总去了那里。

J总先是在集团公司待了几个月，熟悉集团公司的流程和文化，同时，他也通过了集团公司董事长和上上下下的考验和认可，董事长对他非常满意，而J总也很下心思，充分了解了董事长的禀性和喜好。

J总去边疆上任后，工作能力得到了充分体现，政府关系、财务工作打理得井井有条。后来，矿上出了一起安全事故，总经理和矿长引咎辞职，董事长就顺势直接任命J总代理总经理，全面负责矿上的工作和边疆子公司的整体业务。

对于J总而言，一切都是那么顺利，然而，事情却在一件不经意的小事上发生了转变。J总是农村出来的，他的孩子在老家省会读书，老婆没有工作，就在家里做做家务，打打麻将。有一天，董事长的一个好朋友找到了董事长，谈话中问起了J总，董事长很纳闷："你们两个人又不认识，你关心他干什么？"

董事长的朋友如实相告，说自己的老婆爱打麻将，前段时间正巧和J总的老婆凑在一起成了牌友。本来大家互相也不认识，但几次麻将打下来，J总老婆便和这几个麻友慢慢熟悉了，也开始聊聊家常。前几天，J总老婆有次打牌输得挺多，心里不高兴，因为一点琐事和一位牌友吵起来了，吵架中她自曝家底，大家才知道她原来是H集团J总的老婆，而且据J总老婆说，自己家里很有钱，这一年来光买房、买车就花了将近1000万。

最后，董事长的这位朋友说："你还是当心点吧，别让他钻了你的空子。"

闻听此言，董事长想起前段时间矿上员工曾经发给他的举报短信，当时他只当是员工受了气，故意造谣，但现在看来不得不重视了。于是他亲自安排几路人马暗中调查J总，这一查不得了，J总真的大有问题！

　　J总接任总经理后，采取了一系列对自己有利的措施。在内部管理上，遇到那些不听话或者不配合的员工，就借口开掉；遇到不听话的管理人员，就恶人先告状，借报工作之机，先在董事长和其他领导那里吹风，然后在工作中又处处刁难，逼其辞职。短短几个月时间，J总就把整个子公司搞成了自己的地盘。

　　而在外边，J总还靠利益捆绑了几个政府官员。一时间，外部、内部都是J总的人，他们里应外合，劝说董事长继续买矿，一年不到时间，董事长居然花了一个多亿，在自己都没有去过矿山现场的情况下买了几个矿。

　　董事长心里开始不安了，决定亲自去边疆查个清楚。

　　然而，就在J总得知董事长亲自要来的消息后，他就消失了。

　　董事长心中的怒意可想而知！

　　接下来的故事就很简单了：J总后来被找到，并因为经济问题被告上法庭，送进了监狱；J总的老婆和父母不得不亲自把所有的家产都还给了董事长，以换得平安。只是，这千万的资产却难以弥补之前那一个多亿的损失。

　　J总从此家破人亡，即便是他刑满释放，大概也只能继续流亡边疆，不敢再回老家生活了。

4. 气

　　不管是在哪里工作，受气肯定是少不了的。只是在民企，有时可能会气受得更多些，更窝囊些。"少年戒色、中年戒斗、老年戒得"，大部分民企高管基本都是在经历了年轻时的历练后，在自己的黄金年华步入高管的序列，而"中年戒斗"这个斗说的就是斗气。斗气，斗气，不斗哪有气呢？

　　此三戒中，最难做的是"中年戒斗"。

　　人有很多劣根性，自私、羡慕嫉妒恨，争强斗胜……这些都会在步入职场的辉煌时一一碰到。尤其是那些从屌丝奋斗多年，承受了无数冷眼、冷淡才成长为高富帅的人们，那些空降民企任职高管的精英们，"斗气"的度一定要把握好，否则，自己会败得很惨。

在本书中，厚德就是没有掌握好这个度，最后对黄总发了脾气，无论事情谁对谁错，在公众面前，尤其是在合作伙伴面前对老板发脾气，从职场伦理和做人的道理上来说，都是不对的。

工作只是生活的一部分，生活不仅仅只有工作。即便是工作上有争执，也要先和自己斗：完善自己的实力和能力；然后再和道理斗，以德服人，在做事的原则和方法上为正确的事情据理力争；最后还要和方法斗，晓之以理，动之以情，拿出最有效的方法、方式来解决问题和矛盾。万不可逞一时之能，图一时之快而口不择言，甚至人身攻击，进而结下私仇，否则，于公于私都不利，难免抱憾莫及。

民企高管，是一个在无数人心目中闪耀的光环，是一个光彩夺目的符号，但其中却又包含着多少不为人知的艰辛和苦痛，每个民企高管，都有着一段冷暖自知、苦乐由心的人生经历。

而我们的主人公厚德呢？他在不断向前的过程中，也会如绝大多数同龄人一样，有迷茫，有困惑，虽然他离自己心目中的成功还很远，但是至少通过了这一场经历，逐渐知道了怎么样去面对这些生活中的不快。

而他的故事，也将从这里再度启程。

一花一世界，无论职业如何、职位高低，每个人的一生其实都是一本波澜壮阔的巨著，都可以通过不懈的努力让自己的人生与众不同。一叶一菩提，无论人处何方，心向何处，无论贫贱富贵，都需要不断完善自己的德行，成为对别人和社会有帮助的人。

厚德载物，自强不息，愿天下所有努力追求的人都修得正果。

尘归尘，土归土，尘埃落定后，一切又都将在寂静中再度复苏。